I0544541

SCHUTZ FÜR DIE ZUKUNFT

SEALs of Protection, Buch Zehn

SUSAN STOKER

Besuchen Sie Susan im Netz!
www.stokeraces.com
facebook.com/authorsusanstoker
twitter.com/Susan_Stoker
bookbub.com/authors/susan-stoker
instagram.com/authorsusanstoker
Email: Susan@StokerAces.com

Die Hochzeit von Emily
Die Rettung von Kassie
Die Rettung von Bryn
Die Rettung von Casey
Die Rettung von Wendy
Die Rettung von Sadie
Die Rettung von Mary
Die Rettung von Macie

Ace Security Reihe:
Anspruch auf Grace
Anspruch auf Alexis
Anspruch auf Bailey
Anspruch auf Felicity
Anspruch auf Sarah

John »Tex« Keegan – Melody Grace Keegan
Irakische Adoptivtochter: Akilah

Patrick Hurt – Julie Lytle

PROLOG

Das Topthema des heutigen Abends ist die Entführung von vier Militärangehörigen durch die Terrororganisation ISIS in Syrien. Bei der Frau in einem kürzlich aufgetauchten Video handelt es sich vermutlich um Sergeant Penelope Turner. Sie erklärt darin erneut ihre Treue zu Allah und warnt sowohl die Vereinigten Staaten als auch Großbritannien, dass der Zorn Allahs alle Amerikaner und Briten treffen wird, sollten nicht umgehend alle Truppen aus dem Nahen Osten abgezogen werden.

Sergeant Turner wurde zusammen mit drei weiteren Angehörigen der U.S. Armee vor etwa einem Monat auf einer humanitären Mission in der Türkei entführt. Die Anzahl der Flüchtlinge in den Auffanglagern an der syrischen Grenze, die versuchen, den Unruhen in Syrien zu entkommen, ist mittlerweile auf einige hunderttausend angewachsen. Es gibt kein fließendes Wasser und es mangelt an Verpflegung. Die Bedingungen sind besorgniserregend. Die türkischen Streitkräfte versuchen alles, um dem Ansturm Herr zu werden, aber ihre Mittel reichen einfach nicht aus. Nachdem der türkische Präsi-

dent amerikanischen Truppen genehmigt hatte, vor Ort zu unterstützen, wurden Turner und die anderen Soldaten auf einer Patrouille in einem besonders gefährlichen Teil des Lagers entführt. Die Männer, die Turner begleitet hatten, wurden zwei Tage später tot aufgefunden. Sie waren an Kreuze genagelt und bei lebendigem Leib verbrannt worden.

Bis vor zwei Wochen das erste Video aufgetaucht ist, hatte es keine Spur über Turners Verbleib gegeben. Sie hat einen Schleier getragen und obwohl nicht viel von ihr zu sehen war, haben die Behörden erklärt, sie sei in guter Verfassung und wurde offenbar nicht schwer gefoltert.

Ihr Schicksal ist weiterhin unbekannt und die Regierung hat derzeit keine Anhaltspunkte darüber, wo sie festgehalten wird. Ihrer Familie wird weiterhin versichert, dass alles Menschenmögliche getan wird, um sie zu finden und zu befreien. Bleiben Sie dran für ein Interview mit Penelopes Bruder Cade Turner, Feuerwehrmann aus San Antonio, Texas.

KAPITEL EINS

Caroline lag im Bett, hatte einen Arm auf die Brust ihres Mannes gelegt und fuhr müßig mit ihren Fingern um seine Brustwarze. Sie waren beide befriedigt und erschöpft, nachdem sie sich in dieser Nacht zum zweiten Mal geliebt hatten.

»Glaubst du, sie werden sie jemals finden?«

»Wen, Liebling?«

»Penelope. Diese Frau, die im Nahen Osten entführt wurde.«

Matthew »Wolf« Steel drehte sich zu seiner Frau um und küsste sie leicht auf die Stirn. »Wahrscheinlich nicht.« Er spürte, wie Caroline seufzte, als sie ihren Kopf auf seiner Brust drehte und sich weiter an ihn schmiegte.

»Ich kann nicht anders, als mir vorzustellen, an ihrer Stelle zu sein«, sagte Caroline traurig.

»Ice, ich kann nicht ...«

»Nein, ich weiß. Es ist eigentlich auch nicht dasselbe, aber jedes Mal, wenn ich dieses Video von ihr sehe, in dem sie wahrscheinlich dazu gezwungen wird, all diese schrecklichen Dinge zu sagen, muss ich immer wieder daran denken, dass ihr Tonfall nicht zu dem Ausdruck in ihren Augen passt.«

»Wie meinst du das?«, fragte Wolf ehrlich interessiert.

»Sie klingt demütig und ernst, aber ich schwöre, Matthew, in ihrem Blick kann ich sehen, wie sauer sie ist. Als würde sie nur auf die Gelegenheit warten, sich umzudrehen und diese Männer zur Strecke zur bringen, von denen sie gefangen gehalten wird. Ich kann es sehen, weil ich weiß, wie sie sich fühlt. Als ich entführt wurde und dieser Idiot mich gefilmt hat, habe ich vielleicht die eine Sache gesagt, aber tief in meinem Inneren etwas ganz anderes gefühlt. Ich habe versucht, durch meine Blicke eine versteckte Botschaft an dich zu senden. Ich weiß, es war dumm zu glauben, dass du tatsächlich etwas in meinen Augen lesen könntest, aber innerlich habe ich daran gedacht, wie sehr ich dich liebe. Ich habe versucht, dir zu sagen, wo ich bin, und ich habe dich angefleht, mich zu finden. Ich kann mich auch irren, aber für mich ist es offensichtlich, dass Penelope Turner versucht, zumindest ganz ähnliche Dinge auszudrücken.«

Wolf drehte sich herum, bis Caroline auf dem Rücken lag und er sich über sie beugen konnte. Er stützte sich auf einen Ellbogen und strich ihr mit seiner anderen Hand eine Strähne ihres dunklen Haares hinters Ohr. Sie packte seinen Bizeps und sah ihn mit so einem intensiven Ausdruck von Liebe in ihren Augen an, dass er sich manchmal selbst kneifen musste, um sich davon zu überzeugen, dass er nicht träumte.

Drei Jahre waren seit ihrer Hochzeit vergangen und er dankte jeden Tag seinem Glücksstern dafür, sie gefunden zu haben. Sie machte ihn glücklicher, als er jemals zuvor in seinem Leben gewesen war.

»Ja, ich habe es damals bemerkt, als ich dich auf dem Video gesehen habe, und ich sehe es auch jetzt bei Sergeant Turner.«

Caroline biss sich auf die Lippe und fragte dann: »Glaubst du, sie ... foltern sie?«

Wolf antwortete mit leiser Stimme und versuchte, beruhigend zu klingen. »Es ist schwer, das zu sagen. Sie werden sie wahrscheinlich aus einem bestimmten Grund am Leben gelassen haben, wahrscheinlich weil sie klein, blond und eine Frau ist. Sie wollen den Rest der Welt dazu zwingen, ihnen mehr Aufmerksamkeit zu schenken und sie ernst zu nehmen.«

»Du meinst, diese Hochzeit letzten Monat zu bombardieren war noch nicht genug?«, sagte Caroline in wütendem Tonfall.

Wolf schüttelte den Kopf und war erstaunt, dass er sich jedes Mal noch mehr in seine Frau verlieben konnte, wenn sie den Mund öffnete. Er liebte es, dass sie Dinge nicht einfach als gegeben hinnahm, dass sie einfühlsam war und dass sie keine Angst davor hatte, ihre Meinung zu sagen. »Leider nein. Sie wollen etwas Größeres. Und eine Gruppe Amerikaner zu entführen ist nicht groß genug, nicht im Vergleich zu Anschlägen wie der vom elften September. Aber wenn sie die USA ablenken können, indem sie eine schöne, zierliche Frau vor die Kamera zerren und sie dazu bringen, antiamerikanische und antibritische Aussagen zu machen, können sie währenddessen vielleicht den nächsten großen Anschlag planen.«

»Ich liebe dich, Matthew.«

Wolf lächelte Caroline an und war nicht überrascht über ihren Themenwechsel. »Ich liebe dich auch, Ice.«

»Ich bin außerdem sehr stolz auf dich.«

»Danke, Baby. Du leistest mit deiner Forschungsarbeit selbst großartige Dinge.«

»Ich war noch nicht fertig«, schmollte Caroline und packte Matthew fester am Arm.

»Entschuldige«, lachte Wolf. »Rede weiter.«

»Ich bin stolz auf dich, aber solltest du jemals von diesen Arschlöchern entführt werden, dann werde ich die Frauen und Tex zusammenrufen und es werden Köpfe rollen.«

»Ich werde nicht entführt. Ich hasse es, das sagen zu müssen, aber diese Soldaten haben nicht nach Vorschrift gehandelt. Ich weiß nicht genau, was passiert ist, aber offensichtlich haben sie sich von ihrer Einheit in diesem Flüchtlingslager entfernt und waren ohne Rückendeckung unterwegs. Ich weiß nicht, ob sie in eine Falle gelockt wurden, ob sie die Gefahr einfach unterschätzt haben oder ob sie vielleicht sogar auf Befehl ohne Verstärkung patrouilliert haben. Aber du kennst mein Team, wir sind immer sehr vorsichtig, Ice. Wir würden uns niemals freiwillig so einer Gefahr aussetzen.«

»Okay, ich meine ja nur.«

Wolf lächelte, beugte sich vor und küsste Caroline. »Wann ist morgen diese Veranstaltung?«

Caroline lächelte nur und Wolf ließ sich wieder neben sie auf die Matratze fallen. Caroline kuschelte sich wieder an seine Brust. Er würde ihres liebevollen Wesens und der Art, wie sie sofort ein Bein über seines legte und sich an ihn kuschelte, sobald er sich hinlegte, niemals überdrüssig werden.

»Nun, es soll eigentlich um vierzehn Uhr losgehen, aber ich bin mir sicher, die anderen werden erst nach und nach eintrudeln. Jess kommt sowieso immer zu spät, doch ich kann ihr keine Vorwürfe machen. Es muss anstrengend sein, zwei Babys fertig zu machen und das ganze Zeug einzusammeln, das sie mitnehmen muss. Ich schwöre dir, ich habe noch nie jemanden mit so viel Babyzeug gesehen wie sie und Kason.«

Wolf lachte. »Nun, woher hat sie nur all dieses Babyzeug?« Er spürte, wie Caroline auf seiner Brust lächelte.

»Okay, die anderen Frauen und ich haben es vor zwei Jahren vielleicht etwas übertrieben, aber Sara war schließlich das erste Baby, das in unserer Gruppe geboren wurde. Wir mussten dafür sorgen, dass Jess und Kason alles hatten, was sie brauchten. Außerdem können sie das meiste für John wiederverwenden.«

»Ich denke, sie haben auf jeden Fall alles, was sie benötigen, und noch mehr«, sagte Wolf mit einem kurzen Lachen.

Caroline stupste ihn an. »Ach, hör doch auf.«

Sie schwiegen für einen Moment, dann fragte Caroline leise: »Tut es dir leid, dass wir keine Kinder haben?«

»Nein«, antwortete Wolf sofort aufrichtig. »Ich habe nie den Drang verspürt, Kinder zu haben, wie es bei anderen Männern der Fall ist. Und wie ich dir schon einmal erklärt habe, gefällt es mir, dich für mich allein zu haben. Wenn mich das zu einem Egoisten macht, dann ist es eben so.«

»Fragen die anderen dich nicht, wann du Kinder haben willst?«

»Nein, sie kennen meine Einstellung. Und Ice, unseren Freunden ist es egal, ob wir Kinder haben oder nicht, solange wir glücklich sind.«

»Es ist nur so, dass …«

Wolf drückte Caroline. »Ich weiß. Wir haben das doch schon durch. Scheiß auf die Gesellschaft. Ich weiß, dass viele Leute uns für unnormal halten, wenn wir keine Kinder haben, und dass wir schon längst welche haben sollten. Es gibt aber kein Gesetz, das vorschreibt, dass wir Kinder haben müssen, wenn wir das nicht wollen. Außerdem bist du ständig mit den Kindern der anderen beschäftigt. Ich weiß, dass du jede Chance zum Babysitten nutzt, die du bekommst.«

»Ich liebe sie, aber ich liebe es auch, sie wieder abgeben zu können.«

Wolf lächelte und küsste Caroline auf den Kopf. »Schlaf jetzt, Baby. Du musst morgen früh arbeiten, ich habe Training und dann müssen wir den Wahnsinn überleben, den ihr euch für Briniques und Davisas Adoptionsfeier ausgedacht habt. Ich habe das Gefühl, dass du und die anderen Frauen es wieder übertrieben habt.«

Caroline antwortete nicht, aber Wolf spürte, wie sie das Gesicht zu einem breiten Grinsen verzog. Klar, sie hatten es definitiv übertrieben.

»Ich liebe dich, Matthew.«

»Ich liebe dich auch, Ice.«

KAPITEL ZWEI

Alabama Powers stand neben ihrer Freundin Summer Reed, die ihre schlafende Tochter April in den Armen hielt. Sie sahen zu, wie Brinique und Davisa kreischend auf der Hüpfburg herumtobten, die sie für die Party gemietet hatten.

»Es scheint ihnen gut zu gehen«, sagte Summer leise.

»Ja, meistens«, entgegnete Alabama ruhig. »Manchmal weint Brinique nachts und Davisa hat gelegentlich Albträume, aber im Wesentlichen haben sie sich während der letzten Monate gut eingelebt.«

»Es ist wirklich großartig, was du gemacht hast, Alabama.«

Alabama zuckte die Achseln. »Ich wollte immer Kinder haben, aber du weißt, unter welchen Umständen ich aufwachsen musste. Es gibt unzählige Kinder da draußen, die in schrecklichen Verhältnissen leben oder unter häuslicher Gewalt leiden. Adoption war wirklich der einzig richtige Weg für mich, Kinder zu haben.«

»Ich finde es toll, dass Christopher nicht einmal mit

der Wimper gezuckt hat, als du ihm gesagt hast, dass du adoptieren willst.«

Alabama lächelte und sah zu ihrem Mann hinüber, der neben der Hüpfburg stand. Er beobachtete seine Mädchen mit einer beschützenden Haltung, von der sie wusste, dass er sie niemals aufgeben würde. »Das hat er tatsächlich nicht. Als ich ihm gesagt habe, dass ich uns als Pflegefamilie vorschlagen will, war er von Anfang an hundertprozentig dabei. Ich weiß, dass ich dir die Geschichte schon erzählt habe, aber Brinique und Davisa waren die ersten beiden Kinder, für die wir in Betracht gezogen wurden. Ihre Mutter ist drogenabhängig und sie waren die meiste Zeit auf sich allein gestellt.«

Alabama wandte sich an Summer und wiederholte verärgert eine Geschichte, die Summer schon oft gehört hatte. »Als die Mitarbeiter des Jugendamtes zum ersten Mal bei den Kindern zu Hause aufgetaucht sind, war Brinique erst vier Jahre alt und hatte ein T-Shirt ihrer Mutter an, weil sie keine eigene Kleidung besaß. Sie stand schreiend vor der nackten Davisa und ließ den männlichen Beamten nicht in ihre Nähe kommen.« Alabama fing an zu zittern. »Ich kann es kaum ertragen, daran zu denken, warum Brinique mit *vier* Jahren das Gefühl hatte, ihre dreijährige Schwester vor einem Mann beschützen zu müssen.«

Summer legte eine Hand auf Alabamas Schulter. »Ruhig, Mädchen. Sie sind jetzt bei dir. Sie sind in Sicherheit.«

Alabama lächelte Summer an und sagte grimmig: »Ja, das sind sie. Und das wird auch so bleiben.«

Die beiden Frauen sahen zu Davisa hinunter, die zu

ihnen gekommen war. Sie legte ihre Hand an Alabamas Bein und zog leicht an ihrer Hose. Alabama kniete sich sofort hin, um auf Augenhöhe mit ihrem kleinen Mädchen zu sein. »Ja, Süße?«

»Darf ich das Baby halten?«

Alabama sah zu Summer auf, die sie anlächelte. »Natürlich. Komm schon, setz dich hier drüben hin.«

Die drei gingen zu einem Kreis aus Stühlen, der im Garten aufgestellt war. Alabama half ihrer Tochter auf einen Stuhl und Summer legte April sanft in Davisas Arme. »Halt sie gut fest. Sie ist erst sechs Monate alt, aber sie ist schon schwer.«

Die Frauen sahen zu, wie die Fünfjährige vorsichtig das Baby hielt. Für eine Weile sagte Davisa nichts und studierte sorgsam das Baby in ihren Armen. Schließlich sah sie verwundert auf. »Sie ist so blass.«

Summer nahm an, dass April im Vergleich zu Davisas schöner schokoladenbrauner Haut vermutlich wirklich sehr blass war.

»Glaubst du, meine Mommy hätte mich gewollt, wenn ich auch so blass gewesen wäre?«

Alabama kniete sich sofort neben das kleine Mädchen, das erst am Morgen vom Richter offiziell als *ihre* Tochter deklariert worden war. Bevor sie etwas sagen konnte, tauchte Abe neben ihr auf.

Er hob das kleine Mädchen zusammen mit dem Baby in ihren Armen hoch, nahm auf dem Stuhl Platz und setzte sie auf seinen Schoß. Brinique war ihrem Vater zu den Frauen gefolgt und quetschte sich neben den Stuhl. Summer trat zurück und beobachtete, wie einer ihrer besten Freunde auf der Welt und Teamkollege ihres

Mannes einen wunderbaren Moment mit seinen neuen Töchtern genoss. Sie hatte das Gefühl, als würde ihr Herz vor Glück jeden Moment platzen.

Abe legte einen Arm um Brinique, die an seiner Seite stand, und zog seine Tochter an sich, wobei er darauf achtete, das Baby nicht anzustoßen. »Deine leibliche Mutter hat dich nicht verdient. Und ich sage das nicht, weil ich gemein bin, sondern weil es die Wahrheit ist. Sie hat die zwei schönsten Töchter auf der Welt und hat sich nicht um euch gekümmert. Sie ist egoistisch und interessiert sich nur für sich selbst. Kinder sind etwas sehr Wertvolles und ihre Eltern haben die Verantwortung, dafür zu sorgen, dass sie ernährt werden, in Sicherheit sind und geliebt werden.«

Abe sah seinen Kindern in die Augen, während er sprach. »Ihr hattet einen schwierigen Start ins Leben, aber wisst ihr was? Ihr seid jetzt Powers. Ihr gehört jetzt zu Alabama und mir und außerdem zu all den anderen Männern und Frauen, die heute hier sind. Wir sind eine große Familie. Ihr werdet nie wieder Hunger haben müssen. Ihr werdet nie wieder vernachlässigt werden.« Er sah Brinique an. »Du musst dir nie wieder Sorgen darum machen, dass gruselige Männer in unser Haus kommen und dir oder deiner Schwester wehtun. Wir lieben euch. Ihr gehört jetzt zu uns. Für immer. Es ist mir egal, ob eure Haut lila oder grün oder dunkler ist als meine. Es ist das, was in dieser Haut steckt, was mir wichtig ist.«

»Was steckt in unserer Haut?«, fragte Davisa leise.

Ohne zu zögern, antwortete Abe: »Euer Herz, euer Blut, euer Verstand. Ihr. Ihr steckt in eurer Haut. Und das ist es, warum ich euch liebe. Und deshalb liebt Alabama euch. Und deshalb lieben euch alle hier, verstanden?«

»Ihr werdet uns nicht zurückschicken?«, fragte Brinique.

»Nein, ihr werdet niemals wieder zurückgehen müssen.«

»Auch wenn wir böse sind?«

Alabama beugte sich vor, nahm Brinique in den Arm und fuhr dort fort, wo ihr Mann aufgehört hatte: »Baby, ihr werdet niemals böse sein. Ihr könnt euch vielleicht schlecht benehmen oder etwas tun, das nicht richtig ist. Das sind einfach schlechte Entscheidungen, die euch nicht zu einem bösen Menschen machen. Egal was passiert, wir werden euch niemals zurückschicken. Der Richter hat heute entschieden, dass ihr bei uns bleibt. Ihr heißt jetzt Powers, genau wie Christopher und ich.« Sie lächelte ihre Tochter an. »Ihr steckt jetzt bei uns fest.«

Brinique grinste breit und zeigte ihre krummen Zähne. »Es gefällt mir, bei euch festzustecken.«

»Uns gefällt es auch.«

Davisa mischte sich jetzt ein: »Heißt das, wir können jetzt Mommy und Daddy zu euch sagen?«

Alabama hörte, wie Summer hinter ihr laut schniefte, aber sie wandte den Blick nicht von Davisa ab. Das war vielleicht einer der stolzesten Momente in ihrem Leben. Auf keinen Fall wollte sie auch nur eine Sekunde davon verpassen. »Ihr könnt uns nennen, wie es euch am besten gefällt, Dad, Mom, Mommy, Daddy, Alabama, Abe, Christopher ... was immer ihr wollt. Aber nichts würde mich glücklicher machen, als wenn ihr Mom oder Mommy zu mir sagt.«

Davisa nickte ernst und sah auf das Baby in ihrem Schoß hinunter. »Okay. Mommy?«

»Ja, Liebling?«

»Ich glaube, das Baby hat gerade in die Windel gemacht.«

Alabama lachte. Sie liebte es, dass Davisa einfach so tat, als wäre es die normalste Situation der Welt, nachdem sie gerade eines der emotionalsten Gespräche in ihrem Leben geführt hatten.

»Wie wäre es, wenn ich dir die Kleine abnehme?«, fragte Summer hinter ihnen.

Davisa nickte und Summer beugte sich vor, um April in die Arme zu nehmen.

»Können wir wieder spielen gehen?«

»Natürlich, aber seid vorsichtig«, warnte Abe und half Davisa von seinem Schoß.

»Okay, Daddy, das werden wir«, sagte Brinique fröhlich, bevor sie und ihre Schwester wieder zur Hüpfburg liefen.

»Komm her«, sagte Abe zu Alabama und zog sie auf seinen Schoß.

Alabama ließ sich nieder und seufzte.

»Alles in Ordnung?«

Sie nickte. »Ja. Wir haben mit ihnen doch schon darüber gesprochen, was es bedeutet, ein Pflegekind zu sein, und dass wir daran gearbeitet haben, sie zu adoptieren. Ich hätte nicht gedacht, dass sie immer noch daran zweifeln.«

»Liebling, du hattest auch deine Zweifel, als wir uns kennengelernt haben, und du warst bereits erwachsen. Sie werden sich daran gewöhnen. Wir müssen ihnen nur immer wieder sagen, dass wir sie so lieben, wie sie sind. Wir müssen dafür sorgen, dass sie sich sicher bei uns fühlen … es wird ihnen gut gehen.«

»Ich liebe dich, Christopher.«

»Ich liebe dich auch … können wir jetzt Kuchen essen?«

Alabama lachte und stand vom Schoß ihres Mannes auf. »Warum musst du immer Hunger haben?«

»Weil meine Frau unersättlich ist und ich meine Energiereserven ständig auffüllen muss, um sie zufriedenstellen zu können?«

Alabama schlug Christopher spielerisch auf den Arm. »Wie auch immer. Pass auf deine Kinder auf, während ich den Tisch decke.«

Abe beugte sich vor und hob sie hoch, bis ihre Füße vom Boden abhoben. »Heute ist einer der glücklichsten Tage in meinem Leben. Abgesehen von dem Tag, an dem du mir vergeben hast, dass ich ein Arschloch war, und natürlich unserem Hochzeitstag.«

Alabama legte ihre Arme um seinen Hals und küsste ihn fest. »Für mich auch. Jetzt lass mich runter. Ich habe zu tun.«

Cheyenne watschelte zu Summer und Fiona hinüber. Ihr sehr beschützerisch veranlagter und aufmerksamer Ehemann Faulkner »Dude« Cooper hatte sie abgesetzt, bevor er den Wagen einparkte.

»Hallo, meine Damen.«

»Hallo Cheyenne, du siehst aus, als wärst du kurz vorm Platzen.«

»Erzähl mir mal was Neues. Könnt ihr glauben, dass es noch drei Wochen dauern soll?«

»Das ist verrückt. Jedes Mal wenn ich dich sehe, bereite ich mich mental darauf vor, vom Stuhl zu springen und das Baby aufzufangen, bevor es auf den Boden fällt«, scherzte Summer.

»Pst. Sag das bloß nicht in Faulkners Gegenwart. Er ist so schon übermäßig fürsorglich. Wenn er das hört, lässt er mich nirgendwo mehr hingehen. Ich musste heute schon darum betteln, hierherkommen zu dürfen.«

»Betteln?«, fragte Fiona mit hochgezogener Augenbraue.

»Pst«, wiederholte Cheyenne und wurde rot.

Fiona hielt aber nicht den Mund. »Oh ja, ich kann mir vorstellen, wie *qualvoll* das gewesen sein muss.«

Cheyenne hatte ihren Freundinnen früher bereits anvertraut, dass ihr Mann im Schlafzimmer gern dominant war. Aber sie wussten, dass es in ihrer Beziehung gut funktionierte. »Naja, es scheint, als hätten wir die Rollen etwas vertauscht ... den Umständen entsprechend ist er in letzter Zeit zurückhaltender, also nutze ich das, so gut ich kann, zu meinem Vorteil aus.«

Fiona lachte. »Du wirst ordentlich in Schwierigkeiten stecken, wenn du dieses Baby erstmal bekommen hast und er wieder mit dir machen kann, was er will.«

Cheyenne grinste breit. »Ich weiß. Ich kann es kaum erwarten.«

»Bist du in Ordnung? Brauchst du etwas?« Faulkner

war hinter ihnen aufgetaucht, gerade als Cheyenne sich auf einen Stuhl setzte.

»Nein, mir geht es gut, Schatz. Danke, dass du mich abgesetzt hast.«

»Als würde ich dich den ganzen Weg vom Parkplatz laufen lassen. Es ist voll hier. Sieht so aus, als hätten Abe und Alabama den ganzen Stützpunkt eingeladen.«

Es waren tatsächlich sehr viele Leute im Park. Überall liefen Kinder herum und das Glück in der Luft war fast spürbar.

»Nun, nach allem, was sie durchgemacht haben, haben diese beiden Mädchen auch eine große Party verdient«, kommentierte Cheyenne.

»Da stimme ich zu. Ich werde nach den anderen Männern sehen. Bist du sicher, dass du nichts brauchst?«, fragte Dude.

»Ja, danke. Fiona und Summer kümmern sich um mich.«

Dude beugte sich vor und küsste Cheyenne etwas länger, als es für die Umgebung und die Gesellschaft angemessen gewesen wäre, aber Fiona und Summer waren daran gewöhnt. Als er sich auf die Suche nach seinen Teamkollegen machte, legte Summer April in ihren Armen zurecht und seufzte. »Scheint, als würde ich für immer rot anlaufen, wenn ich mit euch beiden zusammen bin.«

Cheyenne lachte. »Ich auch.«

»Wie geht es April?«, fragte Fiona, beugte sich vor und sah das noch schlafende Kind an. »Schläft sie jetzt besser?«

»Ja, Gott sei Dank schläft sie jetzt schon fast die ganze

Nacht durch. Während der ersten Nächte zu Hause ist Sam bei jeder Bewegung aufgesprungen und hat nach ihr gesehen. So sehr ich es auch vermissen werde, dass er sie zu mir bringt und fasziniert zusieht, wie ich sie stille, so sehr freue ich mich auch darauf, mal wieder eine Nacht durchzuschlafen.«

»Ich kann kaum glauben, dass du zugestimmt hast, sie April zu nennen.«

Summer seufzte. »Ja, ich weiß. Ich finde meinen eigenen Namen eigentlich lächerlich, aber Sam liebt ihn und er war so stolz darauf, dass ihm passend dazu der Name April eingefallen ist. Ihr Geburtstag ist im April, das stimmt schon, aber irgendwie ist es albern.«

»Es ist nicht albern«, sagte Mozart, als er hinter ihnen auftauchte. Alle drei Frauen schreckten überrascht hoch.

»Herrgott! Sam, schleich dich doch nicht so an.«

»Ich habe mich nicht angeschlichen, ich bin ganz normal gegangen wie jeder andere auch.«

»Nein, du bist geschlichen. Ihr SEALs denkt vielleicht, dass ihr normal geht, aber es ist so tief in euch verankert, euch leise zu bewegen, dass ihr es nicht bemerkt. Eines Tages werde ich dir noch eine Glocke um den Hals hängen.«

Mozart lächelte nur. »Wie gesagt, der Name April ist nicht albern. Er ist wunderschön, genau wie ihre Mutter. Jetzt habt ihr etwas gemeinsam. Ihr wurdet beide nach dem Zeitpunkt eurer Geburt benannt. Ich liebe es und ich liebe dich.«

Summer neigte den Kopf und wurde von ihrem Mann mit einem Kuss belohnt.

»Kann ich dir irgendetwas bringen?«

»Nein danke, aber du kannst mal nach Jess und Kason sehen. Ich weiß, dass sie mit den beiden Babys alle Hände voll zu tun haben, und ich möchte, dass Jess sich etwas ausruhen kann, wenn sie hier sind«, antwortete Summer.

»Wird erledigt. Ich werde sie herschicken, sobald ich sie gefunden habe. Ich liebe dich.«

»Ich liebe dich auch, Sam.«

Die Frauen sahen Sam »Mozart« Reed hinterher, als er ging.

»Er sieht von hinten genauso gut aus wie von vorne«, kommentierte Fiona trocken.

Alle lachten.

»Wie geht es dir? Ist wirklich alles wieder gut verheilt?«, fragte Fiona. »April hat deinem Körper ja ordentlich zugesetzt.«

»Ja, dort unten genäht werden zu müssen war nicht sehr angenehm, aber es geht mir schon besser. Doch sie wird wohl unser einziges Baby bleiben. Ich bin fast vierzig und auch wenn ich sie über alles liebe, will Sam auf keinen Fall, dass mein Körper das noch einmal durchmachen muss. Und ich muss zugeben, dass ich dagegen keine Einwände habe. Ich möchte gern dazu in der Lage sein, sie großzuziehen und sie mit achtzehn Jahren aufs College zu schicken, damit Sam und ich unseren Ruhestand genießen können ... wenn ihr versteht, was ich meine.«

»Ja, das macht Sinn«, stimmte Cheyenne sofort zu. »Faulkner und ich wollen noch viele Babys, wenn dieses hier erstmal da ist, aber ich weiß, dass ich meine Meinung auch noch ändern könnte, wenn es erst mal so weit ist. Allerdings bin ich auch noch nicht mal dreißig, also habe ich noch viel Zeit, mich entweder dafür zu entscheiden oder Faulkner davon abzubringen.«

»Hey, kann uns mal jemand helfen?«

Fiona stand sofort auf und sagte zu Cheyenne und Summer: »Ich kümmere mich darum. Ihr bleibt sitzen.« Schnell ging sie Jessyka und Kason entgegen. Jessyka hatte ihren einjährigen Sohn John auf dem Arm und trug eine große Tasche über ihrer rechten Schulter. Kason ging neben ihr mit ihrer Tochter auf dem Arm und einer weiteren, noch größeren Tasche über *seiner* Schulter.

Fiona kam direkt auf die zweijährige Sara zu, die zufrieden in den Armen ihres Vaters schlief.

Jess war es schon gewohnt, dass ihre Freundinnen es kaum abwarten konnten, ihr die Kinder abzunehmen, anstatt etwas pragmatischer zu sein und ihr mit den vielen Taschen zu helfen, die sie immer dabeihatte. Es störte sie aber nicht wirklich. Sie war froh, dass sie ihre Kinder so lieb hatten. »Nach zwei Wutausbrüchen habe ich sie endlich aus dem Haus bekommen. Zuerst wollte sie unbedingt ihr Prinzessinnenkleid anziehen ... das sie bei Cheyennes Hochzeit getragen hat«, sagte Jess, als sie sich der kleinen Gruppe näherte. »Und dann wollte sie Plastikschuhe anstatt ihrer Sandalen anziehen. Ich werde ihretwegen noch graue Haare bekommen.«

»Sie ist ein kleiner Engel, wie kannst du nur so etwas sagen?«

Kason ließ die Tasche neben einem leeren Stuhl auf den Boden fallen. »Hast du alles im Griff, Liebling?«

Jess beugte sich vor und legte ihren freien Arm um

Kason. »Alles in Ordnung. Geh und amüsiere dich mit deinen Freunden, aber benimm dich.«

Benny schüttelte nur den Kopf und verdrehte die Augen bei dem Kommentar seiner Frau. »Ich komme gleich wieder, um nach euch zu sehen. Lass sie nicht zu lange schlafen. Sie muss sich noch etwas austoben, wenn wir heute Nacht ein Auge zumachen wollen.« Er beugte sich zu Jess vor. »Ich habe noch Pläne für später und ich möchte dabei nicht von einem Kleinkind unterbrochen werden, das nicht einschlafen kann, weil es zu aufgeregt ist.«

Jess wurde rot und sah zu ihren Freundinnen hinüber, um zu sehen, ob sie die Worte ihres Mannes gehört hatten. Sie sah, wie sie sich mit ihren Kindern beschäftigten, aber alle ein breites Grinsen auf dem Gesicht hatten. Natürlich hatten sie jedes Wort gehört. Sie wusste, dass sie sich für sie freuten, trotzdem flüsterte sie ihre Antwort zurück zu Kason, damit ihre Freundinnen nicht *alles* mithören konnten. »Mach dir keine Sorgen, ich werde sie gleich aufwecken. Ich mag es, wenn du Pläne hast. Ich liebe dich.«

Kason gab Jess einen festen Kuss und trat dann zurück. »Ich liebe dich auch.«

Jessyka ließ sich auf dem leeren Stuhl nieder und sah Kason hinterher, der zu seinen Teamkollegen ging. Dann lächelte sie, während ihre drei Freundinnen sich auf den anderen Stühlen niederließen.

Kurz darauf gesellten sich Caroline und Alabama zu der kleinen Gruppe. Sie holten noch zwei Stühle dazu, setzten sich im Halbkreis zu ihnen und beobachteten die

Kinder auf der Hüpfburg und auf den anderen Spielgeräten im Park.

»Ich liebe das«, verkündete Fiona.

»Was?«

»Das hier, uns, zusammen zu sein, ein Baby zu halten und den Kindern beim Spielen zuzusehen. Und unsere Ehemänner zu beobachten, wie sie sich über wer weiß was für männlichen Kram unterhalten. Wir sind sechs wirklich glückliche Frauen, soviel ist sicher.«

Alle nickten.

»Fünfeinhalb Kinder, sechs Ehemänner, sechs Freunde.«

»Fünfeinhalb?«, fragte Caroline.

Fiona deutete auf Cheyennes runden Bauch. »Ja, bis es geboren ist, zähle ich Cheyennes Baby zur Hälfte mit. Bis Cheyenne auch Windeln wechseln muss, zählt es noch nicht ganz.«

Cheyenne lachte über ihre Freundin. »Weißt du, wen du vergessen hast?«

»Wen?«, fragte Fiona.

»Tex und Melody.«

»Stimmt. Wir sollten unbedingt mit ihnen skypen, solange wir hier sind«, sagte Caroline.

»Oh, verdammt ja. Das wird großartig. Ich habe sie und Akilah schon viel zu lange nicht mehr gesehen«, mischte Fiona sich ein.

»Wie geht es Akilah?«, fragte Cheyenne.

»Als ich das letzte Mal mit Melody gesprochen habe, ging es ihr großartig. Sie hatte die Amputation und Tex bringt ihr bei, wie man sich richtig um den Stumpf kümmert und wie die Prothese funktioniert«, sagte Caroline.

»Vermisst sie ihr Zuhause im Irak?«

»Ich glaube nicht. Tex und Melody haben sich überschlagen, für sie vertraute Speisen zuzubereiten, und sie haben in Pittsburgh sogar eine Selbsthilfegruppe gefunden, in der sie sich mit anderen Mädchen, die aus dem Irak vertrieben wurden, anfreunden kann.«

»Haben sie eine Spur ihrer Eltern gefunden?«, fragte Alabama.

Caroline schüttelte traurig den Kopf. »Akilah sagt, dass sie getötet wurden, und Tex glaubt nicht, dass es Zweifel daran gibt. Sie hatte wirklich Glück, dass der Arzt der Vereinten Nationen in Bagdad Mitleid mit ihr hatte und seine Beziehungen hat spielen lassen, um sie hierher in die USA zu bringen. Dass er Tex kontaktiert und ihm ihre Geschichte erzählt hat, war das Beste, was ihr jemals passieren konnte.«

»Wie macht sie sich in der Schule?«, fragte Summer.

»Melody sagt, dass sie immer noch ein bisschen mit der englischen Sprache zu kämpfen hat, aber es wird jeden Tag besser. Zwölf Jahre alt zu sein ist allein schon schwer genug, aber mit zwölf in ein fremdes Land umzuziehen, die Sprache lernen zu müssen, mit einer schweren Verletzung umzugehen und sich mit nur einem Arm im täglichen Leben zurechtfinden zu müssen ... nun, angesichts dessen geht es ihr wohl erstaunlich gut, wie Melody sagt.«

»Also, wir skypen heute mit ihnen«, legte Alabama entschlossen fest.

Nachdem sie sich noch eine Weile unterhalten

hatten, wachte Sara endlich auf und Fiona setzte sie auf den Boden. Die Frauen sahen zu, wie das kleine zweijährige Mädchen davontippelte, um mit einer Gruppe von Kindern in dem großen Sandkasten in der Nähe zu spielen. Jess winkte einer der anderen Mütter vom Militärstützpunkt zu, die ihr zu verstehen gab, dass sie auf das kleine Mädchen aufpassen würde.

Die Gruppe von Frauen saß beieinander und redete über das Füttern von Babys, Kleinkinder, Geburten und andere Themen, bis sich nach und nach ihre Ehemänner zu ihnen gesellten. Wolf und Mozart holten noch zwei Stühle und setzten sich neben ihre Frauen, und Dude stellte sich hinter Cheyenne und massierte ihr die Schultern. Benny und Cookie setzten sich neben ihre Frauen auf den Boden, und Abe hob Alabama einfach hoch und setzte sich mit ihr auf seinem Schoß auf ihren Stuhl. Brinique und Davisa waren schließlich müde vom Herumlaufen und kamen ebenfalls zurück und setzten sich neben ihre neuen Eltern.

»Vielen Dank, dass ihr alle heute gekommen seid«, sagte Alabama. »Das bedeutet uns mehr, als ihr euch vorstellen könnt. Ich bin so stolz auf uns alle. Ich habe jetzt zwei Kinder, denen ich geholfen habe, aus einer ähnlich schrecklichen Situation zu entkommen, wie ich sie selbst als Kind erlebt habe. Jess und Kason haben sich sofort nach ihrer Hochzeit an die Arbeit gemacht, Babys zu machen. Das Landhaus, das ihr außerhalb der Stadt gekauft habt, ist wunderschön, und wenn Kason erst mit der Instandsetzung fertig ist, wird es noch schöner sein. Fiona, du hast so große Fortschritte gemacht, seit Hunter dich gefunden hat.«

»Nun, ich hatte auch viele Therapiestunden«, sagte Fiona ehrlich. »Und viel Hilfe von meinen Freundinnen.«

Alle nickten zustimmend und Alabama fuhr fort: »Cheyenne, du bist die schönste schwangere Frau, die ich je gesehen habe. Und ich schwöre, wenn du mir nicht schon mehrmals versichert hättest, dass laut dem Arzt definitiv nur ein Baby da drinsteckt, würde ich schwören, dass du Drillinge bekommst.«

»Ach, halt den Mund, du bist gemein«, neckte Cheyenne. Alle lachten über den Glanz in Faulkners Augen.

»Sieht aus, als hätte Faulkner nichts dagegen.«

»Sicher, er muss sie ja auch nicht durch seinen ...«

Alabama unterbrach Cheyenne und deutete warnend auf Brinique und Davisa. »Und Summer, ich bin so stolz auf dich, dass du diesen Posten als Personalleiterin bekommen hast. Ich weiß, du warst dir nicht sicher, ob du wieder in diesem Bereich arbeiten wolltest, aber in der kleineren Firma scheint es dir zu gefallen. Und April ist einfach wunderschön.«

Alabama holte tief Luft und wandte sich an Caroline. »Und Caroline, was hätten wir alle nur ohne dich getan? Ernsthaft, du bist unsere Anführerin. Du hast uns aufgenommen und dich von Anfang an um uns gekümmert.«

»Nun, außer mich vor Faulkner zu warnen«, sagte Cheyenne lachend.

»Du und Matthew habt vielleicht keine eigenen Kinder, aber ich habe manchmal das Gefühl, dass wir alle eure Kinder sind. Ihr seid für uns da, wenn wir Fragen oder Sorgen haben. Du hast dich um John gekümmert, als er seine Koliken hatte und Jess nicht mehr wusste, was sie tun sollte. Du passt auf Brinique und Davisa auf, wann immer ich dich darum bitte. Du sorgst dafür, dass Tex, Melody und Akilah immer mit einbezogen werden, wenn wir gemeinsam etwas tun. Du bist der Kitt, der uns alle zusammenhält, wenn unsere Männer losziehen, um die Welt zu retten. Ich liebe dich mehr, als ich es jemals in Worte fassen könnte. Danke, dass du so bist, wie du bist, und danke, dass du unsere Freundin bist.«

Wolf, Abe, Cookie, Mozart, Dude und Benny verdrehten gespielt die Augen, als ihre Frauen anfingen zu weinen. Sie waren vielleicht alle knallharte Frauen, die sie niemals mit irgendeinem Mist davonkommen ließen, aber unter dem Einfluss der Schwangerschaftshormone und bei dem allgemeinen Glückszustand, in dem sie sich momentan befanden, konnte man sie scheinbar auf Knopfdruck zum Weinen bringen.

»Ich dachte, Mommy wäre glücklich?«, flüsterte Davisa etwas zu laut zu Christopher.

Alle lachten über diese unschuldige Aussage der Fünfjährigen und wischten sich die Tränen aus den Augen.

»Wir sind glücklich, Baby. Aber manchmal weinen die Menschen vor Freude«, versuchte Alabama zu erklären.

»Erwachsene sind komisch«, erklärte Brinique ihrer Schwester. »Können wir noch mal spielen gehen?«

Abe tätschelte seiner Tochter den Kopf. »Ja, aber seid vorsichtig.«

»Sind wir. Komm schon, Davisa, Wettlauf zum Klettergerüst!«

Kreischend vor Lachen liefen die beiden Mädchen davon.

»Das ist einer der schönsten Tage meines Lebens«, erklärte Cheyenne. »Meine Freunde, Kinder und die Liebe meines Lebens an meiner Seite. Was könnte man noch mehr verlangen?«

Die anderen stimmten voll und ganz zu.

Jeder Einzelne dieser eng verbundenen Gruppe würde sich in den kommenden Wochen mehrmals an diesen Tag und die Freude und Liebe erinnern müssen, um mit dem fertigzuwerden, was sie erwartete.

KAPITEL DREI

Sergeant Penelope Turner war erneut in einer von ISIS verbreiteten Videoaufzeichnung zu sehen. Seit sechs Wochen gilt Turner bereits als vermisst. Das Video ist das bisher längste der entführten US-amerikanischen Soldatin. Es zeigt sie in einem Zelt, wie sie einen langatmigen, weitläufigen Brief vorliest, in dem Allah gepriesen wird. In der Botschaft wird außerdem davor gewarnt, dass es noch weitere Morde und Todesfälle geben wird, wenn die Amerikaner nicht aufhören, Soldaten in den Mittleren Osten zu senden.

Sie liest mit monotoner Stimme und schaut nicht direkt in die Kamera. Sie hebt erst den Blick, als eine Stimme im Hintergrund sie zurechtweist. Analysten gehen davon aus, dass Turner anscheinend etwas an Gewicht verloren hat, aber dennoch bemerkenswert gesund aussieht.

Der Präsident hat bisher kein Wort darüber verloren, ob und welche Rettungseinsätze für diese tapfere amerikanische Soldatin geplant sind. Ihre Familie drängt weiterhin darauf, mehr Informationen zu erhalten und dass die Regierung Anstrengungen zu ihrer Freilassung unternimmt. Die offizielle

Antwort ist bisher, dass die Vereinigten Staaten nicht mit Terroristen verhandeln.

Weitere Informationen zu diesem Thema in den Spätnachrichten.

Cheyenne saß neben Faulkner auf der Couch und hielt seine Hand fest.

»Wir müssen morgen früh abreisen.«

»Aber ...«

Dude zog Cheyenne in seine Arme und hielt sie, so fest er konnte, wobei ihr enormer Bauch ihn etwas behinderte. »Ich will nicht gehen. Verdammt, ich will wirklich nicht gehen. Ich habe sogar den Kommandanten gefragt, ob ich diese Mission aussetzen kann, aber er hat es abgelehnt.«

»Wirklich?«

Dude nickte. »Ja. Das bedeutet, dass jeder Einzelne von uns für diese Mission benötigt wird. Ich will dir nichts vormachen, Baby, aber ich habe kein gutes Gefühl dabei. Ich weiß nicht, ob es daran liegt, dass ich dich hochschwanger zurücklassen muss, oder an dieser Mission. Aber merke dir meine Worte: Nichts wird mich davon abhalten, zu dir und unserer Kleinen zurückzukehren. Nichts, verstanden?«

Cheyenne nickte und schniefte. Sie war bisher immer tapfer gewesen, wenn Faulkner auf eine Mission gehen musste, aber diesmal war es anders. Sie hatten zusammen die Atemtechniken geübt, er hatte sie zu jedem Arzttermin begleitet. Er hatte keine Sekunde ihrer

Schwangerschaft verpasst. Bei dem Gedanken daran, dass ihr Mann die Geburt ihrer Tochter verpassen würde, fühlte sie sich innerlich leer.

»Worte, Shy.«

Sie lächelte. Er hatte sich in den zwei Jahren, seit sie sich kennengelernt hatten, nicht verändert. Er war immer noch genauso herrisch. »Ja, ich habe es verstanden.«

»Deine einzige Aufgabe ist es, in Sicherheit zu bleiben und dich und unsere Tochter zu beschützen. Die anderen Frauen sind bei dir und werden dir helfen. Sollte es dazu kommen, dass ich wirklich die Geburt unserer Tochter verpasse, sorge bitte dafür, dass es jemand filmt.«

»Was?« Darüber hatten sie bisher noch nicht gesprochen. »Ich werde das nicht filmen lassen. Das ist doch eklig!«

»Shy, ich habe mein ganzes Leben auf den Moment gewartet zu sehen, wie mein Kind geboren wird. Das ist nicht eklig, das ist verdammt schön.«

»Aber Faulkner ...«

»Bitte.«

Ach verdammt, er hatte Bitte gesagt. Normalerweise war *sie* diejenige, die bettelte, nicht er. Sie nickte widerwillig. »Okay, aber niemand außer dir wird dieses Video jemals zu Gesicht bekommen.«

Dude lächelte nur. Verdammt! Er wurde wieder nüchtern und sagte in schroffem Ton: »Und sollte deine sogenannte Familie es wagen, sich im Krankenhaus zu zeigen, oder auch nur daran zu denken, meine Tochter sehen zu dürfen, dann hetze Caroline auf sie.«

Cheyenne lächelte und erinnerte sich an das letzte Mal, als Faulkner Caroline auf ihre Mutter und ihre

Schwester »gehetzt« hatte. Sie waren in *Aces Bar and Grill* aufgetaucht, als sie dort gegessen hatten, und Caroline hatte sie abgeführt, bevor sie es überhaupt bis an ihren Tisch geschafft hatten. Cheyenne wusste nicht, warum sie überhaupt gekommen waren. Caroline wollte es ihr nicht wirklich sagen, aber wahrscheinlich hatten sie etwas von ihr gewollt.

Caroline hatte ihrer Wut über ihre Familie Luft gemacht. Einige der Schimpfwörter hatte Cheyenne noch nie zuvor gehört. Faulkner hatte das Trio im Auge behalten, sich aber nicht vom Fleck gerührt, während Caroline ihnen einen Einlauf verpasste. Es sah ihm gar nicht ähnlich, die Gelegenheit nicht selbst zu nutzen, ihrer Familie zu sagen, wie wenig er sie respektierte. Später sagte er ihr, dass Caroline so gute Arbeit geleistet hatte, sie zur Schnecke zu machen, dass er es nicht für notwendig gehalten hatte, sich einzumischen.

Cheyenne antwortete Faulkner: »Das werde ich, obwohl ich nicht glaube, dass sie auftauchen werden. Ich glaube, sie haben die Botschaft verstanden, nachdem du ihre Weihnachtskarte ungeöffnet mit den Worten ›Ihr existiert für Cheyenne nicht mehr‹ auf dem Umschlag zurückgeschickt hast.«

Dude beugte sich vor, vergrub sein Gesicht in den Haaren seiner Frau und legte seine Hand auf ihren runden Bauch, ohne auf ihren Kommentar zu der dummen Weihnachtskarte einzugehen. Stattdessen sagte er, was ihn am meisten beschäftigte: »Ich liebe dich, Shy. Und ich liebe unsere Tochter. Ich weiß nicht, was ich ohne dich tun würde. Du nimmst mich so, wie ich bin. Wir passen in jeder Hinsicht perfekt zueinander. Der

Gedanke daran, an einem der wichtigsten Tage in unserem Leben nicht bei dir sein zu können, bringt mich innerlich um.«

Cheyenne hielt Faulkner fest. Sie wusste, dass sie ihn beruhigen musste. »Selbst wenn du bis zur Geburt nicht zurück sein solltest, es ist nur der Anfang des Lebens unseres Kindes. Auch wenn du vielleicht ein paar große Ereignisse verpassen solltest, wirst du trotzdem für unsere Tochter da sein, wenn sie mitten in der Nacht einen Albtraum hat oder die Windeln gewechselt werden müssen. Du wirst die Gespenster unter ihrem Bett verjagen und ihr ein Eis kaufen und sie sich an deiner Schulter ausweinen lassen, wenn sie sich wehgetan hat. Du wirst ihr das Fahrradfahren beibringen und du wirst da sein, um ihrer ersten Verabredung ordentlich Angst einzujagen. Du wirst in alltäglichen Situationen für sie da sein. Da spielt es keine Rolle, ob du einige Ereignisse verpasst. Es werden die alltäglichen, langweiligen Dinge sein, an die sie sich am meisten erinnern wird und die für sie wichtig sein werden, okay?«

»Verflucht, ich liebe dich.«

Cheyenne lächelte. »Ich liebe dich auch. Wollen wir noch einmal über ihren Namen sprechen?« Sie hasste es, das Thema wieder zur Sprache bringen zu müssen, weil sie sich meistens darüber stritten, aber wenn Faulkner befürchtete, es nicht bis zur Geburt nach Hause zu schaffen, sollten sie es besser jetzt klären.

»Nein, ich möchte nicht, dass wir es jetzt entscheiden, denn dann *weiß* ich, dass ich es nicht rechtzeitig nach Hause schaffen werde.«

Cheyenne schmollte ihn verärgert an. »Aber wenn du

es nicht rechtzeitig nach Hause schaffst, dann muss ich allein den Namen bestimmen, und ich möchte nicht, dass du enttäuscht bist.«

»Wir haben oft genug darüber gesprochen, Shy. Du weißt, was ich mag und was ich nicht mag. Ich vertraue darauf, dass du unserer Tochter einen Namen gibst, über den andere Kinder sich nicht lustig machen werden und den sie nicht sofort ändern will, sobald sie alt genug ist, um für sich selbst zu entscheiden, sollte ich es nicht zurückschaffen. Wenn wir jetzt mit diesem Thema fertig sind, dann muss ich meiner Tochter noch einmal zeigen, wer ihr Vater ist.«

»Herrgott, Faulkner, obwohl ich so rund wie eine Kugel bin, bist du jetzt noch spitzer als in unserer Hochzeitsnacht.«

»Ich kann nichts dafür. Du bist einfach so unglaublich schön mit meinem Kind in dir. Ich kann einfach nicht genug von dir bekommen.«

Faulkner half Cheyenne von der Couch hoch – Gott allein wusste, wie schwer es ihr mittlerweile fiel, allein aufzustehen – und führte sie in ihr Schlafzimmer. Dort fuhr er damit fort, ihr das Nachthemd auszuziehen, und verbrachte die nächsten Stunden damit, ihren Körper anzubeten und ihr auf jede erdenkliche Weise zu zeigen, wie viel sie ihm bedeutete. Sie liebten sich, als würden sie sich niemals wieder lieben.

»Du hast dein Ortungsgerät eingepackt, oder?«, fragte Jessyka Kason zum dritten Mal an diesem Abend und überaus nervös, nachdem sie die Kinder ins Bett gebracht hatten.

»Ja, habe ich. Mach dir keine Sorgen.«

»Ich mache mir aber Sorgen. Jedes Mal wenn du das Haus verlässt, mache ich mir Sorgen.«

»Ich weiß, und das ist einer der vierhundertdreiunddreißig Gründe, warum ich dich liebe.«

»Nur vierhundertdreiunddreißig?«

»Komm her, Jess.« Benny zog seine Frau in eine Umarmung. »Wir werden oft zu Missionen einberufen. Warum bist du diesmal so besorgt?«

»Ich weiß es nicht. Ich habe einfach das Gefühl, dass diesmal etwas anders ist.«

Benny erwiderte nichts, weil er das gleiche Gefühl hatte. Er wechselte das Thema. »Hast du mit John und Sara alles im Griff? Schaffst du es auch, deine ehrenamtliche Arbeit im Jugendzentrum wahrzunehmen, wenn ich nicht hier bin, um dir zu helfen?«

»Ja, Caroline hat gesagt, dass wir ein paar Nächte bei ihr bleiben können, und Fiona hat dasselbe angeboten. Ich kann im Jugendzentrum aushelfen, während sie sich um die Kinder kümmern.«

»Ich hasse es, dass du dich hier allein in unserem Haus nicht wohlfühlst, wenn ich nicht da bin.«

Jess versuchte, es zu erklären. »Es ist nicht so, dass ich mich nicht wohlfühle, aber du machst so viel und merkst es wahrscheinlich nicht einmal. Weil John und Sara fast gleichaltrig sind, John gerade anfängt zu laufen und Sara viel Aufmerksamkeit braucht, fällt es mir einfach leichter, jemanden in der Nähe zu haben, der mir helfen kann.«

Als Jess den bestürzten Ausdruck auf dem Gesicht

ihres Mannes bemerkte, beruhigte sie ihn schnell: »Damit meine ich nicht, dass du dich schuldig fühlen musst. Alleinerziehende Eltern müssen da die ganze Zeit durch und ich habe höllischen Respekt vor all den Männern und Frauen auf dieser Welt, die ihre Kinder allein großziehen. Jedenfalls haben Caroline und Fiona angeboten, mir zu helfen. Das ist alles.«

»Okay, Jess, dann werde ich nicht weiter darauf herumhacken. Ich werde so schnell wie möglich wieder zurück sein und dann noch härter daran arbeiten, das Haus fertigzustellen, damit du dich wohler fühlst. Vielleicht können wir uns auch nach einer Aushilfe für den Haushalt umsehen. Ein Kindermädchen oder so. Ich möchte nicht, dass du dich selbst verlierst. Ich weiß, wie wichtig dir die Arbeit im Jugendzentrum ist. Auf diese Weise kannst du Kindern wie Tabitha helfen.«

Jess seufzte, als sie an das junge Mädchen zurückdachte, das sie so sehr geliebt hatte, dem sie aber letztendlich nicht hatte helfen können.

»Ja, ich muss immer daran denken, dass Tabitha sich vielleicht nicht so isoliert gefühlt und sich eventuell jemandem über ihren Missbrauch anvertraut hätte, wenn sie nach der Schule einen sicheren Zufluchtsort gehabt hätte.«

»Ich bin stolz auf dich, Jess. Du könntest über das, was mit ihr passiert ist, verbittert oder deprimiert sein, aber das bist du nicht. Du hast aus der Erfahrung gelernt und es hat den Wunsch in dir beflügelt, anderen Teenagern zu helfen.«

»Du bist der beste Ehemann aller Zeiten, Kason. Vergiss das nicht.« Jess lächelte ihn an. Sie liebte ihn so sehr und hatte keine Ahnung, wie sie es verdient hatte, so viel Glück zu haben, ihn in ihrem Leben zu haben. Aber einem geschenkten Gaul schaute man ja nicht ins Maul. Sie würde ihn nicht mehr gehen lassen, niemals.

»Das werde ich nicht. Aber wenn du mir noch einmal zeigen möchtest, wie großartig ich bin, bevor ich aufbreche ... hätte ich nichts dagegen.«

Jess kicherte, trat einen Schritt von ihm zurück und deutete über seine Schulter. »Was ist das da?«

Als er sich umdrehte, lachte Jessyka und stürmte aus dem Raum in Richtung Schlafzimmer, so schnell ihre Füße sie trugen. Während sie den Flur entlanglief, rief sie ihm über die Schulter zu: »Ha, ausgetrickst! Wer zuerst im Schlafzimmer ist, darf oben sein!«

»Na warte, du kleine Trickserin!«, sagte Benny. Er lief ihr nach, ließ Jess aber den kleinen Wettlauf gewinnen. Er mochte es genauso sehr wie sie, wenn sie oben war. Weil eines ihrer Beine kürzer war als das andere, hinkte sie, was sie aber nicht wirklich verlangsamte. Trotzdem wussten beide, dass er sie innerhalb kürzester Zeit einholen könnte. Der Anblick, wie der sexy Arsch seiner Frau wackelte, wenn sie den Flur hinunter zu ihrem Schlafzimmer ging, brachte ihn immer wieder zum Lächeln.

Den Ausdruck auf Jessykas Gesicht, als sie ihn später am Abend ritt, würde Benny niemals vergessen. Sie hatte den Kopf in den Nacken geworfen, ihr langes schwarzes Haar strich über seine Schenkel und sie hatte ein Lächeln im Gesicht. Es war das pure Gold und sie gehörte ihm.

Mozart saß im Schaukelstuhl, hielt seine sechs Monate alte Tochter im Arm und sah sie ehrfürchtig an. Sie war das Erstaunlichste, was er jemals gesehen hatte. Er war kein rührseliger Mann. Er hatte ein hartes Leben geführt und nie damit gerechnet zu heiraten, geschweige denn eine Tochter zu haben. Eine seiner Lieblingsbeschäftigungen war es, Summer dabei zu beobachten, wie sie April stillte. Seine beiden Mädchen – sie waren so schön, dass es ihm fast schon im Herzen wehtat.

April war schon vor einiger Zeit aufgewacht. Sie schlief jetzt schon länger durch, aber es gab Tage, an denen sie sehr früh aufwachte, also hatte er sie geholt und zu Summer ins Bett gebracht. Summer war noch im Halbschlaf gewesen. Mozart hatte April erst geholfen, die Brustwarze seiner Frau zu finden, und hielt sie dann an Summers Brust, während sie trank. Summer hatte ihn müde angelächelt und sein Gesicht gestreichelt, als April fertig war.

»Danke, Sam. Ich liebe dich.«

»Schhh, keine Ursache. Ich liebe dich auch. Schlaf weiter. Ich komme gleich wieder.«

Jetzt saß er in Aprils Zimmer. Seine Tochter war vor einer Weile wieder eingeschlafen, aber er genoss den Babygeruch und sie in seinen Armen zu halten. Sie würde so schnell erwachsen werden und er musste plötzlich daran denken, wie sie ihn als Teenager vielleicht nicht mehr umarmen wollte. Mozart versuchte, die Sorgen über ihre neue Mission, die in seinem Hinterkopf herumschwirrten, zu unterdrücken. Obwohl sie viele

Missionen absolviert hatten, die ähnlich waren, wusste er irgendwie, dass es diesmal anders sein würde.

Summer fand Sam im Babyzimmer, wie er ihre Tochter in seinen Armen wiegte und sie beim Schlafen beobachtete. »Du bist nicht wiedergekommen«, sagte sie leise, um ihre Tochter nicht zu wecken.

Mozart sah zu seiner schönen Frau auf. Ihr blondes Haar war durcheinander und hing ihr ins Gesicht. Ihre blauen Augen sahen verschlafen aus. Sie hatte eines seiner Hemden angezogen, das er unbedacht auf dem Boden liegen gelassen hatte, und hielt es mit verschränkten Armen vor ihrem Körper zusammen. Sein Herz fühlte sich an, als würde es vor Liebe zu ihr gleich platzen. Vor zwei Jahren hätte er sie fast verloren und es verging kein Tag, an dem er nicht Gott dafür dankte, dass sein Team es noch rechtzeitig geschafft hatte, sie zu retten.

»Hey, tut mir leid. Kannst du glauben, dass sie jetzt schon seit sechs Monaten in unserem Leben ist? Manchmal weiß man gar nicht, was einem gefehlt hat, bis man es hat.«

»Wie dich.«

»Was?«

»Wie dich. Ich wusste nicht, dass ich dich vermisst habe, bevor ich dich *hatte*.«

»Komm her, Sonnenschein.«

Summer ging zu ihrem Mann und kniete sich auf den Teppich neben den Stuhl. Sie fuhr mit der Hand über seine vernarbte Wange und strich mit ihrem Daumen über seine Lippen. »Auch wenn wir April nicht gehabt hätten, wäre mein Leben mit dir vollständig gewesen.

April allein ist nicht der Höhepunkt unserer Liebe. Ich liebe dich, Sam Reed.«

»Du kannst dir nicht vorstellen, wie froh ich bin, dass du an diesem Tag dort oben in Big Bear Lake für mich eingetreten bist. Wie durch ein Wunder siehst du meine Fehler nicht und ich spreche nicht nur über die Narbe auf meiner Wange. Ich liebe dich auch, Sonnenschein. Du und April, ihr seid das Wichtigste in meinem Leben. Ich werde Himmel und Hölle in Bewegung setzen, um immer wieder zu euch nach Hause zu kommen.«

»Ich weiß, dass du das tust. Jetzt komm ins Bett, Liebling.«

Mozart nickte und stand auf, wobei er darauf achtete, sein kleines Mädchen nicht zu wecken. Sanft legte er sie in ihr Kinderbettchen und küsste sie auf den Kopf. Ihr lockiges Haar fühlte sich weich an auf seinen Lippen. Er legte seine Hand auf ihren Rücken und war erstaunt, wie klein sie noch war. Seine Handfläche bedeckte ihren gesamten Rücken. »Ruh dich aus, mein Engel. Daddy liebt dich.«

Summer nahm Sams Hand und führte ihn zurück in ihr Schlafzimmer. Sie zog ihm seine Flanellhose aus und nahm sich Zeit, ihm zu zeigen, wie sehr sie ihn liebte.

Nachdem Summer mehrmals gekommen war und Mozart es sich schließlich auch erlaubt hatte, sich in der Liebe seines Lebens zu erlösen, hörte er, wie sie leise und benommen in sein Ohr flüsterte: »Ruh dich aus, Sam. Ich liebe dich.«

Cookie und Fiona saßen sich gegenüber am Tisch und aßen. »Bist du dir sicher, dass es dir gut gehen wird, während ich weg bin?«

Fiona lächelte Hunter nur an. Sie war nicht irritiert über seine Frage, sie wusste, dass er sich aus Liebe erkundigte. »Zum zehnten Mal, Schatz, ja, es wird mir gut gehen. Ich hatte schon seit ein paar Monaten keinen Flashback mehr.«

»Ich weiß, aber ...«

»Ich verstehe, dass du jedes Mal nervös bist, wenn du aufbrechen musst, weil es vor zwei Jahren passiert ist, während du auf einer Mission warst, aber ich schwöre dir, dass ich immer ein Ortungsgerät dabeihabe und sofort Caroline oder Tex anrufen werde, sollte ich mich komisch fühlen. Ich werde nicht noch einmal weglaufen. Mir geht es jetzt viel besser als damals. Dafür hast du gesorgt.«

Cookie schob den größtenteils leeren Teller weg, legte seine Arme auf den Tisch und beugte sich zu Fiona vor. »Ich mache mir nur Sorgen um dich.«

»Ich weiß, und ich liebe dich dafür. Du machst dir Sorgen um mich, genauso wie ich mir Sorgen um dich mache. Bist du fertig?«

Cookie nickte und sah zu, wie Fiona seinen Teller in die Küche brachte. Er folgte ihr, öffnete die Spülmaschine und stellte das Geschirr hinein, nachdem Fiona es abgespült hatte. Sie arbeiteten, ohne dabei ein einziges Wort zu verlieren, so wie sie es schon viele Abende zuvor getan hatten.

Die Küche war sauber und das Geschirr war weggeräumt. »Willst du ein Bad nehmen?«

Fiona sah ihren Mann an. Irgendetwas stimmte nicht mit ihm, aber sie war sich nicht sicher was. »Sicher, kommst du mit?«

Er schüttelte den Kopf. »Heute nicht. Ich möchte dich einfach nur verwöhnen.«

Fiona nickte.

»Okay, gib mir ein paar Minuten. Ich werde alles für dich vorbereiten.«

»Das kann ich auch allein.«

»Ich weiß, aber ich möchte es tun.«

»Okay. Ich werde in der Zeit ein Buch raussuchen, dann komme ich nach.«

Fiona sah Hunter hinterher, als er den Flur hinunter zu ihrem Schlafzimmer ging. Sie neigte den Kopf und versuchte herauszufinden, was er vorhatte. Sie war es gewohnt, dass er kurz vor einer Mission besonders fürsorglich war, aber das war neu. Es war nicht das erste Mal, dass er ihr ein Bad einließ, aber heute Abend fühlte es sich irgendwie anders an. In der Vergangenheit hatte er sie geliebt, als wäre es das letzte Mal, dass sie zusammen wären, und hatte ihr *dann* einen Vortrag über Sicherheit gehalten und sie gefragt, ob es ihr gut gehen würde. Normalerweise zögerte er es nicht mit einem Bad hinaus, ins Bett zu kommen.

Fiona schnappte sich einen Liebesroman von einer ihrer Lieblingsautorinnen aus dem Bücheregal und ging ins Schlafzimmer. Sie hörte, wie das Wasser in die Wanne lief, hatte aber nicht mit Kerzen gerechnet, als sie das große Badezimmer betrat. Hunter hatte so viele Kerzen angezündet, wie er hatte finden können, ohne darauf zu achten, dass sie alle unterschiedlich dufteten, und ungeachtet der Tatsache, dass der Geruch ihnen später wahrscheinlich Kopfschmerzen bereiten würde. Es war trotzdem wunderschön.

Er sagte nicht viel, sondern sah nur zu, wie sie sich auszog und in die Wanne stieg.

»Ist die Temperatur in Ordnung?«

»Kochend heiß ... also perfekt.«

Hunter lächelte sie an. »Okay, ich komme in ungefähr zwanzig Minuten wieder, um nach dir zu sehen.«

Fiona nickte und machte sich erneut Sorgen, als er das Badezimmer verließ. Etwas bedrückte ihn und sie musste ihn dazu bringen, sich ihr anzuvertrauen, bevor die Nacht vorbei war.

Nach ihrem Bad und nachdem Hunter jeden Zentimeter ihrer Haut abgetrocknet hatte, bevor er sie über ihr Bett gebeugt und von hinten genommen hatte – sehr gründlich und sehr zufriedenstellend – und nachdem sie sich in die weichen Kissen auf ihrer Matratze gekuschelt hatten, stellte Fiona schließlich die Frage, die sie den ganzen Abend über beschäftigt hatte.

»Was ist los, Hunter?«

»Was meinst du?«

»Ich meine, du warst noch nie so ... fürsorglich, bevor du abgereist bist.«

Er schwieg so lange, bis Fiona sich fragte, ob er ihr überhaupt antworten würde ... beziehungsweise, ob er überhaupt noch wach war.

»Ich weiß, dass ich es nicht zugeben sollte, aber diese Mission bereitet mir Sorgen.«

Fiona versuchte, locker zu bleiben, und fragte ihn warum.

»Du weißt, ich kann dir nicht sagen, wohin wir aufbrechen, aber ich könnte für eine Weile weg sein. Ich mache mir Sorgen um dich. Ich mache mir Sorgen um die anderen Frauen. Ich mache mir Sorgen um ihre Kinder. Ich mache mir einfach generell Sorgen.«

Fiona war etwas beunruhigt, weil es gar nicht Hunters Art war, so besorgt zu sein. Normalerweise war seine Einstellung, Augen zu und durch und keine Gefangenen. Sie versuchte, ihn zu beruhigen: »Ich kann schlecht von dir verlangen, dir keine Sorgen zu machen. Verdammt, wenn du mir sagen würdest, ich soll mir keine Sorgen um dich machen, würde ich dich auslachen. Aber es wird mir gut gehen. Den anderen Frauen wird es gut gehen. Es wird uns allen gut gehen. Wir sind füreinander da, wenn ihr weg seid, genauso wie ihr Männer aufeinander aufpasst, wenn ihr auf Mission seid. Du kannst uns vertrauen, dass wir aufeinander aufpassen, solange ihr weg seid. Egal was passiert, wir sind eine große Familie. Wir haben vielleicht keine eigenen Kinder, aber ich würde alles für John, Sara, Brinique, Davisa, April und das noch namenlose Cooper-Baby tun.«

»Versprich mir nur ... *versprich mir*, dass du auf dich aufpassen wirst, sollte ich nicht nach Hause zurückkehren. Ich kann die Vorstellung nicht ertragen, dass du wieder so verloren und gebrochen sein könntest wie vor zwei Jahren, als du in Richtung Norden abgehauen bist.«

Fiona wollte am liebsten den Teil »nicht nach Hause zurückkehren« kommentieren und in Tränen ausbrechen, hielt sich aber zurück. Sie musste stark für Hunter sein. Er brauchte sie jetzt. »Ich verspreche es.«

Cookie nickte nur, weil er durch den Kloß in seinem

Hals nichts sagen konnte. Er nahm Fiona in seine Arme und drückte sie so fest, wie er dachte, dass sie es aushalten könnte. Er zog ein Bein über ihre Hüfte und genoss ihren Geruch und die Nähe ihres Körpers. Wenn es tatsächlich das letzte Mal war, dass er sie halten konnte, wie sein Bauchgefühl ihn anzuschreien schien, dann wollte er einen Abdruck von sich selbst auf ihr hinterlassen.

Er spürte, wie Fiona in seinen Armen einschlief. Sie hatten die Tränen ignoriert, die sie beide vergossen hatten, während sie sich in den Armen hielten. Cookie konnte nicht eine Minute schlafen. Er wollte jede Sekunde genießen, die ihm mit der Liebe seines Lebens in den Armen noch blieb.

Alabama und Christopher saßen nebeneinander auf der Couch, jeder mit einem kleinen Mädchen auf dem Schoß, denen sie gerade erklärten, dass Daddy auf eine Reise gehen würde. Während der letzten anderthalb Jahre, in denen Brinique und Davisa bei ihnen lebten, hatten sie nach und nach verstanden, was Daddy beruflich machte.

»Wann wirst du wiederkommen?«, fragte Brinique unter Tränen.

»Das weiß ich noch nicht genau, Schätzchen«, sagte Abe zu seiner Tochter und wischte ihr die Tränen ab, die Streifen auf ihrem Gesicht zurückließen. »Aber ich werde wiederkommen.«

»Mein anderer Vater ist gegangen und niemals

wiedergekommen«, sagte Davisa sachlich. Alabama wusste, dass sie ihren leiblichen Vater nie kennengelernt hatte. Ihre Mutter wusste wahrscheinlich selbst nicht genau, wer es war, hatte sich aber höchstwahrscheinlich in Davisas Beisein darüber beschwert, dass er sie verlassen hatte.

»Er ist vielleicht nicht wiedergekommen, aber ich werde alles in meiner Macht Stehende tun, um zu euch zurückzukehren«, versprach Christopher. »Glaubst du, ich würde drei so schöne Frauen für immer verlassen? Nicht wenn ich es verhindern kann. Dafür liebe ich euch alle viel zu sehr. Egal was jemals in eurem Leben passieren wird, ihr müsst wissen, dass eure Mutter und ich euch sehr lieben. Wir haben euch *ausgewählt*. Viele andere Mütter und Väter haben bei ihren Kindern keine Wahl. Wir hatten eine Wahl und wir haben uns für euch entschieden. Vergesst das nie.«

Brinique richtete sich auf Christophers Schoß auf. »Ja. Ihr habt uns ausgewählt. Von all den kleinen Jungen und Mädchen, die ein Zuhause brauchten, habt ihr *uns* ausgewählt.«

Abe nickte und wiederholte die Worte, die Brinique offensichtlich hören wollte: »Das stimmt, meine Kleine. Wir haben euch ausgewählt. Und obwohl ich verreisen muss, tue ich das nicht wegen irgendetwas, das ihr getan habt, sondern weil es mein Job ist. Es gehört einfach dazu.«

»Mommy hat gesagt, du bist einer von den Guten. Du ziehst in die Welt hinaus und steckst die bösen Leute ins Gefängnis.«

Abe sah zu Alabama hinüber und zwinkerte ihr zu. »Nun, in gewisser Weise, ja. Grundsätzlich stimmt das.«

»Wo ist die Welt?«

»Was meinst du, Süße?«

»Du ziehst in die Welt hinaus ... wo ist die Welt?«

»Ah.« Abe rutschte herum und drückte Brinique näher an seine Brust. »Die Welt ist dort, wo wir im Moment nicht sind«, versuchte er, seiner sechsjährigen Tochter zu erklären.

»Also wirst du in ein anderes Land reisen?«

Alabama wusste, dass es jetzt schwierig wurde. Sie wusste, dass Abe niemandem erzählen konnte, wohin er ging, nicht einmal seiner neugierigen kleinen Tochter. »Wir wissen nicht genau, wo Daddy hinreisen wird, aber Onkel Hunter und all die anderen Onkels werden ihn begleiten und sich für uns um ihn kümmern, bis er wieder nach Hause kommt.«

»Aber Super-Tex weiß immer, wo du bist, oder? Mommy, du hast gesagt, dass Onkel Tex immer weiß, wo jeder gerade ist, weil er sie verfolgen kann, und das macht ihn irgendwie zu einem Superhelden ... richtig?«

Alabama versuchte, nicht zusammenzucken. Offensichtlich war Davisa gescheiter als durchschnittliche Fünfjährige. Sie schien sich alles zu merken, was ihr jemals erzählt wurde. »Ja, Onkel Tex kann sehen, wo sie gerade sind. Er wird es wissen.«

»Also gut. Solange Daddy sich nicht verirrt und den Weg nach Hause zurückfindet, ist alles in Ordnung. Kannst du uns heute Abend noch eine Geschichte vorlesen, Daddy?«

Alabama wünschte, sie könnte ihre eigenen Sorgen so

leicht beruhigen wie ihre Töchter. Sie und Christopher halfen den Mädchen, sich fürs Bett fertig zu machen, und deckten sie zu. Sie schliefen immer noch im selben Raum, weil sie sich dabei wohler fühlten, selbst wenn sie schon seit anderthalb Jahren von ihrer schrecklichen Mutter getrennt waren. Christopher las ihnen eine Gutenachtgeschichte vor und die Mädchen waren eingeschlafen, bevor die Geschichte zu Ende war.

Beide gaben ihren Mädchen einen Kuss auf die Wange und Abe flüsterte ihnen die Worte ins Ohr, die er jeden Abend zu ihnen sagte, egal ob sie schliefen oder noch wach waren: »Je früher du schlafen gehst, desto eher wird ein neuer Tag kommen.« Für einen langen Moment standen Abe und Alabama in der Tür.

»Wir haben wunderschöne Kinder, Alabama. Ich bin verdammt stolz auf dich, dass du die Initiative ergriffen und mich dazu überredet hast, auf eine Adoption einzugehen. Ich kann mir unser Leben ohne sie nicht einmal mehr vorstellen und ich will es auch nicht.«

»Stört es dich, wenn wir in der Öffentlichkeit komisch angeguckt werden, wenn sie uns Mom und Dad nennen?«

»Weil wir weiß sind und sie dunkelhäutig? Verdammt, nein! Die Leute können denken, was sie wollen. Das sind *meine* Mädchen.«

Gott, Alabama liebte diesen Mann.

Abe schloss langsam die Tür des Kinderzimmers, ließ sie aber einen Spalt offen, damit sie hören konnten, sollte eines der Mädchen sie nachts brauchen oder über den Flur ins Schlafzimmer schleichen. Sie hatten im letzten Jahr kreativ und vorsichtig sein müssen, wenn sie miteinander geschlafen hatten, da sie nicht wollten, dass ihre Kinder sie bei etwas sahen, das sie besser nicht sehen sollten.

Abe und Alabama liebten sich in dieser Nacht sanft und süß und achteten darauf, nicht zu viel Lärm zu machen, als sie ihren Höhepunkt erreichten. Er zog Alabama auf sich und spürte, wie sie sich sofort entspannte und sich auf ihn sinken ließ. Er wusste, dass sie aufstehen und sich etwas anziehen mussten, für den Fall, dass die Mädchen in ihr Zimmer kamen, aber im Moment wollte er sich nicht bewegen. Das Gefühl von Alabamas glatter Haut auf seiner fühlte sich im Moment für ihn wie der Himmel auf Erden an.

»Ich werde dich vermissen«, sagte Alabama gefühlvoll mit gedämpfter Stimme.

»Ich werde dich auch vermissen.«

Alabama wusste, dass sie von Christopher nicht verlangen konnte, ihr zu versprechen zurückzukommen, aber sie wollte es gern.

»Tust du mir einen Gefallen?«

»Alles«, sagte Alabama ehrlich zu ihrem Mann.

»Nimm keine weiteren Pflegekinder auf, bis ich zurück bin.«

Alabama stemmte sich auf Christophers Brust, bis sie ihn im schwachen Licht des Raumes kaum noch sehen konnte. »Was?«

»Ich kenne dich. Du wirst wahrscheinlich ängstlich sein und dir Sorgen machen, während ich weg bin, und ich weiß, dass du mit Stress besser umgehen kannst, wenn du beschäftigt bist. Also habe ich mir gedacht, dass du vermutlich nicht Nein sagen wirst, wenn du gefragt wirst, ob du noch ein weiteres Pflegekind aufnehmen würdest. Sollte es dazu kommen, möchte ich aber da sein, um ihm oder ihr helfen zu können, sich zu akklimatisieren, und das kann ich nicht, wenn du allein bist.«

Alabama entspannte sich wieder auf Christopher. Für eine Sekunde hatte sie gedacht, er wollte keine Kinder mehr adoptieren. Ja, sie hatten darüber gesprochen und waren sich einig darüber gewesen, dass sie beide eine große Familie adoptierter Kinder wollten, aber sie hatte voreilig die falschen Schlüsse aus seiner Bemerkung gezogen. Dafür liebte sie ihn jetzt umso mehr, dass er auf jeden Fall daran teilhaben wollte, sollten sie weitere Kinder adoptieren. »Okay, das kann ich machen.«

»Wenn mir etwas passiert ...«

»Nein. Dir wird nichts passieren«, unterbrach Alabama ihn.

Aber Abe fuhr fort, als hätte sie ihn nicht unterbrochen: »Wenn mir etwas passiert, möchte ich trotzdem, dass du die große Familie hast, von der du immer geträumt hast. Lass dich durch nichts davon abhalten.«

Alabama stockte der Atem. »Werde ich nicht«, bekam sie noch heraus, bevor sie ihr Gesicht an seinem Hals vergrub. Sie fühlte, wie Christopher seine Hand auf ihren Nacken legte.

»Ich mache mir Sorgen um dich von dem Moment an, an dem ich morgens aufwache, bis zu dem Moment, an dem ich wieder einschlafe. Ich werde vielleicht auf einer Mission sein und mich auch hundertprozentig auf diese Mission konzentrieren, aber in Gedanken wirst du immer bei mir sein. Ich weiß, dass du mit unseren Kindern hier auf mich wartest, und das macht mich entschlossener denn je, zu euch zurückzukehren. Es besteht immer das Risiko, dass meine Sturheit eines Tages vielleicht nicht mehr genügt, und ich möchte, dass du nach deinen Träumen greifst, egal ob ich bei dir bin, um dich zu unterstützen, oder nicht, in Ordnung?«

»Okay«, versprach Alabama ihm unter Tränen. Sie war nicht in der Lage dazu, seine Aussage zu widerlegen. Es war schön und herzzerreißend zugleich.

»Schlaf jetzt, Liebling. Je früher du einschläfst, desto eher werde ich wieder zu Hause sein.«

Caroline stand an der Haustür und schaute in den dunklen Garten hinaus. Matthew stand hinter ihr, hatte seine Arme um ihre Taille gelegt und zog sie gegen seine Brust. Sie standen lange so da, ohne ein Wort zu sagen, bis Caroline schließlich die Stille durchbrach.

»Ihr werdet losgeschickt, um diese Frau zu retten, oder?«

Wolf antwortete nicht und Caroline seufzte. Sie drehte sich in den Armen ihres Mannes herum, legte ihre Arme um seinen Hals und schaute ihm in die Augen. Er sah sie mit solcher Liebe und Geduld an, dass sie es fast nicht ertragen konnte.

»Ich weiß, du kannst es mir nicht sagen, aber mein Bauchgefühl sagt mir, dass das eure Mission ist. Mach dir keine Sorgen, ich werde den anderen nichts erzählen, aber darf ich dir noch etwas dazu sagen, bevor wir das Thema vergessen?« Caroline wusste, dass Matthew sich unbehaglich dabei fühlte, aber er würde es nie zugeben.

»Natürlich Ice. Sag, was du sagen willst.«

»Ihr werdet sie da rausholen. Ihr werdet sie finden, diese Arschlöcher töten und sie nach Hause bringen. Ich *weiß* es.«

Sie sah, wie Matthew die Lippen nach oben verzog. »Das weißt du, ja?«

»Ja. Ihr habt nicht eine Sekunde geruht, bis ich zu Hause und in Sicherheit war, und ihr habt mich damals auch nicht wirklich gekannt. Diese Frau muss verdammt hart sein. Wenn sie schon so lange festgehalten wird, wie die Reporter im Fernsehen behaupten, dann muss sie es sein.«

»Ice ...«, begann Wolf, aber Caroline schnitt ihm das Wort ab.

»Ich bin über das hinweg, was mit mir passiert ist. Wir haben darüber gesprochen. Und als ich letztes Jahr anfing, diese Albträume zu bekommen, habe ich mit der Therapeutin geredet. Aber irgendetwas an dieser Frau berührt mich. Neulich lief ein Interview mit ihrem Bruder in einer Talkshow – sie ist der Armee beigetreten, weil sie ihrem Land noch mehr dienen wollte als in ihrer Rolle als Feuerwehrfrau. Ihr Bruder hat gesagt, dass sie sich bei der Feuerwehr den Hintern aufgerissen hat und bei ihren Kameraden hoch angesehen ist. Sie kann es schaffen, sie wartet nur auf Hilfe. Und wer könnte ihr besser helfen als du? Und Hunter, Christopher, Sam, Faulkner und Kason? Ihr habt alle eure Frauen aus beschissenen Situationen gerettet, also weiß ich, dass es auch diesmal nicht anders sein wird. Aber bitte tu mir einen Gefallen, Matthew.«

»Welchen, Ice?«

Caroline bemerkte, dass er darauf achtete, weder zu bestätigen noch zu leugnen, wo das Team eingesetzt werden sollte.

»Diese Penelope Turner ist auch die Schwester von jemandem sowie eine Tochter und für andere eine Freundin. Sie ist genau wie ich oder Fiona oder eine der anderen Frauen. Ich weiß, ich muss dir nicht sagen, dass du alles tun sollst, um sie da rauszuholen ... weil ich weiß, dass du das tun wirst. Sie hat genug gelitten und muss nach Hause zurückkehren.«

Wolf beugte sich vor und zog seine Frau an seine Brust. Scheiße, er liebte diese Frau. Sie könnte ihn ermahnen, vorsichtig zu sein, oder weinen, weil sie sauer war. Stattdessen dachte sie gar nicht an sich selbst, sondern hatte eine unbekannte Frau bereits unter ihre Fittiche genommen, als gehörte sie zu ihrer Gruppe. Sie hatte mehr Liebe in sich als jede andere Frau, die er jemals gekannt hatte.

»Okay, Ice.« Er war so kurz davor wie noch nie, sein Schweigen in Bezug auf ihre streng geheimen Missionen zu brechen.

Er spürte, wie Caroline an seiner Brust nickte. Sie wusste offensichtlich, dass er sich unbehaglich fühlte, weil sie sofort das Thema wechselte.

»Also gut, komm schon. Du musst morgen früh raus. Es ist Zeit, mit deiner Frau zu schlafen.«

Wolf grinste. »Jawohl, Ma'am.«

Auf der anderen Seite des Landes wachte Melody gerade

auf und bemerkte, dass Tex noch nicht zu ihr ins Bett gekommen war. Sie gähnte, schwang ihre Füße über die Bettkante und stieß Baby dabei an. Der Hund ließ sich aber nicht stören und hob nur kurz den Kopf, bevor er ihn mit einem Seufzer fallen ließ und wieder einschlief.

Melody grinste ihren faulen Hund an, war aber dankbar, dass er überhaupt noch bei ihr war, um faul sein zu können. Sie griff nach ihrem alten Morgenmantel, der bequemer war als alles, was sie jemals besessen hatte, und schlenderte über den Flur, um ihren Ehemann zu finden.

Melody schaute ins Wohnzimmer, sah ihn aber nicht und ignorierte das Durcheinander, das mit einem Fast-Teenager im Haus wahrscheinlich unvermeidbar war. Sie ging in den Keller zu dem extragesicherten Büroraum. Tex hatte das Zimmer so ausgestattet wegen der zusätzlichen Sicherheit, die seine Computer benötigten, und falls sie jemals selbst einen Schutzraum benötigen sollten.

Sie öffnete die Tür, die Tex angelehnt gelassen hatte in der Annahme, dass sie ihn wahrscheinlich im Bett vermissen und nach ihm suchen würde. Melody sah, wie ihr Mann an seinem Schreibtisch saß und mit der Maus herumklickte. Sie trat hinter ihn und vergrub ihr Gesicht in seinem Nacken, was ihm die Möglichkeit gab, Fenster auf dem Bildschirm zu schließen, die sie gegebenenfalls nicht sehen sollte.

In den letzten anderthalb Jahren hatte sie gelernt, ihm die Privatsphäre zu geben, die er brauchte, um seinem Job nachzukommen. Sie war besser dran, nicht über alles Bescheid zu wissen, was er tat.

»Alles okay?«, fragte sie.

»Mmmh.«

Okaaaay, das bedeutete wohl nein. »Geht es um das Team?«

»Die Männer müssen morgen früh zu einer Mission aufbrechen.«

Melody wartete.

»Das wird nicht gut werden.«

Melody war sich nicht sicher, was sie sagen sollte. Tex half vielen Spezialeinheiten im ganzen Land. Sie nahm an, dass es um das SEAL-Team aus Kalifornien ging, da er nicht spezifizierte, um welches Team es sich handelte. Diesem Team stand sie am nächsten. Wolf und sein Team sowie ihre Frauen und Kinder bedeuteten ihnen beiden die Welt. Zu hören, dass die Männer auf eine Mission mussten, die »nicht gut werden würde«, war in der Tat eine sehr schlechte Neuigkeit.

»Was kann ich tun?«

Tex drehte sich auf seinem Stuhl herum, packte Melody und zog sie zu sich heran, sodass ihr keine andere Wahl blieb, als sich auf seinen Schoß zu setzen. Sie schob ihre Beine über seine Hüfte und er zog sie so fest an sich, dass sie sich vom Becken bis zur Brust berührten. Langsam öffnete er den Knoten an ihrem Morgenmantel und zog ihn herunter. Er wusste, dass sie darunter nackt sein würde. Sie schlief genauso gern nackt, wie er es genoss, sie so vorzufinden, wenn er zu ihr ins Bett kam.

Er legte seine Hände auf ihre Taille und vergrub sein Gesicht an ihrem Busen. Tex spürte, wie Melody seinen Hinterkopf umklammerte und ihn an sich zog.

»Ich liebe dich. Ich liebe dich dafür, dass du keine Fragen stellst, sondern als Erstes fragst: ›Was kann ich tun?‹ Ich liebe dich dafür, dass du nach mir suchst, wenn ich nicht ins Bett komme. Ich liebe es, dass du keine Sekunde gezweifelt hast, als ich gesagt habe, dass ich ein behindertes Mädchen aus dem Irak adoptieren will, das ich noch nie zuvor getroffen habe. Aber vor allem liebe ich einfach dich, jeden Zentimeter an dir. Und um deine Frage zu beantworten, wir können im Moment nicht wirklich etwas tun. Wir können nur abwarten und beten. Du könntest die anderen Frauen etwas öfter anrufen oder auch einen Ausflug machen und sie besuchen, wenn du Lust hast.«

»Kannst du mitkommen? Ich weiß, dass sie dich auch gern sehen würden.«

Tex schüttelte den Kopf. »Ich würde sie gern wiedersehen, aber ich muss hierbleiben, aufpassen, abwarten. Ich muss in der Nähe meiner Computer und Server sein, falls sie mich brauchen. Und ich habe das ungute Gefühl, dass sie mich tatsächlich brauchen werden.«

»Oh, Tex. Du bist nicht Superman, egal wie Alabamas Töchter dich nennen.«

»Ich weiß, aber mir stellen sich jetzt schon die Nackenhaare auf und ich bin mir sicher, dass sie auf dieser Mission meine Hilfe benötigen werden.«

Melody musterte ihren Mann. Sie hatten sehr lange Urlaub gemacht, nachdem Diane, ihre ehemalige Klassenkameradin, die sie monatelang gestalkt hatte, schließlich verhaftet worden war. Sie waren mit Baby nach Las Vegas gefahren und hatten geheiratet, genau wie sie es sich vorgenommen hatten. Diane hatte es geschafft, sich im Gefängnis das Leben zu nehmen, noch während sie auf ihren Prozess gewartet hatte. Melody wusste, dass sie darüber entsetzt sein sollte, aber es war ihr egal.

»Ich erwarte, dass du mir sagst, wie ich dir helfen kann, bis sie wieder zu Hause sind. Wenn ich dir das Essen hierherbringen soll, dann werde ich es tun. Wenn ich dich in Ruhe lassen muss, werde ich das auch tun. Wenn du einen schnellen Fick brauchst, um dich zu entspannen, bin ich dein Mädchen. Nur schließe mich nicht aus. Du neigst dazu, bei der Arbeit ein bisschen zu fokussiert zu werden, und gerade weil es um deine Freunde geht, mache ich mir Sorgen, dass du darüber dich selbst vergisst. Du musst jede Stunde aufstehen und etwas herumlaufen. Vergiss nicht, ab und zu deine Beinprothese abzunehmen. Ich werde Akilah runterschicken, um dich daran zu erinnern, und ihr könnt eure Stümpfe gemeinsam einreiben und massieren und ...«

Tex unterbrach Melody, indem er ihr Gesicht an seines zog und ihr die Seele aus dem Leib küsste. »Danke, dass du dich um mich kümmerst. Wenn ich mich zu sehr gehen lasse, gebe ich dir die Erlaubnis, mit mir zu schimpfen.«

»Ich bitte dich nur darum, nicht alles um dich herum zu vergessen. Du weißt, dass Baby dich auch vermisst, wenn du zu tief in deiner Arbeit versinkst.«

Tex lächelte. »Gott bewahre, dass der Hund mich vermisst.«

Melody lächelte zurück. »Okay, ich werde dich auch vermissen.«

Tex fuhr mit seiner Hand über Melodys Brust und es entging ihm nicht, wie sich ihre Brustwarzen unter seiner

Berührung zusammenzogen. »Ich habe noch ein wenig Zeit, bevor die Mission beginnt ... hast du eine Idee, wie wir uns die Zeit vertreiben könnten?«

Melody grinste und drückte sich gegen Tex' Hand, um ihn zu ermutigen, seine Liebkosungen fortzusetzen. »Ich habe vielleicht die eine oder andere Idee. Ich bin mir nicht sicher, ob wir diesen Stuhl schon einmal getestet haben. Glaubst du, er wird es aushalten, wenn ich dich hier an Ort und Stelle nehme?«

»Jetzt wäre ein guter Zeitpunkt, es herauszufinden.«

***

Kommandant Hurt studierte die Befehle des Präsidenten. Er war nicht glücklich über diese Mission. Er hasste es, seine SEALs auf Einsätze zu schicken, die so unvorhersehbar waren. Das passierte eigentlich öfter, als ihm lieb war, aber diesmal war die Situation nicht nur unvorhersehbar, sie war auch instabil, voller Hass und von vornherein zum Scheitern verurteilt. Der Versuch, eine Amerikanerin in einer Burka mitten in einem Flüchtlingslager zu finden, in dem es Tausende anderer Frauen in ähnlicher Kleidung gab, war so gut wie unmöglich. Ganz zu schweigen von den unhygienischen Bedingungen und Krankheiten, die in dem überfüllten, schmutzigen und heimtückischen Lager auf sie warteten.

Vierhunderttausend Menschen in einem Lager mitten in der heißen Wüste – verängstigt, besorgt und instabil – waren das Rezept für eine Katastrophe. Der einzige Hoffnungsschimmer für die Mission war, dass sie unter dem Befehl von JSOC stand. Das »Joint Special

Operations Command« war verantwortlich und darüber hinaus war noch ein weiteres SEAL-Team aus Norfolk beteiligt. Das Army-Ranger-Team *Night Stalkers* würde die Helikopter für den Einsatz fliegen und bei Bedarf war eine Delta Force-Einheit in Bereitschaft versetzt worden.

Der Generalstab des Präsidenten war nicht glücklich darüber, dass Penelope entführt worden war und jetzt von ISIS in ihrem tödlichen Spiel als Schachfigur eingesetzt wurde. Die ganze Welt hatte schon zu viele Videos gesehen, auf denen die Terroristen ihre Gefangenen folterten. Es wäre ein Albtraum für den Beliebtheitsgrad des Präsidenten, wenn Sergeant Penelope Turner ebenfalls in einem dieser grausamen Videos zu sehen wäre. Sie war für die USA jetzt die Schwester, Tochter, Freundin und ganz allgemein das Gesicht dieses schrecklichen Krieges.

Ihre Familie, insbesondere ihr Bruder, hatte alles in Bewegung gesetzt, um die Unterstützung vieler einflussreicher Politiker zu gewinnen, um eine Rettungsaktion auf den Weg zu bringen. Die Heimatschutzbehörde hatte ausreichend Hinweise erhalten, wonach die Frau in einem Flüchtlingslager festgehalten wurde, sodass der Präsident den Einsatz schließlich genehmigen konnte.

»Alles in Ordnung, Patrick?«

Er drehte sich um, streckte den Arm aus und seufzte, als seine Frau Julie sich an seine Seite kuschelte. Er spürte, wie sie einen Arm auf seinen Bauch legte und den anderen unter seinen Rücken schob.

»Ja, alles in Ordnung.«

»Das macht auf mich einen anderen Eindruck. Geht es um meine SEALs?«

Patrick lächelte über Julies Wortwahl. Sie wusste, dass er mehrere SEAL-Teams befehligte, aber Cookie und den Rest des Teams bezeichnete sie immer als »ihre«, da sie es waren, die sie in Mexiko gerettet hatten.

Im Laufe der Jahre hatte sie Freundschaft mit den Frauen geschlossen. Sie half Jessyka dabei, Teenager für ihr Programm für die Ausleihe von Kleidern für den Abschlussball zu finden. Summer hatte Julies Laden in die jährliche Spendenkampagne ihres Unternehmens aufgenommen und mit Cheyenne schrieb sie sich ständig E-Mails.

Patrick wusste, dass es viel harte Arbeit für Julie war, ihre Beziehung zu Fiona zu verbessern. Sie drängte sie zu nichts, tat aber alles, um freundlich zu ihr sein, damit Fiona wusste, dass sie an sie dachte. Wie Patrick es vorausgesehen hatte, waren aus Julie und den anderen Frauen nicht beste Freundinnen geworden, aber wenn sie sich auf Firmenfeiern trafen, schienen sie gut miteinander auszukommen.

»Du weißt, ich darf dir nicht viel sagen, aber ja, deine SEALs müssen morgen früh zu einer Mission aufbrechen.«

»Soll ich Fiona anrufen und fragen, wie es ihr geht? Vielleicht sollten wir sie einladen und uns etwas um sie kümmern. Ich kann mir eine Auszeit vom Laden nehmen. Meine Mitarbeiter wissen, was zu tun ist. Jetzt, wo ich einige der Teenager eingestellt habe, um meinen Platz im Verkauf einzunehmen, bin ich sowieso nur im Weg, wenn ich im Laden bin. Vielleicht kann ich ...«

Patrick beugte sich vor und brachte Julie mit einem Kuss zum Schweigen. Als er spürte, wie sie mit ihm verschmolz, zog er sich zurück. »Ich bin mir sicher, sie würde sich freuen, von dir zu hören, Liebling.« Als Julie nickte und ihre Hand ein Stück tiefer bewegte, bis sie seinen schnell steif werdenden Schwanz berührte, lächelte Patrick sie an.

»Komm ins Bett. Ich merke, wie angespannt du bist. Lass mich dir helfen, dich etwas zu entspannen.«

»Ich liebe dich, Julie. Ich komme gleich.«

»Okay, aber mach nicht mehr so lange oder ich muss die Sache selbst in die Hand nehmen«, neckte Julie.

Patrick beugte sich noch einmal vor und küsste seine Frau, bevor er sie zur Seite schob. »Streichele dich ruhig selbst, bis ich komme, aber glaub mir, ich werde dich mindestens zweimal kommen lassen, bevor ich am Zug bin, wenn ich ins Bett komme ... sorge also dafür, dass du mithalten kannst.«

Julie wurde rot und wich lächelnd zurück. Patrick sah ihr hinterher, bis sie durch die Tür seines Arbeitszimmers verschwand, und wandte seine Aufmerksamkeit wieder der Akte vor ihm zu. Seine Frau hatte ihn kurz abgelenkt, aber er machte sich immer noch Sorgen um seine Männer.

Der Kommandant in ihm hoffte, dass die Mission nicht aussichtslos war und keinen der besten Männer, die er jemals gekannt hatte, das Leben kosten würde. Er wollte mit Sicherheit nicht, dass Sergeant Turner durch die Hand der Terroristen starb, aber er wollte auch keiner der Frauen oder Kinder seiner eigenen Männer, die er kennen und respektieren gelernt hatte, mitteilen müssen, dass ihr Ehemann oder Vater nicht mehr nach Hause zurückkehren würde.

Schließlich schloss Patrick mit einem kurzen Seufzer und einem Stoßgebet die Akte wieder in dem kleinen Safe ein und versuchte, das unangenehme Gefühl abzuschütteln, das er seit dem ersten Anblick der Befehle hatte. Er musste sich jetzt darauf konzentrieren, seine Frau zu befriedigen. Er würde sich die Zeit nehmen, ihr zu zeigen, wie sehr er sie liebte, bevor er am nächsten Tag wieder in die gefährliche Welt der SEALs eintauchen müsste. Er brauchte jetzt etwas von der Entspannung, die Julie ihm versprochen hatte.

KAPITEL VIER

Wolf sah sich im Zelt nach seinen Männern um. Es waren harte achtundvierzig Stunden gewesen. Sie waren in den Nahen Osten geflogen und dort in einem HALO-Einsatz mit Fallschirmen aus einem Hubschrauber in großer Flughöhe abgesprungen, um unentdeckt in die Türkei zu gelangen. Sie hatten zuerst darüber nachgedacht, direkt über Syrien abzuspringen, aber schließlich entschieden, dass es unauffälliger wäre, wenn sie sich auf türkischer Seite unter die anderen Hilfstruppen mischten.

Die Landung war problemlos verlaufen und sie hatten sich auf den Weg in das Flüchtlingslager in der Nähe der Stadt Cizre in der Türkei gemacht. Es war genau, wie es ihrem Kommandanten vom Geheimdienst beschrieben worden war. Der Gestank war fürchterlich und überall um sie herum befanden sich kranke Menschen. Sie waren noch nicht sehr lange da und hatten bereits zwei Mütter gesehen, die um ihre toten Babys weinten. Niemand im Team wusste, woran die

Säuglinge gestorben waren, aber letztendlich war es egal. Dehydration, Krankheit, Hunger ... die toten Babys erinnerten sie alle ein bisschen zu sehr an ihre Familien zu Hause.

»Wie sieht der Plan für heute aus?«, fragte Abe.

Wolf legte die Luftbilder des Lagers auf den Tisch, die sie in Kalifornien erhalten hatten. »Der beste Ansatz wäre eigentlich eine Rastersuche, aber wir wissen alle, dass sie Turners Versteck wahrscheinlich permanent ändern, sollte sie überhaupt hier sein. Sie wird vermutlich keine zwei Nächte oder zumindest nicht länger als ein paar Nächte am selben Ort verbringen. Eine Rastersuche bringt uns also nicht viel. Wir müssen uns in Teams aufteilen und in diesem Drecksloch jeden Tag so viel Fläche wie möglich absuchen. In Zweiergruppen kommen wir schneller voran, als wenn wir alle zusammen auf Patrouille gehen. Außerdem werden wir weniger auffallen. Aber denkt daran, wir vermuten, dass ISIS Turner und die anderen genau auf diese Weise in ihre Fänge bekommen hat ... sie haben sie vom Rest ihrer Truppe getrennt. Und wir alle wissen, wie gern ISIS einen SEAL in die Hände bekommen würde, also bleibt auf der Hut. Ihr habt eure Funkgeräte?«

Alle Männer nickten und Wolf fuhr fort: »Okay. Benny, du kommst mit mir. Dude bildet ein Team mit Abe, und Cookie mit Mozart. Benny und ich werden die linke Seite übernehmen.« Wolf deutete auf ein Gebiet auf der Karte. »Dude und Abe prüfen den mittleren Bereich, und Cookie und Mozart übernehmen die rechte Seite. Versucht, so viel Fläche wie möglich abzusuchen. Seid aufmerksam, aber benehmt euch nicht auffällig. Turner ist nur einen Meter siebenundfünfzig groß. Sie hat hellblondes Haar. Wenn es nicht vollständig verdeckt ist, wird sie also auffallen wie ein bunter Hund.«

»Was ist, *wenn* sie es verdeckt haben?«, fragte Benny ernst.

»Dann sind wir am Arsch«, sagte Wolf kurz und knapp. »Wenn sie von Kopf bis Fuß bedeckt ist oder wenn sie sie in eine Burka gesteckt haben, können wir sie auf keinen Fall in der Menge ausmachen. Aber haltet nach einer Gruppe junger Männer Ausschau, die misstrauisch aussieht. Verdammt, seht euch einfach um. Die meisten Leute hier haben weder genug Nahrung noch Wasser. Solltet ihr auf eine Gruppe von Männern stoßen, die fit und gesund aussieht, dann ist das verdächtig. Die Männer werden außerdem bewaffnet sein. Vielleicht bis an die Zähne. Abe, fällt dir noch etwas ein?«

»Die amerikanischen und britischen Truppen in der Region waren keine große Hilfe. Kommandant Hurt sagte, dass niemand wirklich weiß, wo die Soldaten sich aufgehalten haben, als sie entführt wurden, und dass es seitdem kein Lebenzeichen von Sergeant Turner gegeben hat«, sagte Abe. Er holte tief Luft und fuhr dann fort: »Ich denke, wir sollten uns für den ersten Tag vornehmen, die Umgebung zu erkunden und einfach herumzulaufen, um zu sehen, ob wir etwas herausfinden können. Wenn wir sie nicht sofort erkennen, sollten wir die Dolmetscher dazuholen und uns als Hilfskräfte ausgeben. Vielleicht können wir mit einigen Flüchtlingen reden und herausfinden, vor wem sie Angst haben. Die Syrer sind nicht dumm. Wenn sie nicht selbst zu ISIS gehören, wissen sie wahrscheinlich, von wem sie sich besser fernhalten sollten. Da keiner von uns Türkisch spricht, müssen wir uns auf die Dolmetscher verlassen.«

Wolf nickte. »Gut. Was auch immer ihr tut, fangt keinen Krieg mitten im Lager an. Unser Ziel ist es, Turner ausfindig zu machen und ohne Aufsehen zu befreien. Ein Feuergefecht wollen wir unbedingt vermeiden, sonst könnten viele unschuldige Menschen dabei sterben, und das ist das Letzte, was die Regierung gebrauchen kann. Reinschleichen, die Beute schnappen und wieder raus lautet unsere Devise.«

»Was ist, wenn sie verletzt ist oder misshandelt wurde?«, fragte Dude ruhig, obwohl alle sehen konnten, dass er alles andere als ruhig war.

»Wir werden sie mitnehmen, in welchem Zustand auch immer. Wenn sie ausflippt, setzen wir sie außer Gefecht. Wenn sie nicht laufen kann, tragen wir sie. Wenn sie Angst vor uns hat, tun wir, was wir können, um sie zu beruhigen. Was auch immer ihr tut, verschwindet so schnell ihr könnt wieder, verstanden?«

Die fünf Männer nickten Wolf zu. Sie hatten damit gerechnet, dass die Mission die Hölle werden würde, aber jetzt, wo sie vor Ort waren und die Lebensbedingungen im Lager mit eigenen Augen sehen konnten, bestand daran kein Zweifel mehr.

»Wir machen uns gleich morgen früh auf den Weg. Ich weiß, dass keiner von uns während der letzten zwei Tage viel geschlafen hat. Schlaft heute Nacht und hoffentlich können wir schon bald wieder von dieser Müllkippe verschwinden.«

Die Männer ließen sich auf ihren Schlafmatten nieder. Jeder verlor sich in Gedanken an seine Frau, seine

Kinder und daran, was sie erwartete, *falls* sie Amerikas Liebling, Sergeant Penelope Turner, finden würden.

Am nächsten Morgen waren die Männer wach und bereit, noch bevor die Sonne aufging. Sie machten sich paarweise auf den Weg und waren auf alles vorbereitet. Am Abend trafen sich die Einzelteams wieder in dem Zelt, das ihnen von den Helfern zugewiesen worden war, und berichteten, was sie herausgefunden hatten.

»Die Westseite des Lagers scheint der ältere Bereich zu sein. Die Unterkünfte sind befestigt und die Menschen dort scheinen sich auf Dauer niedergelassen zu haben«, erklärte Cookie der Gruppe. »Ich denke, die Chancen stehen gut, dass Turner in dieser Gegend versteckt sein könnte. Wir wurden nicht gerade willkommen geheißen, als Mozart und ich uns dort umgesehen haben. Die anderen Helfer konnten uns auch keine Auskunft über diesen Bereich geben, da sie sich nicht sehr weit auf diese Seite wagen, weil sie sich dort nicht sicher fühlen.«

Wolf nickte. »Macht Sinn. Wir waren auf der anderen Seite. Da waren viele Frauen und Kinder.«

»Das könnte auch ein guter Ort sein, um sie zu verstecken«, kommentierte Dude ketzerisch.

»Ja, aber die meisten Männer, die wir dort gesehen haben, waren entweder sehr alt oder sehr jung. Es sieht nicht wie die Brutstätte von ISIS-Aktivitäten aus. Zumindest nicht auf den ersten Blick«, erwiderte Wolf.

»Es hört sich also danach an, als könnten wir uns

morgen auf den Westen und den mittleren Bereich konzentrieren«, sagte Abe. »Das Zentrum des Lagers scheint eine Mischung aus Familien, Alleinstehenden und Kindern zu sein.«

»Hat jemand irgendetwas gesehen, das nach ›Terroristenlager‹ aussah, oder habt ihr einen Blick auf jemanden werfen können, der unser Ziel sein könnte?«, fragte Wolf die Gruppe.

Die Männer schüttelten den Kopf. »Nicht wirklich. Die Roben und Schleier machen diese Operation fast unmöglich«, grummelte Cookie.

»Wir müssen sie finden. Ich kann den Gedanken nicht ertragen, sie in diesem Drecksloch in den Händen dieser Arschlöcher zu wissen«, sagte Dude und fuhr sich mit einer Hand durch die Haare.

»Wir werden unser Bestes tun.« Wolfs Worte kamen von Herzen, aber sie alle wussten, dass das nicht genug war. Sie mussten diese Frau finden. »Wir machen uns gleich morgen früh wieder auf den Weg. Danach werden wir in Schichten auch nachts patrouillieren.«

»Ich werde die erste Nachtschicht übernehmen«, meldete Dude sich freiwillig. Wolf sah seinen Freund kritisch an und wusste, dass Dude nicht gut schlief, weil er sich Sorgen um seine schwangere Frau Cheyenne machte. Er nickte. »In Ordnung. Ich werde die erste Schicht mit dir zusammen machen.«

Sergeant Penelope Turner war sauer. Sie sollte wahrscheinlich Angst haben oder ausflippen, aber um ehrlich zu sein, war sie einfach nur wütend. Sie hatte Glück gehabt, was ihre Entführung durch Terroristen angeht. In den ersten Tagen war sie verprügelt worden, aber nachdem das erste Video so viel Aufmerksamkeit auf sich gezogen hatte, hatten die Terroristen schnell erkannt, dass sie als Propagandawerkzeug wertvoller war.

Sie hatten sie gefragt, ob sie noch Jungfrau wäre, und Penelope hatte lange und gründlich darüber nachgedacht, wie sie darauf am besten antworten sollte. Schließlich hatte sie zugegeben, dass das nicht der Fall war. Bis jetzt war sie noch nicht vergewaltigt worden ... aber sie ging davon aus, dass ihre Entführer sich das als Folterwerkzeug für später aufsparten, sollten sie es brauchen.

Sie hatten sie dazu gezwungen, lange Monologe darüber vorzulesen, was ISIS am Westen und den USA auszusetzen hatte, und ehrlich gesagt hatte Penelope kein Problem damit vorzulesen, was sie wollten. Sie würde auch *Krieg und Frieden* lesen, wenn sie das von ihr verlangten. Es war nicht so, dass sie wirklich an das glaubte, was sie vorlas. Der Rest der Welt würde wahrscheinlich verstehen, dass sie gezwungen wurde, diese Dinge zu sagen.

Doch was ihr Sorgen machte, waren ihre Kameraden. Sie hatte ihre Freunde nicht mehr gesehen, seit sie entführt worden waren. Penelope hatte keine Ahnung, wie lange sie schon in Gefangenschaft war, ging aber davon aus, dass es ungefähr zwei Monate waren.

Thomas Black und Henry White waren zwei komische Typen. Thomas war aus Maine und hatte rote Haare und Sommersprossen. Er machte häufig Witze darüber, dass er ein Karottenkopf vom Dorf wäre. Henry stammte aus Mississippi und hatte die dunkelste Haut, die Penelope jemals gesehen hatte. Die anderen Soldaten zogen sie regelmäßig aufgrund ihrer Nachnamen auf, die nicht gegensätzlicher zu ihrem äußeren Erscheinungsbild hätten sein könnten. Aber die beiden Männer waren eng befreundet. Seit dem ersten Aufeinandertreffen waren sie wie Pech und Schwefel und machten alles gemeinsam, seit sie im Nahen Osten angekommen waren. Sie waren ein seltsam auffälliges Paar, aber in der Armee kannte die Freundschaft keine Hautfarben. Der dritte Mann in ihrer Gruppe war Robert Wilson. Penelope kannte ihn nicht sehr gut, aber er war freundlich zu ihr gewesen und sie machte sich genauso Sorgen um ihn wie um Thomas und Henry.

Sie nahm an, dass sie alle längst tot waren, und das ärgerte sie noch mehr. Diese ISIS-Arschlöcher hatten nicht das Recht, jemanden zu töten. *Sie* waren es, die arme Leute terrorisierten und unschuldige Soldaten wie sie und ihre Freunde entführten, die hier waren, um den Flüchtlingen zu helfen.

Penelope hatte sich freiwillig gemeldet, in die Türkei zu gehen, um den Menschen hier zu helfen und im Flüchtlingslager zu unterstützen, wo jede Hilfe dringend benötigt wurde. Ihre Reserveeinheit war in Fort Hood, Texas stationiert und hatte eine Kompanie von einhundertzwanzig Soldaten geschickt, um die Sicherheit im Lager zu gewährleisten. Nach ihrer Landung war ihr vom ersten Moment an klar gewesen, dass der für die Truppen im Flüchtlingslager verantwortliche Offizier kein sehr guter Anführer war. Obwohl ihm die Unteroffiziere zu erklären versuchten, wie gefährlich die Sicherheitspatrouillen sein konnten, wurde ihnen dennoch befohlen, in kleinen Gruppen zu gehen, die leicht überwältigt werden konnten.

Eines Tages war sie mit White, Black und Wilson angewiesen worden, auf der Westseite des Lagers zu patrouillieren. Als sie dagegen protestiert und zu erklären versucht hatte, wie gefährlich es war, sie allein loszuschicken, war sie öffentlich ermahnt worden und man hatte ihr gesagt, sie solle sich nicht so anstellen.

Sie wusste, es lag daran, dass sie eine Frau war, die es gewagt hatte, ihrem männlichen Vorgesetzten zu widersprechen. Wäre sie ein Mann gewesen, hätte man sie vielleicht ernster genommen. So wurden sie mit einem sprichwörtlichen Klaps auf den Hinterkopf losgeschickt, um zu sehen, was passieren würde. Penelope hatte verdammt noch mal recht gehabt und jetzt war sie wer weiß wie lange schon in diesem Höllenloch gefangen.

Sie hatte schon lange vorgehabt zu fliehen, aber die Arschlöcher, die sie entführt hatten, waren nicht so dämlich, wie sie gehofft hatte. Fast jeden Abend wurde sie in ein anderes Zelt gebracht. Sie ließen sie nur aus dem Zelt, wenn sie von Kopf bis Fuß mit Gewändern bedeckt war, die typisch für die Frauen in dieser Region waren.

Penelope wusste, dass ihre blonden Haare sie verraten würden, sollte sie ihre Kopfbedeckung abnehmen. Sie hatte schon mehrmals darüber nachgedacht, sich einfach den Stoff vom Kopf zu reißen und schreiend durch das Lager zu laufen, aber sie wusste, was die Terroristen in diesem Fall mit ihr anstellen würden. Entweder würde sie sofort erschossen werden oder sie würden sie so schrecklich leiden lassen, dass sie sich wünschte, sie wäre tot, lange bevor sie mit ihr fertig wären. Bisher war sie weder vergewaltigt, gefoltert, lebendig verbrannt oder enthauptet worden, und das war vermutlich schon ein Gewinn.

Sie hing also in der Luft und musste abwarten, bis etwas passierte.

Eine positive Sache war – Penelope versuchte immer, das Positive an jeder Situation zu finden –, dass die anderen Schläger im Lager Angst vor ISIS hatten. Darüber musste sie sich also keine Sorgen machen.

Also wartete sie. Tag für Tag gab sie vor, sanftmütig und verängstigt zu sein, während sie unentwegt auf der Suche nach einer Lösung war, wie sie dort rauskommen könnte. Wenn sie es jemals wieder nach Hause schaffen und ihren Bruder umarmen könnte, würde sie nie wieder einen Fuß außerhalb von Texas setzen.

Der Lärm im Lager um sie herum beruhigte sich. Die Geräusche verblassten nie vollständig, aber es wurde leiser, sobald die Nacht hereinbrach. Penelope vermutete, dass die meisten Leute Angst davor hatten herumzulaufen, sobald die Sonne hinter dem Horizont verschwunden war, und das sollten sie auch.

Der Eingang zum Zelt öffnete sich und Penelope sah schnell nach unten, um den Blickkontakt mit der Person zu vermeiden, die gerade ihr Zelt betreten hatte. Sie hatte auf die harte Tour gelernt, dass ein Blick in die Augen dieser Terroristen keine gute Idee war.

»Hoch!«, grunzte er.

Einige ihrer Wachen sprachen sehr gut Englisch, während andere nur einzelne Wörter kannten. Sie hatte überlegt, in den Videonachrichten eine Botschaft zu verstecken, wusste aber, dass zu viele ISIS-Angehörige um sie herum ausgezeichnet Englisch verstanden. Das Video würde niemals ausgestrahlt werden und sie würden sie wahrscheinlich töten, weil sie es gewagt hatte, sich ihnen zu widersetzen. Es war sinnvoller, abzuwarten und zu beten, dass sich entweder die Gelegenheit ergab zu fliehen oder jemand käme, um sie zu befreien.

Auf Befehl der Wache stand sie auf. Er hielt ihr die Robe hin, die sie jedes Mal anziehen musste, wenn sie das Zelt verließ. »Zieh an.«

Penelope seufzte. Es sah so aus, als wäre es wieder an der Zeit umzuziehen. Sie hasste diese Robe abgrundtief. Es war heiß darunter und es stank nach Urin, Schweiß und wer weiß was noch. Aber zum Teufel, sie stank selbst. Es war nicht so, als hätte sie mitten in der Wüste nach einer Dusche fragen können.

In ein anderes Zelt umzuziehen bedeutete erneut Ungewissheit. Sie hatte die letzten drei Nächte im selben Zelt verbracht, was für sie eine Ewigkeit war. Penelope hielt den Atem an und zog sich das schmutzige Kleidungsstück über den Kopf. Sie tat, was ihr Entführer verlangte, und hoffte höllisch, dass dieses Spiel bald ein Ende haben würde ... hoffentlich damit, dass sie nach Hause zurückkehren konnte, anstatt geköpft zu werden.

KAPITEL FÜNF

Es ist nun zwei Monate her, dass die Amerikanerin Penelope Turner von ISIS-Terroristen entführt wurde. Sie befand sich auf einer humanitären Mission im Flüchtlingslager Cizre in der Türkei. Hunderttausende Syrer haben sich über die Grenze in die Türkei begeben, auf der Flucht vor Terroristengruppen und ethnischer Säuberung in Syrien.

Sergeant Turner wurde zusammen mit drei Männern auf einer Routinepatrouille in dem Flüchtlingslager entführt. Wir haben darüber berichtet, dass Thomas Black und Henry White geköpft und gekreuzigt wurden. Robert Wilson wurde bei lebendigem Leib verbrannt.

Es gab widersprüchliche Berichte darüber, wo Turner gefangen gehalten werden könnte, aber verschiedene Quellen berichten, dass die US-Regierung einen Rettungsversuch in Erwägung zieht. Der Pressesprecher des Weißen Hauses lehnt jeden Kommentar dazu ab, sodass wir keine weiteren Informationen zu dieser Möglichkeit haben.

Penelopes Bruder ist der Kopf einer Bewegung, die versucht, die Regierung dazu zu drängen, Truppen nach

Syrien zu schicken, um nach seiner Schwester zu suchen. Mithilfe einer Online-Petition mit der Aufforderung an den Präsidenten, etwas zu unternehmen, um seine Schwester zu retten, wurden bereits über einhunderttausend Unterschriften gesammelt.

Ein Interview mit Cade Turner, das von unserem Partnersender in San Antonio, Texas aufgezeichnet wurde, ging durch alle Medien. Seine leidenschaftliche Aussage: »Okay, ihr müsst nicht mit Terroristen verhandeln. Geht einfach rein und holt sie – PIIIEP – noch mal da raus!«, hat bei Amerikanern im ganzen Land Anklang gefunden. Es gibt mittlerweile T-Shirts, Autoaufkleber und sogar Poster mit Cades Aussage. Amerika will Penelope Turner nach Hause holen.

Seit der Veröffentlichung des letzten Videos vor zwei Wochen gab es kein Lebenszeichen von Sergeant Turner mehr.

Caroline kuschelte mit John auf ihrem Schoß, während Brinique und Davisa versuchten, Sara zu unterhalten. Zu beobachten, wie die fünf- und sechsjährigen Kinder mit der zweijährigen Sara interagierten, war verdammt liebenswert und sehr unterhaltsam.

»Wie geht es dir, Jess?«, fragte Alabama ihre Freundin.

»Es geht mir gut, danke Caroline. Ich weiß es zu schätzen, dass ich ein paar Tage bei dir wohnen kann.«

»Kein Problem. Du weißt, dass ich euch gern hierhabe.«

»Glaubst du, es geht ihnen gut?«

Alle wussten, auf wen Jess' Frage abzielte.

»Ja. Ich bin mir sicher, dass es ihnen gut geht«, versuchte Caroline, sie zu beruhigen.

»Es ist nur ... Kason war besorgter als sonst über diese Mission.«

»Christopher auch. Sollten wir uns Sorgen machen?«, fragte Alabama mit gedämpfter Stimme, damit ihre Töchter sie nicht hören konnten.

Caroline wollte ihren Freundinnen von ihrer Vermutung erzählen, behielt sie aber für sich. Sie wusste, dass Matthew es nicht gutheißen würde. »Nein, unsere Männer sind Profis. Sie wissen, was sie tun. Es würde sie irritieren, wenn wir zu Hause sitzen und die ganze Zeit weinen würden. Es ist nicht das erste Mal, dass sie weg sind. Dieses Mal ist es nichts anderes.«

Die anderen Frauen nickten, sahen aber nicht beruhigt aus.

»Wir sollten heute ausgehen und Spaß haben«, sagte Caroline entschieden.

»Ich muss in der Kneipe nach dem Rechten sehen. Fiona arbeitet heute. Wir könnten ihr einen Besuch abstatten.«

»Perfekt«, rief Caroline aus. »Ich freue mich so für dich. Du hast es absolut verdient, zur Managerin befördert zu werden, nachdem Mr. Davis in den Ruhestand gegangen ist.«

»Er hat gesagt, wenn es funktioniert, würde er auch erwägen, die Kneipe an mich zu verkaufen«, sagte Jessyka zu ihren Freundinnen.

»Oh mein Gott, das ist großartig!« Alabama stand auf und umarmte Jess. »Wann wolltest du uns davon erzählen? Weiß noch jemand darüber Bescheid?«

»Nun, Fiona weiß es. Da sie stellvertretende Geschäftsführerin ist, musste ich sie einweihen.«

»Ich freue mich für dich. Mal sehen, ob wir es schaffen, diese Kinder in weniger als einer Stunde zusammenzupacken. Gott, ich hatte keine Ahnung, dass es jedes Mal so lange dauern würde, mit Kindern im Schlepptau aus dem Haus zu kommen«, grummelte Alabama.

»Es dauert noch länger, wenn sie in *diesem* Alter sind«, sagte Jess und deutete auf ihre beiden Kinder. »Ich bin an einem Punkt angekommen, an dem ich Sara anziehen lasse, was sie will. Es ist einfacher, als mit ihr darüber zu streiten. Und glaub mir, einen Streit mit einer Zweijährigen kann man nicht gewinnen.«

Alle lachten und standen auf, um sich fertigzumachen.

Eine Stunde später betrat die Gruppe *Aces*. Es war noch nicht sehr spät, sodass die meisten Gäste ein spätes Mittagessen bestellt hatten und noch nicht sehr viel Alkohol ausgeschenkt wurde. Caroline wusste, dass Alabama ihre Töchter nicht mit in die Kneipe bringen würde, wenn auch nur die geringste Chance bestand, dass etwas Unangemessenes passieren könnte.

»Feeeeeeeee!«, schrie Sara, torkelte in den Schankraum und suchte nach ihrer Lieblingsbabysitterin.

Fiona streckte den Kopf durch die Bürotür in den langen Flur und lachte, als Sara mit ausgestreckten Armen auf sie zu gewatschelt kam. Sie schnappte sich das kleine Mädchen, bevor es das Gleichgewicht verlor, wirbelte es im Kreis herum und nahm es in den Arm. »Hallo, schönes Mädchen. Was bringt dich mit deiner Mutter und deinem Bruder hierher?«

»Aufflug!«

»Ein Ausflug, ach so!« Fiona lachte und sah zu Jess, die den Flur entlanghumpelte.

»Caroline hat entschieden, dass wir alle etwas frische Luft brauchen, also sind wir hier.«

»Nun, ich bin froh, euch zu sehen. Ich brauche auch eine Pause. Mein Blick verschwimmt schon bei den vielen Zahlen, die ich mir ansehen muss.«

»Ich habe ihnen über die Kneipe erzählt«, sagte Jess zu ihrer Freundin.

»Gut, das wurde auch Zeit. Sie haben sich für dich gefreut, oder?«

Jess lächelte. »Ja. Komm schon, mach eine Pause mit uns. Ich bin sicher, Alabama hat Brinique und Davisa bereits mit Eis versorgt, und ich befürchte, dass Caroline John für sich behalten will, wenn ich ihn zu lange bei ihr lasse.«

Die beiden Frauen lachten über Jess' Witz, als sie zurück in den vorderen Bereich der Kneipe gingen und sich ihren Freunden anschlossen.

Nachdem Jess eine Weile gesessen und über die Possen der Kinder gelacht und festgestellt hatte, was für ein braves Baby John war, entschuldigte sie sich und ging zur Toilette.

Caroline gab John an Fiona weiter und ging Jess nach, um nach ihr zu sehen. Sie kniete vor einer der Toiletten und brachte gerade den köstlichen Snack wieder hervor, den sie gerade gegessen hatte.

»Alles in Ordnung bei dir?«

»Scheiße, Caroline. Ich bin so am Arsch.«

»Was ist los? Bist du krank? Musst du zum Arzt?«

Jess schnaubte, lehnte sich zurück und wischte sich den Mund ab. »Nein, ich bin nicht krank. Nicht in diesem Sinne.«

Caroline schien plötzlich zu verstehen. »Oh Gott. Du bist wieder schwanger?«

»Ja, ich glaube schon. Ich habe noch keinen Test gemacht und mir ist erst gestern und heute übel, aber ich kenne die Anzeichen. Ich bin scheinbar der einzige Mensch auf diesem Planeten mit Nachmittags- anstatt Morgenübelkeit.«

Caroline konnte sich ein Lachen nicht verkneifen, während Jess sie aus der Hocke vom Boden aus anstarrte. »Komm schon, lass mich dir aufhelfen.« Caroline streckte eine Hand aus und war erleichtert, als Jess sie ergriff und sich von Caroline hochziehen ließ. »Ich habe noch nie ein so fruchtbares Paar getroffen wie dich und Kason.«

»Ich weiß, es ist schon fast lächerlich. Wir hatten eigentlich vorgehabt, etwas Abstand zwischen John und seinem neuen Geschwisterchen zu lassen.«

»Was ist passiert?«

Jess warf Caroline einen bösen Blick zu, während Caroline sie anlachte. »Ach ja, unsere Männer sind einfach geil wie der Teufel, oder?«

»Er hatte versprochen, Kondome zu benutzen, weil er weiß, dass ich von der Antibabypille dick und launisch werde«, grummelte Jess. »Aber dann musstest du die Heldin spielen und John und Sara für ein ganzes Wochenende zu dir nehmen. In der ersten Nacht waren wir noch sehr vorsichtig, aber im Laufe des Wochenendes wurden wir immer nachlässiger ... und hier bin ich nun.«

Caroline umarmte Jessyka fest. »Also, Glückwunsch!«

»Ich muss noch einen Test machen, um sicher zu gehen, aber ich bin mir auch jetzt schon ziemlich sicher. Ich kenne dieses Gefühl.« Jess legte eine Hand auf ihren Bauch, der von der Schwangerschaft mit John immer noch etwas rundlich war. Sie hatte das Gewicht noch nicht wieder verloren. »So sehr ich auch ausflippe, muss ich sagen, dass ich ziemlich glücklich bin. Ich würde Kason eine Million Babys geben, wenn ich könnte.«

»Eine Million ist vielleicht ein bisschen viel. Wenn du einen Arzttermin vereinbaren willst, kann ich entweder babysitten oder mitkommen und deine Hand halten.«

»Ich wünschte, Kason wäre hier.«

»Ich weiß. Aber du wirst das auch ohne ihn durchstehen. Das ist es, was wir Navy SEAL-Frauen tun. Wir machen einfach weiter, während unsere Männer die Welt retten. Denk nur daran, wie schön es sein wird, wenn du Kason erzählen kannst, dass er wieder Vater wird, sobald er nach Hause kommt.«

Jess stand auf, wusch sich die Hände und spülte den Mund mit Wasser aus. »Du hast recht. Wir sind starke, selbstständige Frauen, die nicht die ganze Zeit einen Mann an ihrer Seite brauchen.«

»Verdammt richtig. Du glaubst aber nicht, dass ich das vor den anderen geheim halten kann, oder?«

Jess lächelte Caroline an. »Du meinst, du hast es ihnen noch nicht per Gedankenübertragung mitgeteilt? Ich bin enttäuscht von dir.«

»Hey, ich kann ein Geheimnis auch für mich behalten.«

»Ja, na klar.«

»Wirklich.«

Jess lächelte ihre Freundin an. »Caroline, es ist mir egal, ob du es ihnen sagst. Erzähl es der ganzen Welt. Ich bin gerade so glücklich, dass es mir fast unfair den anderen gegenüber erscheint.«

Caroline lächelte Jess an. »Ich werde versuchen, mich zu beherrschen und dir den Vortritt zu lassen, wenn es darum geht, es den anderen zu erzählen. Aber du fängst am besten mit Alabama und Fiona an, die am Tisch auf uns warten.«

Sie hakten sich unter und gingen zurück in den Kneipenraum, um ihren Freundinnen zu erzählen, dass sie in etwa sieben Monaten einen weiteren kleinen Sawyer in ihrer Runde begrüßen würden.

KAPITEL SECHS

Das Stöhnen der SEALs brachte ihre Verärgerung über die Situation zum Ausdruck. Sie waren jetzt schon seit sieben Tagen in diesem gottverlassenen Flüchtlingslager und hatten noch keine Spur von Penelope Turner gefunden. Es war wie die Suche nach der Nadel im Heuhaufen, zu versuchen, eine Person in dieser Zeltstadt ausfindig zu machen. Sie hatten eine Menge andere kriminelle Scheiße beobachtet, mussten es aber ignorieren und sich auf ihre Mission konzentrieren.

Wolf wusste, dass die lange, frustrierende Suche das Team stark belastete. Dude wollte die Mission schnell hinter sich bringen. Nicht nur, um Penelope zu befreien, sondern auch, um zu Cheyenne zurückzukehren. Sie bekamen keine Neuigkeiten von zu Hause mitgeteilt und er hoffte, dass sie noch nicht vorzeitig entbunden hatte.

Abe fragte sich, wie es Brinique und Davisa ging, und machte sich Sorgen, dass Alabama zu viel Last auf ihren Schultern tragen musste. Benny machte sich dieselben

Sorgen um Jessyka mit ihren beiden kleinen Kindern. Sie musste sich außerdem auch noch um *Aces* kümmern.

Sie waren alle voll und ganz auf die Mission konzentriert, machten sich aber trotzdem Sorgen um ihre Frauen und Kinder zu Hause.

An erster Stelle stand aber Penelope Turner. Das Flüchtlingslager war die Hölle auf Erden und wurde von Männern dominiert. Es war schmutzig, elendig heiß und die allgegenwärtige Gefahr, die jede Sekunde zu explodieren drohte, hing wie eine tickende Zeitbombe über dem Lager. Es war offensichtlich, dass jeden Moment die Hölle losbrechen könnte. Es schien, als würden alle den Atem anhalten. Aber es war klar, dass das nicht ewig gut gehen würde. Bei dem Gedanken an Penelope oder jede andere verletzliche Frau, die sich mitten in diesem Höllenloch befand, drehte sich den Männern der Magen um.

Es gab »umherziehende Banden«, wie Wolf sie nannte. Sie durchstreiften vor allem nachts das Lager und suchten nach Verwundbaren und Schwachen. Diese Banden stahlen, was auch immer sie in die Hände bekamen, und wenn sie in der Laune waren, vergewaltigten sie jede Frau, die ihnen über den Weg lief. Niemand war in Sicherheit vor ihnen, angefangen bei den kleinsten Mädchen bis hin zu den ältesten Großmüttern.

Das Team hatte keine Ahnung, ob Penelope in Sicherheit war oder ob sie das gleiche Schicksal erlitt wie die vielen anderen Frauen im Lager. Es hatte keine neue Videobotschaft mehr gegeben, also konnten sie nur darüber spekulieren, ob sie überhaupt noch am Leben war.

Vor zwei Tagen war ein anderes SEAL-Team einge-troffen, um sie bei der Suche zu unterstützen, und Wolf war verdammt froh darüber. Sie konnten jede Hilfe gebrauchen, die sie bekommen konnten. Das andere Team stammte vom Stützpunkt in Virginia und war auf Empfehlung von Tex auf diese Mission geschickt worden. Wolfs Team hatte schon einmal mit diesen Männern zusammengearbeitet und wusste, dass sie äußerst kompetent waren. Wolf kannte nicht alle Mitglieder des anderen Teams persönlich, war aber beeindruckt von dem, was er sowohl in der Vergangenheit als auch seit ihrer Ankunft hier draußen in der Wüste von ihnen gesehen hatte.

Die Teams hatten sich weiter aufgeteilt und das Flüchtlingslager nach Penelope durchsucht. Das Lager war riesig und die Tatsache, dass die meisten Frauen eine Burka trugen, erschwerte ihnen die Arbeit zusätzlich. Wolf wusste, dass viele der Frauen sich jetzt von Kopf bis Fuß bedeckten, um sich vor den Männern zu schützen, die in dem Lager eher auf der Suche nach Opfern waren, als dort Zuflucht zu suchen.

Sie waren auf der Suche nach einer Gruppe von Männern mit einer einzelnen Frau, die höchstwahr-scheinlich von Kopf bis Fuß in Gewänder gehüllt war. Zumindest im Vergleich zu ihnen würde die Frau klein sein. Das war auch schon alles, was sie hatten. Es wäre ungewöhnlich für eine Frau, allein mit einer Gruppe von Männern zusammen zu sein. In der muslimischen Kultur neigten die Männer dazu, miteinander abzuhängen, und die Frauen schlossen sich in der Regel ebenfalls zusam-men. Die Frauen erledigten die Hausarbeit und kümmerten sich um ihr Zelt, während die Männer sich versammelten, redeten und versuchten, Lebensmittel für ihre Familien oder ihre Gemeinschaft zu finden.

Gott sei Dank sprach Rocco, einer der Männer in dem anderen SEAL-Team, Türkisch. Ihr Plan für heute war es, sich mit einigen der Helfer im Lager zu unterhalten, mit denen sie sich angefreundet hatten, um zu sehen, ob sie etwas wussten. Wolf war sich sicher, dass viele der Syrer, mit denen sie Kontakt aufgenommen hatten, eine gute Vorstellung davon hatten, dass er und sein Team nicht das waren, was sie vorgaben zu sein, aber bisher hatten sie Glück gehabt und keine Probleme bekommen. Sie wussten aber alle, dass ihr Glück nicht ewig halten würde.

Wenn ISIS eine Ahnung davon hätte, dass zwei Elite Navy SEAL-Teams im Lager auf der Suche nach Penelope waren, würden sie sie höchstwahrscheinlich entweder sofort töten oder sie an einen anderen Ort verschleppen und später als Vergeltungsmaßnahme öffentlich auf noch schrecklichere Weise hinrichten. Für den Moment schienen sich die Terroristen in der Anonymität des riesigen Flüchtlingslagers sicher zu fühlen.

Beide SEAL-Teams wussten, dass ihnen die Zeit davonlief, Penelope zu finden und sie lebendig wieder nach Hause zu bringen.

Ace und Gumby, zwei der Männer des Teams aus Virginia, sowie Cookie und Dude hatten die Nachtschicht übernommen und waren gerade unterwegs, um das Lager zu durchsuchen. Obwohl Nachtsichtbrillen zu ihrer Ausrüstung gehörten, hatten sie sich dagegen entschieden, sie zu benutzen, da es zu viel Aufmerksamkeit erregen könnte. Aber der Zeitpunkt, an dem sie gebraucht werden würden, käme vielleicht schneller, als ihnen lieb wäre. Sie hatten bis jetzt keine Fortschritte erzielt und alle Männer waren frustriert.

Die einzelnen Gruppen gaben in regelmäßigen Abständen über Funk ihren Standort durch und ob sie etwas Verdächtiges gesehen hatten. Einer der Männer in dem Zelt, das sie Kommandozelt (oder kurz CT für »Command Tent«) getauft hatten, machte sich Notizen und markierte auf einer großen Luftaufnahme des Lagers, welchen Bereich sie durchsucht und wo die Männer verdächtige Aktivitäten festgestellt hatten, um die Gegend entweder während der nächsten Nacht oder am nächsten Tag, wenn es hell war, noch einmal zu überprüfen.

Aus dem Lautsprecher des Funkgeräts im Zelt knackte es. Abe und ein Vietnamese namens Ho Chi Mien vom anderen SEAL-Team übernahmen die Funkgeräte, damit die anderen Männer etwas dringend benötigten Schlaf bekamen.

»Rover eins an CT«, sagte Gumby leise und ausdruckslos. Es war derselbe Tonfall, den sie alle verwendeten, wenn sie ins Funkgerät sprachen, um nicht auf sich aufmerksam zu machen. Die Schlägertruppen im Lager würden dafür töten, um an High-Tech-Funkgeräte zu kommen, wie die Teams sie benutzten.

»Hier CT. Was gibt es?«

»Wir haben ein zerrissenes Stück rosa Stoff gefunden. Koordinaten: LG3777633131.«

»Dieselbe Art wie zuvor?«, fragte Ho Chi Mien.

»Positiv.«

Abe stand auf und rüttelte Wolf wach. Das war schon das zweite Stück rosa Stoff, das die Teams gefunden hatten. Das war kein Zufall mehr. Erstens gab es in der Gegend nicht viel rosa Stoff und zweitens war es höchst unwahrscheinlich, dass Reste von rosa Stoff rein zufällig im Flüchtlingslager herumlagen. Das musste ein verdammter Hinweis sein. Sie standen immer noch mit leeren Händen da und jede noch so kleine Spur war ein Grund zum Feiern, der sie auf jeden Fall nachgehen mussten.

»Wolf«, sagte Abe leise und versuchte, den Mann mit seiner Stimme zu wecken, ohne ihn zu berühren.

»Ich bin wach. Was ist los?«, fragte Wolf und richtete sich auf. Er schien sofort hellwach zu sein. Die Fähigkeit, in einer Sekunde zu schlafen und in der nächsten hellwach zu sein, war für sie lebensnotwendig und etwas, das sie alle im Laufe der Jahre gelernt hatten. Wenn sie für eine Weile zu Hause waren, würde es etwas nachlassen, aber sobald sie auf Mission gingen, war es sofort wieder da.

»Rosa Stoff.« Abe musste nichts weiter sagen.

»Koordinaten?«

Die Männer gingen zu Ho Chi Mien an den Tisch, wo er Gumbys Fund auf der Karte markiert hatte.

»Derselbe Bereich wie der vorherige Fund.«

Abe sah Wolf an. »Sie hinterlässt uns eine verdammte Spur.«

»Mach dir keine allzu großen Hoffnungen, es könnte auch jemand anderes sein«, warnte Wolf, obwohl es offensichtlich war, dass er mit der Entwicklung mehr als zufrieden war.

»Ja, vielleicht. Aber es ist mehr, als wir vor einer Stunde hatten.«

Wolf nickte und studierte die Karte.

»Deine Männer sollen sich mit Gumby und Ace treffen. Seht euch um, was ihr sonst noch vor Ort finden könnt«, sagte Ho Chi Mien leise.

Wolf nickte. »Gut. Alles ist besser als das, was wir bisher hatten. Wir werden die Teams bei Tagesanbruch losschicken. Ich weiß, dass Rocco sich bis spät abends mit einigen Männern unterhalten hat. Wir brauchen ihn da draußen, um herauszubekommen, was die Leute in der Gegend wissen.«

»Kein Problem«, sagte Ho Chi Mien sofort. »Die Sache ist persönlich.«

»Für uns auch«, stimmte Abe zu.

»Wir müssen immer wieder an unsere Frauen zu Hause denken«, fuhr der asiatische Mann fort. »Was wäre, wenn es sich bei dieser Frau um eine Freundin, Tochter oder Schwester von uns handeln würde? Ich kann ihren Bruder gut verstehen, dass er so viel Krawall gemacht hat.«

»Was haben wir verpasst?«, fragte Wolf, offensichtlich ohne zu wissen, worüber Ho Chi Mien in Bezug auf den Bruder der vermissten Soldatin sprach.

»Ich habe gehört, dass es eine Online-Petition mit über zweihunderttausend Unterschriften an den Präsidenten gab, um ihn dazu zu bewegen, etwas zu unternehmen und sie zu befreien.«

Wolf lachte flach. »Gut, da wären wir dann und unternehmen etwas.«

»Ja. Der Kerl war auf jedem Nachrichtensender zu

sehen, hat Interviews gegeben und der ganzen Welt von seiner Schwester erzählt. Sie scheinen sich sehr nahe zu stehen. Es ist bedrückend, dass wir sie noch nicht für ihn gefunden haben.«

Abe schüttelte bei den Worten des anderen SEALs den Kopf. Bedrückend, ja, das fasste es gut zusammen. »Okay, das ist also unser Ziel und wir sind immer noch kein Stück näher dran, sie zu finden, als zuvor.«

»Ja, aber wir wissen jetzt zumindest, wonach wir suchen müssen. Wir wissen, dass sie Hinweise hinterlässt, und wir können versuchen, ein Muster zu erkennen. Ich wette um alles, was mir heilig ist, dass diese Terroristen sie immer wieder in denselben Dreckslöchern verstecken. Wenn wir ausreichend Hinweise finden, um das Muster zu erkennen, werden wir sie finden«, sagte Wolf zu seinem Freund und Teamkollegen.

Abe nickte. »Es ist noch ein langer Weg, aber das ist alles, was wir im Moment haben.«

Penelope seufzte frustriert. Ihr war heiß, sie war müde und gelangweilt. Es war etwas komisch zu sagen, dass ihr langweilig war, aber so war es. Sie hatte den ganzen Tag über nichts zu tun. Sie versuchte, mit Liegestützen und Sit-ups in Form zu bleiben, aber sie wusste, dass sie schwächer wurde. Das irritierte und erschreckte sie zugleich. Wenn sie nicht bei Kräften blieb, würde das ihre Chancen zu fliehen immens reduzieren.

Ihre Entführer brachten ihr meistens am Morgen etwas zu essen, entweder eine alte Scheibe Brot oder eine

Art Fleisch-Eintopf. Obwohl sie das Essen eigentlich ablehnen sollte, wusste sie, dass sie es nicht konnte. Das Wasser, das sie zu trinken bekam, war widerlich, aber sie brauchte die Flüssigkeit. Sie war zu kurz davor zu dehydrieren, um sich zu weigern, etwas zu trinken. Das wäre Selbstmord.

Ihre Entführer bereiteten sich auf etwas vor, aber Penelope wusste nicht was. Sie hatte keine Ahnung, ob jemand nach ihr suchte, aber so wie sie ihren Bruder kannte, hoffte sie, dass er dafür gesorgt hatte. Cade würde nicht aufgeben, bis sie gefunden wurde, tot oder lebendig, und sie würde dasselbe für ihn tun.

Sie standen sich sehr nahe. Ihr Altersunterschied war nicht sehr groß und Penelope konnte sich noch gut daran erinnern, wie sie Cade immer gefolgt war, als sie noch Kinder waren ... und er hatte sie gelassen. Sie hatten sogar nur zu zweit Spiele miteinander gespielt. Eines der Spiele, an das sie sich noch lebhaft erinnerte, hatten sie »Krieg« genannt. In der Nähe ihres Hauses war ein Feld und dort versteckten sie sich im Gebüsch, legten sich auf den Boden und taten so, als wären Bösewichte auf dem Feld, die nach ihnen suchten. Cade schien es egal gewesen zu sein, dass sie ein Mädchen und seine jüngere Schwester war.

Als sie älter wurden, hörten sie auf zu spielen, aber Cades Unterstützung und Liebe für sie hatte nie nachgelassen. Er war der Grund, warum sie es bei der Feuerwehr so weit geschafft hatte. Er war der Grund, warum ihre Feuerwehrkollegen ihr vertrauten und sie unterstützten. Es waren Cades unaufhörliche Unterstützung und Ermutigung, die sie in der Vergangenheit dazu gebracht hatten, durchzuhalten und auch in schwierigen Situationen weiterzumachen. Und er war der Grund, warum sie jetzt dasselbe tat und warum sie wusste, dass er alles in seiner Macht Stehende tat, um sie zu finden.

Also versuchte sie, zu helfen und eine Spur zu hinterlassen. Penelope hatte ihre Unterhose ausgezogen und die Nähte aufgerissen. Ihre Unterwäsche war mittlerweile ohnehin mehr als ekelhaft. Es war einer ihrer Lieblingsslips. Es war naiv gewesen, überhaupt solche mädchenhafte Unterwäsche auf eine Armeemission mitzunehmen, aber sie hatte immer versucht, sich ihre weibliche Seite zu bewahren, auch wenn sie in einer Uniform steckte. Penelope arbeitete vielleicht in einem von Männern dominierten Beruf – strenggenommen in zwei Berufen –, aber sie sollte verdammt sein, darüber ihre Weiblichkeit zu verlieren. Sie hatte den Stoff unter den Gewändern versteckt, die sie ständig tragen musste, und da ihre Entführer bisher kein Interesse daran hatten, sie zu vergewaltigen, war es unbemerkt geblieben.

Penelope hatte kleine Stofffetzen zurückgelassen, wie Brotkrumen. Sie hatte das Märchen von Hänsel und Gretel immer geliebt. Sie hoffte nur, dass der Wind den Stoff nicht wegwehen würde.

Sie hatte keine Ahnung, wer oder ob überhaupt jemand nach ihr suchte, aber sie hoffte von ganzem Herzen, dass derjenige klug und aufmerksam war. Die Orte, an die sie gebracht worden war, sahen für sie alle gleich aus, aber nachdem sie für eine Weile die Stoffreste ausgelegt hatte und weiter durch das Lager bewegt worden war, hatte sie einen ihrer Brotkrumen wiedergefunden.

Die Dreckskerle benutzten immer wieder dieselben Zelte. Sie wurde zwar die ganze Zeit in Bewegung gehalten, aber immer wieder zu denselben Zelten gebracht. Das gab ihr Hoffnung, dass jemand dieses Muster erkennen und sie finden würde. Sie musste nur abwarten. Aber Penelope hatte keine Ahnung, wie viel Zeit ihr noch blieb, und hoffte, dass jemand auf ihre Fährte stieß, bevor es zu spät war.

»Aufstehen. Mitkommen.«

Die Worte waren laut und wurden mit starkem Akzent gesprochen. Penelope sprang auf. Verdammt, sie war so sehr in Gedanken gewesen, dass sie nicht bemerkt hatte, wie der Mann in ihr Zelt gekommen war. Diese Scheiße würde sie noch umbringen. Sie stand auf und nahm die Robe, die der Mann ihr entgegenhielt. Schnell zog sie das Gewand über und zuckte zusammen, als der Mann sie am Arm packte und nach draußen zerrte.

Er führte sie zu einer Gruppe von Männern, die aufgeregt redete und vor Vorfreude ganz aus dem Häuschen zu sein schien. Oh Scheiße, war es das jetzt? Würde sie jetzt sterben? Würden sie sie mitnehmen, um ihr den Kopf abzuhacken? Sie hatte keine Angst vor dem Tod, aber der Gedanke daran, dass sie es aufnehmen und die ganze Welt – und ihr Bruder – es sehen würde, erschreckte sie. Sie wollte nicht, dass ihr auf den Boden rollender Kopf das Letzte war, was Cade von ihr sah.

Niemand sagte etwas. Die Gruppe umzingelte sie und schlängelte sich mit ihr durch das Flüchtlingslager. Penelope versuchte, sich einzuprägen, wo sie waren und wohin sie gingen, aber es war unmöglich. Schließlich blieb die Gruppe vor einem großen Lastwagen stehen und Penelope wurde auf die Ladefläche geschoben, bevor die Männer nach ihr einstiegen.

Der Lastwagen war ein zweieinhalb Tonner vom Typ M35 ... ein Lastwagen mit großer Fahrerkabine und einer Ladefläche wie bei einem Pritschenwagen. Die Ladefläche war mit einer großen Plane überspannt, ähnlich wie ein Zelt, und es gab Sitzbänke auf jeder Seite. Es sah aus wie in einem Militärfahrzeug, das dafür ausgestattet war, eine große Anzahl von Menschen zu transportieren. Männer saßen auf den Bänken. Ein weiterer Mann in einer Art Uniform kniete mit verbundenen Augen und hinter dem Rücken gefesselten Händen am Ende der Ladefläche vor der Fahrerkabine.

Sechs Männer befanden sich bereits in dem Lastwagen, als ihre Gruppe dazukam. Alle sechs hielten AK-47 Sturmgewehre in den Händen. Niemand sprach mit ihr, aber sie redeten untereinander. Penelope hatte keine Ahnung, was sie sagten, aber sie hatte ein sehr schlechtes Gefühl in Bezug auf das, was passieren würde.

Sie sah den Mann mit den verbundenen Augen an und hoffte, dass sie es beide lebendig hier herausschaffen würden.

KAPITEL SIEBEN

Ein weiteres Video der entführten Amerikanerin Penelope Turner ist aufgetaucht, das irgendwann letzte Nacht auf der ISIS-Webseite veröffentlicht wurde. In dem Video ist ein australischer Soldat zu sehen, der gezwungen wird, sich über einen großen Stein zu beugen. Er hat die Augen verbunden und die Hände hinter dem Rücken gefesselt.

Laut Aussage der australischen Regierung handelt es sich bei dem Mann um Thomas Bauer, Leutnant der australischen Armee. Er wurde anscheinend vor zwei Tagen in demselben Flüchtlingslager entführt, in dem auch Turner und die anderen ermordeten Amerikaner gearbeitet haben. Als Folge der Entführungen und Morde stellen die meisten Länder ihre humanitären Bemühungen in der Region ein und ziehen stillschweigend ihre Truppen ab.

Bauer bekommt in dem Video keine Gelegenheit, etwas zu sagen, sondern wird enthauptet, nachdem ein Mann mit Maske ein Manifest auf Arabisch verlesen hat. Unmittelbar nach dem Mord liest eine Frau, von der angenommen wird, dass es sich bei ihr um Penelope Turner handelt, einen langen

Brief vor, der vermutlich von den Terroristen verfasst wurde. Darin wird die Partnerschaft Australiens mit dem Westen, insbesondere den Vereinigten Staaten, angeprangert und davor gewarnt, dass es weitere Entführungen und Enthauptungen im Namen Allahs geben wird.

Mehrere islamische Gruppen haben sich in der Region Washington, D.C. zu einem friedlichen Marsch zusammengeschlossen, um der Welt und den USA zu zeigen, dass ihre Religion keinen Hass predigt und sie die Taten von ISIS verurteilen.

Cade Turner, der Bruder der entführten Soldatin Penelope Turner, wird heute Abend in einer einstündigen Sondersendung über die neuesten Entwicklungen sprechen und was sie für seine Schwester bedeuten.

Caroline saß gebannt auf dem Sofa und starrte auf den Fernseher. Sie versuchte, die Geschehnisse um die vermisste amerikanische Soldatin zu verfolgen, aber jedes Mal, wenn sie etwas darüber sah oder hörte, drehte sich ihr der Magen um. Ihr Bauchgefühl sagte ihr, dass ihre Männer da drüben waren und versuchten, sie zu finden. Bei dem Gedanken an den Bruder der Frau fühlte sie sich schrecklich. Er war in allen Talkshows und Nachrichtensendungen zu sehen. Sie hoffte, dass Matthew und das Team sie nach Hause bringen würden. Aber Caroline war auch egoistisch. Sie wollte auch ihren Mann wieder zu Hause und in Sicherheit haben.

Sie konnte mit den anderen Frauen nicht darüber sprechen, was ihrer Meinung nach vor sich ging und wo ihre Männer vermutlich waren, um sie nicht zu beunruhigen. Es fraß sie innerlich auf.

Das Telefon klingelte und Caroline schreckte zusammen. Sie lachte kurz über sich, stellte den Fernseher ab und ging ans Telefon.

»Hallo?«

»Hey, Caroline. Hier ist Melody. Wie geht es dir?«

»Melody, wie schön, von dir zu hören. Mir geht es gut. Wie geht es dir und Tex und Akilah?«

»Alles in Ordnung. Tex hat tatsächlich einen Therapeuten gefunden, der Arabisch spricht. Ich glaube, das hat ihr wirklich geholfen.«

»Das ist großartig. Ich muss unbedingt bald einen Ausflug machen und euch besuchen kommen. Verdammt, in den letzten zwei Jahren ist es so ruhig geworden. Ich vermisse es, mit Tex zu sprechen.«

»Ich werde ihm sagen, er soll dich öfter anrufen.« Melody machte eine Pause und fragte dann: »Wie geht es den anderen? Wie geht es *dir*?«

»Es ist schwierig. Ich vermisse Matthew mehr denn je und bei Cheyenne könnten jeden Moment die Wehen einsetzen. Ich weiß, dass sie sehr unter Stress steht. Natürlich versuchen alle, ihre Sorgen zu verstecken, stellen sich aber ziemlich schlecht dabei an.«

Melody lachte leicht. »Wenn du dich dabei etwas besser fühlst, Tex steckt seit zwei Wochen mit seinen Computern im Keller, seit die Männer weg sind.«

Caroline seufzte. »Dadurch fühle ich mich tatsächlich etwas besser. Ich weiß, dass Tex da ist und auf sie ... wo auch immer sie sind ... aufpasst. Ich fühle mich besser, wenn ich weiß, dass er ein Auge auf die Männer hat.«

»Und auf euch.«

»Was?«

»Er passt auch auf dich und die anderen auf.«

»Und das weiß ich zu schätzen. Nach allem, was uns in der Vergangenheit passiert ist, ist es gut so.«

»Ich will damit sagen, dass Tex wissen wird, wenn Cheyenne ins Krankenhaus eingeliefert wird, und dass er den Männern Bescheid geben kann, wenn das Baby kommt. Du brauchst dir also nicht die Mühe zu machen, Kommandant Hurt anzurufen. Tex wird sich darum kümmern.«

»Vielen Dank. Bitte richte Tex ebenfalls meinen Dank aus.«

»Das werde ich.«

»Melody, hast du die Nachrichten gesehen?« Caroline wusste, dass sie sich auf dünnem Eis bewegte, aber da Melody technisch gesehen keine SEAL-Frau war – schließlich war Tex im Ruhestand –, hatte sie das Gefühl, die unausgesprochenen Regeln nicht so stark zu verletzen, als würde sie mit einer ihrer Freundinnen in Kalifornien über ihre Bedenken reden. Caroline war kein SEAL, also war sie nicht dazu verpflichtet, ihre Vermutungen darüber, wo sich ihre Männer aufhielten, geheim zu halten. Ihre Freundinnen hier hatten aber schon genug um die Ohren, also entschied sie, mit Melody darüber zu sprechen.

»Ja. Meinst du etwas Spezielles?«

»Penelope Turner.«

»Ah.«

Caroline wartete darauf, dass Melody noch etwas anderes sagte.

»Das ist eine blöde Situation.«

»Glaubst du, sie werden sie finden?«

»Ja. Wenn es jemand kann, dann sie.«

Und da hatte sie es: Eine weitere Bestätigung, dass ihre Vermutung richtig war. Sie wusste, dass Tex höchstwahrscheinlich keine Details an Melody weitergab. Er war verschwiegener als jeder andere, den sie jemals getroffen hatte. Aber Melody war schlau. Sie konnte genauso gut zwischen den Zeilen lesen wie Caroline. Die Männer waren tatsächlich in der Türkei. Sie suchten nach der vermissten Soldatin. Und sie waren höchstwahrscheinlich in großer Gefahr. Allein bei dem Gedanken daran, dass ISIS einen SEAL gefangen nehmen könnte, lief Caroline vor Entsetzen ein Schauer über den Rücken.

»Ich habe Angst, Melody«, flüsterte sie, als könnte etwas Schreckliches passieren, wenn sie die Worte laut aussprach.

»Ich auch. Du solltest das aber für dich behalten. Du bist der Kitt, der die Frauen zusammenhält. Sie verlassen sich auf dich, Caroline. Du bist ihr Fels in der Brandung.«

»Ich weiß«, flüsterte Caroline. »Ich weiß nur nicht, ob ich diesen Titel verdient habe.«

»Das hast du. Weißt du, warum ich das weiß?«

»Warum?«

»Weil du Angst hast, aber nicht nachlässt. Du gehst zur Arbeit, du babysittest, du gehst mit ihnen aus, um sie abzulenken. Wahrscheinlich gehst du mit Cheyenne sogar zur Geburtsvorbereitung, jetzt, wo Dude nicht da ist ... richtig?« Melody wartete nicht darauf, dass Caroline antwortete. »Das ist *deine* Truppe. Nichts kann ihnen etwas anhaben, solange du bei ihnen bist.« Es war keine Frage.

»Ich habe Angst.«

»Natürlich hast du das. Ich würde mir ernsthafte Sorgen um dich machen, wenn es nicht so wäre.«

»Matthew ist *mein* Fels. Ich bin auf ihn angewiesen. Ich zähle auf ihn. Ich bin nur so stark, wenn er nicht hier ist, weil ich weiß, dass er zurückkommen wird und ich meine Sorgen und die Verantwortung wieder abgeben kann. Er schließt die Lücke. Aber dieses Mal ...«

»Nein, denk nicht einmal daran!«

»Aber ...«

»Nein. Ich meine es ernst, Caroline. Du darfst nicht so denken. Niemals! Eines weiß ich: *Du* bist der Fels in der Brandung. Du glaubst nur, dass Matthew es ist, weil er dein Seelenverwandter ist. In Wirklichkeit bist du aber *sein* Fels. Denk daran zurück, als du entführt wurdest. Jesus, Caroline, du wurdest geschlagen, angeschossen und im verdammten Meer versenkt, aber du hast nicht aufgegeben. Du hast durchgehalten – für Matthew. Glaubst du nicht, dass er Himmel und Hölle in Bewegung setzt, um zu dir zurückzukehren?«

Caroline schluchzte einmal, bevor sie sich zusammenriss. Sie musste Melody zustimmen. »Du hast recht.«

»Natürlich habe ich das.«

Ein kurzes Lachen entwich Carolines Kehle. »Wann wirst du uns besuchen?«

»Eigentlich war das der Grund meines Anrufs. Tex hat mir im Grunde befohlen, das Haus zu verlassen. Ich würde euch gern besuchen und Akilah mitbringen, wenn das in Ordnung ist.«

»Verdammt, natürlich. Ich würde euch sehr gern sehen. Die Gästewohnung im Keller steht jederzeit für euch bereit.«

»Vielen Dank. Ich hatte auch nicht damit gerechnet, dass du Nein sagen würdest. Tex hat schon Flugtickets gebucht.«

Sie lachten beide. »Es wird schön sein, dich wiederzusehen, Mel«, sagte Caroline ehrlich. »Ich kann eine Ablenkung gut gebrauchen.«

»Nun, das bin ich ... deine Ablenkung, wie auf Bestellung.«

»Vielen Dank. Schick mir deine Flugdaten und ich werde euch vom Flughafen abholen. Ich erzähle es auch den anderen Frauen. Vielleicht spornt es Cheyenne dazu an, das Baby noch eine Weile in ihrem Bauch zu behalten, obwohl ich mir wirklich nicht mehr sicher bin, ob Faulkner es noch rechtzeitig nach Hause schaffen wird.«

»Ich weiß es auch nicht. Aber man kann nie wissen. Vielleicht haben wir Glück.«

KAPITEL ACHT

Verdammt, vielleicht haben wir doch noch Glück, dachte Wolf bei sich, als er und Dude den Bereich absuchten, in dem Penelope am wahrscheinlichsten festgehalten wurde. Nachdem der australische Soldat getötet worden war, hatten die SEAL-Teams ihre Bemühungen verdoppelt, um weitere Hinweise zu finden, die Penelope möglicherweise zurückgelassen hatte. Die internationalen Streitkräfte zogen sich langsam aus dem Lager zurück, weil die Gefahr schließlich die Vorteile ihrer Anwesenheit überwog. Das machte die Anwesenheit der SEALs im Lager umso gefährlicher. Wenn sie als einzige westliche Soldaten im Lager zurückblieben, würden sie sofort auffallen.

ISIS setzte Penelope immer noch als Sprecherin ein, und es war verdammt effektiv. Wolf wusste, dass Nachrichtensender auf der ganzen Welt keine Probleme damit hatten, die zierliche und zerbrechlich aussehende Frau dabei zu zeigen, wie sie die Manifeste der Terroristen verlas. Es war eine großartige Möglichkeit, die Welt über ihre Forderungen zu informieren und ihren Hass zu verbreiten.

Die SEALs waren alles andere als glücklich darüber, dass sie offensichtlich bei der letzten Enthauptung anwesend war. Sie hassten es zu hören, wie ihre Stimme zitterte, während sie die hasserfüllten Worte von ISIS direkt nach dem Tod des australischen Soldaten vorlesen musste. Sie war vielleicht eine für den Kampf ausgebildete Soldatin, aber sie war auch eine Frau, und jeder der Männer in den beiden SEAL-Teams wollte sie vor dem beschützen, was sie offensichtlich durchmachen musste.

Aber obwohl sie Todesangst haben musste, hielt sie trotzdem durch. Sie war schlau. Bubba, ein weiteres Mitglied des SEAL-Teams aus Virginia, und Mozart hatten zwei Tage gebraucht, um alle ihre Hinweise zu finden. Sie hatte ein Stück rosa Stoff an der Seite eines der Zelte befestigt, in dem sie höchstwahrscheinlich festgehalten wurde. Wahrscheinlich hatte sie von innen unter die Plane gegriffen und es so befestigt, dass es von außen sichtbar war. Es war nicht offensichtlich, aber Bubba hatte den kleinen Hinweis entdeckt. Mozart war sich zunächst nicht einmal sicher gewesen, ob es überhaupt ein Hinweis war.

Aber nachdem Mozart einen weiteren Stofffetzen an der Rückseite eines anderen Zeltes gefunden hatte, das nicht weit entfernt war, war es plötzlich so offensichtlich, als würde sie direkt vor ihnen stehen und sie anschreien: »Ich bin hier!«

Es hatte eine Woche gedauert, das Muster zu bestimmen und so viele Hinweise wie möglich zu finden. Aber nachdem sie alle ihre sogenannten rosa

Flaggen auf der Karte markiert hatten, war das Muster klar. Sie wussten nicht, wie viele Nächte sie in jedem der Zelte festgehalten wurde. Wahrscheinlich war es unterschiedlich. Aber es sah so aus, als würden sie einfach immer wieder zwischen denselben Zelten rotieren.

In dieser Nacht machten sich beide Teams zur Aufklärung auf den Weg. Sie mussten herausfinden, in welchem Zelt Sergeant Turner festgehalten wurde, und einen Plan schmieden, sie zu befreien. Sie würden sie noch heute Nacht finden und morgen würden sie endlich ihre verdammte Deckung aufgeben.

Fünf Zweierteams durchsuchten das Lager und zwei Männer blieben zurück im Kommandozelt und warteten auf Informationen. Wolf und Dude machten sich langsam auf den Weg zu ihrem Ziel. Wolf glaubte, dass die Chancen gute standen, dass Penelope sich in diesem Zelt aufhielt, weil es nach ihrer Analyse seit ein paar Tagen nicht mehr benutzt worden war. Es war wieder dran.

Die Männer stolperten gelegentlich über auf dem Boden liegende Gegenstände. Sie hörten Schnarchen, Stöhnen und aus manchen Zelten die unverkennbaren Geräusche von Sex, als sie durch die dunklen Gassen des Lagers gingen. Sie hatten das Ende der Zeltreihe erreicht, die sie gesucht hatten, und das Licht der Morgensonne begann bereits, über dem Horizont aufzuleuchten.

Die Männer blieben stehen, als sie irgendwo in der Nähe jemanden hörten, der Englisch sprach. Seit ihrer Ankunft im Lager hatten sie niemanden außerhalb ihres Teams Englisch sprechen gehört. Sie hörten für einen

Moment zu. Die Stimme war schwach und irritiert und sie konnten nur Teile dessen hören, was gesagt wurde.

»Vollidioten. Warum dauert ... verdammt lange? Ich habe ... Spuren hinterlassen, die ein verdammtes Kind hätte finden können ... Sind die alle inkompetent oder was?«

Das Gemurmel ging weiter und Wolf und Dude lächelten sich an. Sie waren so dankbar, Sergeant Penelope Turners gereizte Stimme zu hören. Es war ihnen egal, dass sie offenbar über sie schimpfte. Verdammt, es war eine Wohltat, sie so lebhaft zu hören. Auf diese Weise wäre es hoffentlich viel einfacher, sie zu retten, als wenn sie niedergeschlagen und verängstigt wäre. Eine verärgerte Soldatin, die bereit war, aus dieser Hölle zu verschwinden, würden sie sofort gegen jede hysterisch weinende Frau eintauschen.

»Rover fünf an CT.« Wolfs Stimme war leise und kaum hörbar, als er in sein Funkgerät sprach.

»Hier CT.«

»Ziel gefunden.«

»Wiederholen.«

»Ziel. Verdammt noch mal. Gefunden«, sagte Wolf erneut ins Funkgerät und konnte die Begeisterung in seiner Stimme diesmal nicht verbergen.

»Die Verbindung ist schlecht, aber ich habe verstanden, dass das Ziel gefunden wurde. Bitte bestätigen.« Cookies Stimme war ebenfalls gedämpft, aber Wolf konnte die Aufregung unter seiner sachlichen Antwort erkennen.

»Positiv.«

»Verstanden. Ziel lokalisiert und Standort markiert. Benachrichtige andere Rover. Ende.«

Wolf befestigte das Funkgerät an seinem Gürtel und winkte Dude zu. Sie schlichen auf demselben Weg durch die Dunkelheit zurück, auf dem sie gekommen waren. Sie hassten es, Penelope zurückzulassen, aber sie mussten den Rettungseinsatz gut planen und durften nicht überstürzt handeln. Sie durften auf keinen Fall riskieren, sie beim Einsatz zu verlieren.

Morgen um diese Zeit wären sie bereits auf dem Weg zum Stützpunkt der Spezialeinheit in Yuksekova, etwa dreihundert Kilometer östlich – und dann auf dem Weg nach Hause. Halleluja.

Penelope saß auf dem Boden in dem Zelt, in das sie gebracht worden war, zog ihre Knie an und legte die Arme um ihre Beine. Zum millionsten Mal strich sie sich die Haare aus dem Gesicht. Für eine Dusche hätte sie buchstäblich getötet. Wenn jemand zwischen ihr und frischem, sauberem Wasser stehen würde – heiß oder kalt spielte zu diesem Zeitpunkt keine Rolle –, würde sie ihn mit bloßen Händen umbringen. Aber eine Dusche war so unvorstellbar, dass es nicht einmal mehr lustig war.

Ihr Haare waren fettig und ekelhaft und sie hatte mehrere Knoten darin, die nur noch durch ein Wunder zu lösen wären, ohne die Haare ganz abzuschneiden. Ihre Hände waren grau vor Schmutz und ihre Fingernägel waren eingerissen und Schmutz hatte sich darunter gesammelt. Ihr ganzer Körper juckte und sie nahm an, dass sie von Läusen oder anderen bösartigen Insekten befallen war. Die Haare an ihren Beinen und unter ihren Armen waren so lang, dass sie sich manchmal wie ein haariges Tier fühlte. Aber sie lebte. Und sie würde so lange durchhalten, wie sie konnte, und so viele Insekten, Schmutz und viel zu lange Körperbehaarung ertragen, wie es brauchte, bis sie gerettet wurde.

Es war der Durst, der am schwersten zu ertragen war. Die Hitze der Wüste und die unfassbar heißen Zelte, in denen sie versteckt wurde, begannen, ihren Körper zu zermürben. Sie schwitzte nicht einmal mehr und die wenigen Male, die sie zusammengebrochen war, hatte sie nicht einmal genügend Wasser im Körper gehabt, um weinen zu können. Aufgrund des Wassermangels hatte sie häufig Muskelkrämpfe. Penelope wusste, dass ihr Körper weiter langsam herunterfahren würde, wenn sie nicht mehr Wasser bekommen würde. Seit Wochen schon trank sie nur sehr fragwürdiges, warmes Wasser. Während der ersten Wochen war ihr ständig übel gewesen, sie dachte aber, dass ihr Körper sich inzwischen an die Organismen gewöhnt hatte, die in dem Wasser schwammen, das sie bekam. Aber es war nicht genug. Es war einfach nicht genug.

Als sie gestern Abend in ein anderes Zelt gebracht worden war, war es anders gewesen als zuvor. Sie hatte keinen der Männer gesehen, die zuvor für sie zuständig gewesen waren, und die neuen Typen waren viel handgreiflicher als die Kerle in der Vergangenheit. Penelope glaubte nicht, dass das etwas Gutes für ihre Zukunft verhieß.

Sie dachte wieder an ihren Bruder. Cade würde der Regierung nicht erlauben, sie zu vergessen oder sie aufzugeben, daran hatte sie keinen Zweifel. Selbst wenn sie hier in der Wüste getötet werden würde, würde Cade dafür sorgen, dass sie in Erinnerung blieb. Zum Teufel, er würde sich wahrscheinlich dafür einsetzen, dass ihr Name in die Geschichtsbücher aufgenommen wurde oder so. Penelope wusste, dass sie müde war, als sie bei dem Gedanken daran nicht einmal mehr lächelte.

Als Cade sich dazu entschlossen hatte, Feuerwehrmann zu werden, hatte Penelope entschieden, dass sie das auch wollte. Er hatte nicht über sie gelacht oder versucht, es ihr auszureden. Er hatte sie ermutigt und solange angespornt, bis sie es geschafft hatte. Als sie darüber nachgedacht hatte, der Reservetruppe der Armee beizutreten, hatte er sie ermutigt und ihr versichert, dass sie großartig sein würde, egal was sie mit ihrem Leben anfangen wollte. Cade machte sie zu einem besseren Menschen und er war die einzige Person, die Penelope gern wiedersehen würde. Er war ihr Bruder und bester Freund und ihn vermisste sie am meisten.

Penelope wusste, dass sie nicht sehr groß war und dass die meisten Menschen sie unterschätzten. Sie war stark. Nun, sie war stark gewesen, bevor sie eingesperrt und auf Nahrungsentzug gesetzt worden war, ohne Möglichkeit zu trainieren, außer gelegentlichen Sit-ups und Liegestützen. Im Moment sah sie nicht gut aus. Kein Wunder nach Monaten ohne Dusche. Aber sie würde nicht aufgeben, bis eine Kugel ihr das Gehirn wegpustete oder ihr mit einer Machete der Kopf von den Schultern getrennt werden würde.

Sie erinnerte sich an den australischen Soldaten. Er hatte weder gekämpft noch geweint. Er war stoisch gewesen und hatte sich damit abgefunden, dass er sterben würde. Penelope hatte keine Ahnung, ob sie so ruhig bleiben könnte wie er, wenn sie an der Reihe war, sich dem Tod zu stellen. Sie würde höchstwahrscheinlich versuchen zu kämpfen, bis ihre Entführer es schafften, sie zu töten.

Sie hatte angefangen, mit sich selbst zu reden, nur um ab und zu die englische Sprache zu hören. »Ich werde mich nie wieder darüber beschweren, dass jemand zu viel redet. Ich würde alles geben, um ein echtes Gespräch mit jemandem führen zu können. Zum Teufel mit diesem gebrochenen Englisch.«

Penelope legte den Kopf auf die Knie und versuchte, die Hitze in dem Zelt zu vergessen. Mit der aufgehenden Sonne stieg auch die Temperatur. Weil sie nicht schwitzen konnte, träumte sie davon, wie sie schweißgebadet vom Training kam und sich ihre Wasserflasche an die Lippen setzte, um ihren Durst zu stillen.

Einen Tag nach dem anderen. Sie müsste einen Tag nach dem anderen überstehen. Jemand würde sie finden. Jemand musste sie finden. Langsam begann sie, den Verstand zu verlieren.

KAPITEL NEUN

Wolf, Abe, Cookie, Mozart, Dude, Benny und die sechs Mitglieder des anderen SEAL-Teams, Rocco, Gumby, Ace, Ho Chi Mien, Bubba und Rex, drängten sich um die Karte. Wolf erklärte zum dritten Mal den Rettungsplan und achtete darauf, dass jeder genau wusste, wann er wo sein musste.

Rex und sein Team sollten in der Nähe des Zeltes, in dem Penelope festgehalten wurde, ein Ablenkungsmanöver starten. Sie mussten aber weit genug entfernt sein, um keinen Verdacht zu erregen. Unter dem daraus resultierenden Chaos und im Schutze der Dunkelheit würde Wolfs Team nachrücken. Dude und Cookie würden sich über die Rückseite Zugang zum Zelt verschaffen und den Sergeant herausholen. Danach würden Wolf und Benny die Führung übernehmen und den Weg freihalten, während Abe und Mozart die Rückendeckung übernahmen.

Sie hatten JSOC über ihren Plan informiert und vereinbart, dass die Night Stalkers Elite-Hubschraubereinheit der Armee auf der anderen Seite des Lagers zu ihnen stoßen und sie in das etwa dreihundert Kilometer entfernte Basislager der Spezialeinheit in Yuksekova ausfliegen sollte. Dort würden sie Penelope direkt in ärztliche Obhut übergeben, bevor sie zum Luftwaffenstützpunkt Ramstein nach Deutschland flogen, wo Penelope vom Ärzteteam des Militärstützpunkts genauer untersucht werden könnte, bevor sie schließlich die Heimreise antreten konnten.

Nachdem Wolfs Team zusammen mit Penelope in Sicherheit war, würde das SEAL-Team aus Virginia zum Kommandozelt zurückkehren und von dort aus nach Norden gehen, um von einem anderen Night Stalker-Team abgeholt zu werden.

Die gesamte Operation, Penelope zu befreien, sollte nicht länger als dreißig Minuten dauern. Sie planten etwa zwei Stunden für den anschließenden Hubschrauberflug ins Basislager ein. Innerhalb von sechsunddreißig Stunden würden sie wieder zu Hause sein.

Natürlich wussten alle, dass man sich bei einer Mission lediglich darauf verlassen konnte, dass etwas schiefgehen konnte. Also gab es auch noch einen Plan B und einen Plan C.

Noch bevor die Rettungsaktion für Sergeant Turner gestartet werden konnte, ereilte sie bereits die erste Panne. Die Batterien der Funkgeräte waren leer und sie konnten nichts dagegen tun. Batterien gaben irgendwann den Geist auf. Punkt. Es war unmöglich, einen Sack voller Ersatzbatterien auf einer Mission mitzuschleppen. Davon abgesehen waren die Funkgeräte wieder aufladbar. Sie hatten jeweils eine Ersatzbatterie dabei, aber auch die waren bereits leer, nachdem sie auf den höher frequentierten Patrouillen den Einsatz der Technik verstärkt hatten.

Ohne Stromversorgung konnten sie die Batterien nicht wieder aufladen. Selbst wenn sie vorher gewusst hätten, dass sie so lange von der Außenwelt abgeschnitten sein würden, gab es nicht viel, was sie hätten tun können, um zu verhindern, dass die Funkgeräte den Geist aufgeben. Rex hatte Dude eines ihrer Funkgeräte gegeben, da die Batterien etwa eine Woche frischer waren als die von Wolfs Team. Aber sollte etwas schiefgehen, wären sie in ernsthaften Schwierigkeiten. Jegliche Kommunikation untereinander *und* mit dem Joint Special Operations Command wäre unterbrochen.

Nach der Besprechung saßen Wolf und der Rest seines Teams zusammen, schlugen die Zeit tot und warteten darauf, dass die Dunkelheit hereinbrach und sich das Lager beruhigte, als Benny ihre GPS-Geräte zur Sprache brachte.

»Ich habe es schon einmal auf die harte Tour gelernt und will euch vor unserem Einsatz noch einmal daran erinnern. Gott bewahre, dass diese ISIS-Arschlöcher einen von uns in die Finger bekommen, aber habt ihr alle eure GPS-Sender?«

Alle nickten, aber Mozart schaute plötzlich verlegen auf den Boden.

»Was zum Teufel?«, fragte Wolf mit erstickter, rauer Stimme. »Ich dachte, wir waren uns einig.«

»Das waren wir, aber ehrlich gesagt habe ich einfach vergessen, das GPS-Gerät einzupacken, als ich mich morgens von April und Summer verabschiedet habe«, verteidigte sich Mozart. »Normalerweise habe ich es immer in meiner Einsatztasche, aber ich habe es herausgenommen, als wir diese eine Trainingseinheit gemacht haben. Es war dumm, ich weiß.«

Abe seufzte. »Okay, das ist nicht das Ende der Welt. Ich werde bei Mozart bleiben. Tex wird schon im Moment unserer Abreise bemerkt haben, dass wir nur fünf GPS-Sender dabeihaben. Wir bekommen das hin.«

Widerwillig hatten die Männer der Bitte ihrer Frauen nachgegeben, auf Einsätzen GPS-Sender bei sich zu tragen. Als Benny entführt wurde und selbst Tex nicht in der Lage gewesen war, ihn aufzuspüren, hatte Jess sich selbst opfern und entführen lassen müssen, weil sie wusste, dass die GPS-Geräte, die sie trug, Tex direkt zu Benny führen würden. Danach hatten alle zugestimmt, Ortungsgeräte zu tragen. Die Männer hatten sich zunächst geweigert, weil ihre Missionen als hochgeheim eingestuft wurden. Caroline hatte aber alle ihre Argumente widerlegt und zu Recht festgestellt, dass nur Tex ihre Position kennen würde und er dieselbe Sicherheitsfreigabe besaß wie der Rest des Teams. Schließlich hatten die Männer zugestimmt und waren sich einig, dass die zusätzliche Sicherheit und Beruhigung für ihre Frauen es wert waren.

Es war nicht das erste Mal, dass einer der Männer das kleine GPS-Ortungsgerät vergessen hatte, aber es war das erste Mal, dass sie dachten, sie würden es wirklich brauchen.

ISIS befolgte keine Regeln. Sie waren eine Gruppe rücksichtsloser Schläger, die die Religion als Ausrede benutzten, um jeden zu foltern oder zu töten, der ihrem

Zweck dienen könnte. Das Team würde nicht nur einer gefährlichen Bande entgegentreten, sondern auch versuchen, ihnen ihren wertvollen Besitz direkt vor der Nase wegzuschnappen. Die Wahrscheinlichkeit, dass sie sich im Durcheinander der Rettungsaktion verlieren könnten, war hoch. Die Ortungsgeräte hätten dafür gesorgt, dass sich bei dem Gedanken daran alle etwas besser fühlten.

Mozart wollte die Stimmung etwas aufhellen und von seinem Fauxpas ablenken und fragte: »Dude, welche Namen habt ihr für eure Tochter im Sinn?«

»Ganz ehrlich? Es ist mir egal, solange sie gesund ist.«

»Ach wirklich? Also, wenn Cheyenne sie Bertha nennt, bist du damit einverstanden?«

»Sicher. Sie wird mein kleiner Liebling sein, egal welchen Namen Cheyenne ihr gibt.« Vor ein paar Jahren hätten die Männer Dude mit so einer Aussage nicht davonkommen lassen, aber jetzt, wo sie selbst Familien hatten, verstanden sie es. Dude fuhr fort: »Ich ärgere Shy allerdings gern, also habe ich so viel mit ihr darüber diskutiert, dass sie selbst nicht mehr weiß, was sie will.«

»Ich bin mir nicht sicher, ob das wirklich so lustig ist«, sagte Benny. »Namen sind wichtig. Wenn du Cheyenne so verwirrt hast, dass sie selbst nicht mehr weiß, welchen Namen ihr ausgesucht habt, kann das sehr stressig werden. Ich muss es wissen. Jess und ich haben ewig hin- und herüberlegt und schließlich beschlossen, unseren Kindern so normale Namen wie möglich zu geben. John und Sara sind starke Namen, über die sich niemand lustig machen kann.«

»War das bei dir der Fall?«, fragte Wolf.

»Ja. Es gab nicht viele Kasons, als ich aufgewachsen bin. Das hat mir das Leben zur Hölle gemacht.«

»Shy weiß, dass ich sie nur aufziehe, Benny«, sagte Dude ernst. »Ich würde nichts tun, das Cheyenne mehr Stress macht, als sie ohnehin schon hat. Wir haben gemeinsam Spaß darüber gemacht und gewettet, wer den lächerlichsten Namen finden kann. Aber wir haben auch einige ernsthafte Gespräche darüber geführt. Den Stress, den Shy in Bezug auf den Namen für unser Baby hat, macht sie sich selbst. Glaub mir, ich habe ihr schon angedroht, ihr den Hintern zu versohlen, wenn sie nicht aufhört, so unentschlossen zu sein, aber sie besteht darauf, dass sie unsere Tochter zuerst sehen muss, bevor sie sich für einen Namen entscheiden kann. Sie will sich vergewissern, dass der Name, den sie in ihrem Kopf hat, zu dem passt, was sie sieht, wenn sie ihr zum ersten Mal ins Gesicht schaut.«

Die Männer wurden still. Sie kannten Dude und wussten, dass er die Kontrolle haben wollte. Sie wussten, dass jedes »Hinternversohlen« seiner Frau und ihm Vergnügen bereiten würde. Sie verstanden, dass er niemals absichtlich etwas tun würde, um Cheyenne zu verletzen, genau wie keiner von ihnen ihre Frauen verletzen würde.

»Entschuldige, Mann, ich weiß, dass du sie nicht verletzen würdest. Es ist nur ...«

Dude schnitt Benny das Wort ab. »Schon okay. Ich weiß, was du meinst. Ich hoffe nur, dass wir diese Mission schnellstmöglich hinter uns bringen, damit ich bei ihr sein kann, wenn es so weit ist.«

Die Männer nickten. Sie hofften es alle, obwohl sie bis heute Abend nicht damit gerechnet hatten.

»Apropos Namen«, begann Cookie mit einem Grinsen, »hast du deiner Frau schon erzählt, wie du deinen Spitznamen bekommen hast, Benny?«

»Nein, verdammt!«, antwortete Benny sofort. »Erstens würde Jess mich wahrscheinlich auslachen, bevor ich die Geschichte zu Ende erzählt hätte, und zweitens möchte ich auf keinen Fall, dass sie jemals herausfindet, dass mir eine Prostituierte irgendwo in den Tiefen Afrikas diesen Spitznamen gegeben hat.«

Die Jungs lachten leise.

»Ich finde, das klingt nach einer guten Geschichte«, sagte Rex, als das Lachen nachgelassen hatte.

Abe gab Benny keine Chance, von der unausgesprochenen Frage abzulenken. »Wir waren nach einer Mission in Afrika in dieser Kneipe, als eine Prostituierte an unseren Tisch kam, um sich einen Freier für die Nacht zu besorgen. Sie fragte unseren Mann hier, ob er etwas Spaß haben wollte. Benny dachte, er sei besonders witzig, und sagte: ›Been there, done that, got the T-shirt‹, also sinngemäß: ›Das kenne ich schon und hab schon ein T-Shirt.‹ Es war sehr laut in der Kneipe und die Prostituierte verstand nicht so gut Englisch, also dachte sie, er hätte ihr seinen Namen genannt. Sie antwortete: ›Okay, Benny Dunhat mit T-Shirt. Für dich zehn Dollar.‹«

Jetzt war es das Team aus Virginia, das in Gelächter ausbrach.

»Das ist ein verdammter Klassiker«, sagte Rex und nickte zustimmend.

»Arschlöcher«, sagte Benny, legte die Hände hinter

den Kopf und versuchte, sich wieder zu entspannen. »Wenn Jess auch nur ein Wort davon erfährt, werdet ihr alle dafür bezahlen. Ich mag es, wenn sie auf ihre Art und Weise versucht, mich dazu zu überreden, ihr die Geschichte zu erzählen.«

Seine Teamkollegen lachten, aber Benny wusste, dass sein Geheimnis bei ihnen in guten Händen war. Sie hatten die letzten zwei Jahre den Mund gehalten. Sie konnten sich über ihn lustig machen, aber Benny wusste, dass es nur Spaß war. Eigentlich war es ihm egal, ob Jess wusste, wie er zu seinem Spitznamen gekommen war. Die Frauen wussten natürlich, dass es Prostituierte gab, aber je mehr sie nachbohrten, desto mehr wurde es zu einem dauerhaften Lacher unter den Männern. Sie wussten, dass es die Frauen verrückt machte, den Ursprung von Bennys Spitznamen nicht zu kennen, und das machte es umso lustiger, es ihnen vorzuenthalten.

Es wurde ruhig im Zelt, bis auf die Geräusche aus dem Lager, wo die Bewohner sich auf die Nacht vorbereiteten. Rex' Team sprach noch eine Weile leise untereinander, aber jetzt begaben sich die Männer langsam in Kampfmodus. Es war bald so weit.

Penelope saß an der Seite des Zeltes und dachte darüber nach, was sie zuerst essen würde, nachdem sie einen Kanister kaltes, sauberes Wasser getrunken hätte, sobald sie in die Vereinigten Staaten zurückgekehrt war. Einen Hamburger mit doppelt Fleisch von *Whataburger*? Nein. Vielleicht diesen kleinen Schokokuchen mit flüssigem

Kern von *Chili's*? Verdammt, es war ihr egal. Solange es eine große Portion war und sie so viel essen konnte, bis sie das Gefühl hatte zu platzen. Das war das Wichtigste.

Sie träumte gerade vom Essen, als sie etwas hörte. Östlich ihres Zeltes gab es einen Knall. Er war nicht besonders laut, aber laut genug, um Aufmerksamkeit zu erregen.

Sie hörte zwei Männer vor ihrem Zelt, die sich aufgeregt auf Arabisch unterhielten, aber niemand kam herein. Wenig später hörte Penelope ein Geräusch, von dem sie schon lange geträumt hatte, aber fast die Hoffnung aufgegeben hatte, es jemals zu hören.

Das Geräusch eines Messers, das durch den dicken Stoff schnitt, aus dem die Wände ihres Gefängnisses bestanden. Es hätte einer der Terroristen oder ein anderer Dreckskerl sein können, der sie entführen wollte, aber das glaubte sie nicht. Sie würden einfach durch den Vordereingang kommen und sich nicht von hinten anschleichen. Es musste ihre persönliche Kavallerie sein.

Penelope drehte sich zu dem Geräusch um und sah, wie eine in Schwarz gekleidete Gestalt durch ein großes Loch in der Rückseite des Zeltes stieg.

»Das wurde aber auch verdammt noch mal Zeit«, sagte sie langsam und mit extremer Emotion in der Stimme. Sie stand auf und stellte sich der Gestalt entgegen. Sie blieb vorsichtig, weil immer noch die Möglichkeit bestand, dass es jemand aus dem Lager war, der Ärger machen wollte.

Dude stand im Zelt und betrachtete Sergeant Penelope Turner. Sie sah genauso aus, wie es ihnen berichtet worden war, abgesehen von der etwas verwahrlosten äußeren Erscheinung. Ihr blondes Haar hing ihr schlaff über die Schultern und es sah aus, als hätte sie mindestens zehn Kilo abgenommen, die sie vorher nicht zu viel auf den Rippen hatte. Sie war nicht sehr groß. Die angegebenen ein Meter siebenundfünfzig waren wahrscheinlich richtig.

Dankbarer, als sie jemals in Worte fassen könnte, stand sie vor ihm und wartete darauf, dass er etwas sagte.

»United States Navy SEAL, Sergeant. Wir sind hier, um dich nach Hause zu bringen«, sagte Dude in gedämpftem Ton.

»Super. Es ist mir egal, selbst wenn du der Präsident der Vereinigten Staaten wärst, solange du hier bist, um mich rauszuholen.«

Dude musste fast lachen. Das Team hatte lange darüber diskutiert, in welchem Zustand diese Frau sich befinden könnte, wenn sie das Zelt betraten. Er war auf alles vorbereitet gewesen, einschließlich Widerstand, war aber mehr als froh zu sehen, dass sie ihre Willenskraft nicht verloren hatte.

»Hast du zufällig eine Waffe für mich mitgebracht?«

Dude sah sie stirnrunzelnd an. »Kannst du damit umgehen?« Als sie ihn sofort finster ansah, stellte er klar: »Ich meine, du hast wahrscheinlich nicht viel gegessen und wir haben bis zum Treffpunkt noch einen langen Weg vor uns. Ich will nicht, dass du die Waffe versehentlich fallen lässt, wenn wir in Schwierigkeiten geraten.« Er sah, wie sie über seine Worte nachdachte, und sein Respekt für sie wuchs.

»Scheiße. Du hast wahrscheinlich recht. Ich bin verdammt wackelig auf den Beinen und bin mir nicht sicher, wie weit ich es aus eigener Kraft schaffe. Hast du Wasser dabei?« Penelope war frustriert, dass der SEAL dachte, sie könnte nicht mit einer Pistole umgehen. Tief in ihrem Inneren wusste sie aber, dass er wahrscheinlich recht damit hatte, vorsichtig zu sein. Sie wollte ihnen auch nicht in die Quere kommen und am Ende irgendwie ihre eigene Rettung vermasseln.

»Zuerst müssen wir hier raus, aber sobald wir einen sicheren Platz gefunden haben und weit genug weg sind, werde ich dafür sorgen, dass du etwas Wasser bekommst.«

Penelope nickte. Sie hatte diese Antwort erwartet und sie würde es tatsächlich vorziehen, so schnell wie möglich hier rauszukommen, anstatt jetzt etwas zu trinken und möglicherweise erwischt zu werden. Sie war nur so extrem durstig, dass sie sich die Frage nicht verkneifen konnte. Sie deutete auf das Loch in der Zeltwand. »Gehst du voraus oder ich?«

Diesmal ließ Dude sein Lächeln zu. Verdammt, sie war wirklich auf Zack. Sie erinnerte ihn sehr an seine Shy. Er bedeutete ihr vorzugehen. »Mein Kollege steht direkt vor dem Ausgang, stolpere nicht über ihn.«

Sie warf ihm einen Blick zu, der eindeutig zu sagen schien, er sollte die Klappe halten. Er lächelte ihr wieder zu und sah, wie sie vorsichtig ihren ersten Schritt in Richtung Freiheit machte.

***

Der Weg durch das ruhige, dunkle Lager war überraschend einfach. Wolf und Benny gingen voran und hielten Cookie und Dude über jeden Umweg, den sie machen mussten, auf dem Laufenden, während Mozart und Abe ihnen den Rücken frei hielten und sich darum kümmerten, dass sie auf ihrem Weg durch das Lager nicht verfolgt wurden.

Das SEAL-Team von Rex hatte gute Arbeit geleistet. Niemand, dem sie auf ihrem Weg begegneten, war misstrauisch und sie kamen gut voran. Den vereinbarten Treffpunkt sollten sie also pünktlich erreichen.

Penelope versuchte, so gut sie konnte, mit Dude Schritt zu halten. Ungefähr zehn Minuten nach Verlassen des Zeltes hielten sie an und er gab ihr eine Feldflasche mit Wasser. Penelope wollte es hinunterstürzen und sich dann eine weitere Flasche über den Kopf gießen, aber sie kontrollierte ihren Drang und nahm nur ein paar Schlucke. Sie wollte nicht, dass ihr auf halbem Weg in die Freiheit übel wurde. Sie gab dem SEAL, der sie aus dem Zelt geholt hatte, die Flasche zurück und spürte eine angenehme Wärme in ihrer Bauchgegend, als er sie zustimmend ansah. Es war lange her, dass jemand sie respektvoll angeblickt hatte, und es fühlte sich gut an. Sie zuckte mit den Schultern und sagte wie üblich etwas Flapsiges, um den Moment zu überstehen, ohne losweinen zu müssen. »Wenn du fertig damit bist, mich anzustarren, können wir vielleicht endlich aus dieser verdammten Wüste verschwinden.«

Aber anstatt ihn wütend zu machen, wie es ihre Kommentare normalerweise taten, lächelte er nur und nickte ihr zu. Dann nickte er dem SEAL hinter ihr zu und sie machten sich wieder auf den Weg.

Gerade als Penelope dachte, dass sie keinen weiteren

Schritt mehr machen könnte, hielten sie an und der SEAL vor ihr bedeutete ihr, sich zu ducken. Sie konnte nicht viel sehen. Es war dunkler als je zuvor und der Mond schien nicht, um ihnen den Weg zu leuchten. Auf ihrem Weg durch das Lager hatte sie ihre Hand entweder auf dem Rücken des SEALs oder in seiner Westentasche gehabt. Sie kniete sich hin und bemühte sich, etwas zu entdecken, irgendetwas.

»In ungefähr drei Minuten wird ein MH-60 Black Hawk Hubschrauber aus Richtung Norden hier auftauchen. Halte die Augen geschlossen, damit du keinen Sand hineinbekommst. Was auch immer du tust, lass auf keinen Fall meine Weste los, verstanden?«

»Wie wirst du den Weg erkennen können?« Penelope war noch nie jemand gewesen, der blindlings Befehlen folgte, auch nicht zu Hause bei der Feuerwehr.

»Ich habe eine Nachtsichtbrille auf, die meine Augen vor Sand und Schmutz schützt. Du wirst laufen müssen. Bekommst du das hin? Und bitte sei ehrlich.«

Penelope versuchte, zu dem Mann aufzublicken, aber es war verdammt noch mal zu dunkel, um ihn klar sehen zu können. Sie dachte darüber nach. Könnte sie laufen? Der Weg durch das Lager hatte sie fast vollkommen verausgabt. Aber in die Freiheit zu laufen? Zur Hölle, ja, das würde sie schaffen. »Ja.« Sie ging nicht näher darauf ein.

»Gut. Wenn du glaubst, es aus irgendeinem Grund nicht bis zum Hubschrauber zu schaffen, zieh an meiner Weste. Dann werde ich deinen Arsch auch so dorthin bekommen. Wir werden diese verdammte Wüste nicht ohne dich verlassen, Sergeant.«

Penelope spürte, wie sich die Tränen in ihren Augen sammelten. Mist. Nein, sie durfte jetzt nicht zusammenbrechen. Nicht jetzt. Nicht, wenn sie so kurz davor stand, ihre Freiheit wiederzuerlangen. »Danke!« Sie machte eine Pause und fragte dann: »Wie war dein Name noch mal?«

»Dude. Und das hinter dir ist Cookie. Ich weiß nicht, ob du dich daran erinnerst, aber Wolf und Benny haben uns den Weg freigemacht, als wir durch das Lager gegangen sind. Und Mozart und Abe haben das Schlusslicht gebildet. Wir werden alle mit dir zusammen im Hubschrauber sein. Wenn du drin bist, krieche so weit hinein wie möglich. Kennst du dich mit dem MH-60 aus?«

»Ja«, sagte Penelope, beeindruckt von seiner Professionalität und dem, was er bisher gezeigt hatte. »Er hat hinten Platz für etwa zehn plus Pilot, Co-Pilot, Schütze und Einsatzleiter vorne.«

»Du kennst dich aus mit dem MH-60.« Diesmal war es keine Frage.

Penelope lächelte, denn es gefiel ihr, Menschen zu überraschen. Es passierte andauernd, weil die Leute sie meistens aufgrund ihrer Größe und ihres Aussehens unterschätzten. Es war schön, nach so vielen Monaten endlich wieder wie eine gleichgestellte Person behandelt zu werden.

»Mach dich bereit.« Dudes Stimme war leise und Penelope bereitete sich auf den bevorstehenden Sprint vor. Innerhalb weniger Sekunden hörte sie den Lärm der Rotoren des Hubschraubers. Bevor sie zum Militär ging, hatte sie nur Erfahrung mit Hubschraubern mit einem

Rotor sammeln können, wie sie hauptsächlich von Krankenhäusern und Rettungsdiensten eingesetzt werden. Aufgrund des einzelnen Rotors machten sie das für Hubschrauber typische Geräusch. Der MH-60 war größer und leistungsstärker und benötigte deshalb mehrere Rotoren. Sie hatte noch nie in ihrem Leben etwas so Wundervolles gehört wie das Geräusch dieses Hubschraubers, der in der dunklen Nacht über ihnen schwebte.

Der Hubschrauber flog tief und ohne Licht. Als er die Lichtung erreichte, senkte er sich, bis er nur noch wenige Zentimeter über dem Boden schwebte.

»Jetzt! Los geht's«, sagte Dude.

Penelope spürte, wie er aufstand. Sie klammerte sich bereits an seiner Weste fest und ihre Augen sprangen auf. Sie liefen auf die riesige Maschine zu, ohne weiter nachzudenken. Sie stolperte einmal, konnte sich aber durch ihren Griff an der Weste des SEALs abfangen und landete nicht auf dem unversöhnlichen Wüstenboden. Sie bekam die Füße wieder unter ihren Körper und lief weiter, als wären die Höllenhunde hinter ihr her. Plötzlich spürte sie eine Hand auf ihrem Rücken. Sie musste sich aber nicht umdrehen, um zu wissen, dass es der andere SEAL war, der sie auf ihrem Weg durchs Lager begleitet hatte.

Als sie an der geöffneten Tür auf der rechten Seite des Hubschraubers ankamen, stand bereits ein Mann, höchstwahrscheinlich der Einsatzleiter, mit ausgestreckter Hand da, bereit, ihnen zu helfen.

Penelope ließ die Weste los und Dude sprang in den Frachtraum. Er drehte sich sofort um, um ihr zu helfen.

Sie streckte beide Arme nach oben und die Männer griffen nach ihren Händen und zogen sie hinein. Eine weitere Hand schob von hinten, um nachzuhelfen. Als sie ihre Hände losließen, entfernte sie sich sofort von der offenen Tür und kroch auf allen vieren in die hinterste Ecke.

Sie beobachtete, wie fünf weitere dunkle Gestalten mit nur minimaler Hilfe von Dude an Bord des Hubschraubers sprangen. Der Einsatzleiter ging zurück auf seinen Platz auf der rechten Seite des Cockpits und Penelope spürte, wie die Maschine etwa zwei Sekunden, nachdem der letzte SEAL in den Laderaum gesprungen war, in die Luft stieg.

Zu siebt schien der Laderaum plötzlich viel kleiner zu sein als im ersten Moment. Es war keine Zeit, sich irgendwo anzuschnallen, also kroch Penelope rückwärts, bis sie mit ihrem Rücken auf etwas Hartes stieß. Sie hielt sich fest, während der Hubschrauber durch die schwarze Nacht davonflog.

KAPITEL ZEHN

»Cade, Ihre Schwester wird nun seit über drei Monaten vermisst. Glauben Sie, dass Sie sie jemals wiedersehen werden?«

»Ja, absolut.«

»Was macht Sie da so sicher?«

»Wie kann man sich jemals bei etwas sicher sein? Meine Schwester ist eine Kämpferin, aber darüber hinaus ist sie schlau. Sie haben sie in diesen Videos gesehen, jeder in Amerika hat sie gesehen. Sie tut genau das, was man von ihr verlangt, und das hat sie bisher am Leben gehalten. Diese – PIIIEP – Terroristen halten sie am Leben, um sie zu benutzen. Sie ist hübsch und wird von ihnen als Propagandawerkzeug eingesetzt. Sie braucht nur etwas Hilfe. Die Regierung muss jemanden schicken, um sie zu befreien. So wie ich sie kenne, wird sie ihre Retter wahrscheinlich als Erstes fragen, warum es so lange gedauert hat.«

»Die Regierung hat immer wieder gesagt, dass sie nicht mit Terroristen verhandelt. Glauben Sie wirklich, dass sie *möglicherweise Millionen von Dollar ausgeben und unzählige Leben riskieren wird, um sie zu retten?«*

»Erstens sind keine Verhandlungen erforderlich. Sie können hineingehen und sie in einer Geheimmission rausholen. Zweitens kann ich nicht glauben, dass Sie das Leben meiner Schwester mit einem Preisschild versehen wollen. Sie ist eine amerikanische Soldatin. Sie hat bei diesem Einsatz ihr Leben aufs Spiel gesetzt. Die Regierung der Vereinigten Staaten hat sie überhaupt erst dorthin geschickt, also kann sie sie verdammt noch mal auch wieder zurückholen.«

»Was werden die ersten Worte sein, die Sie zu Ihrer Schwester sagen, falls Sie sie wiedersehen?«

»WENN ich sie wiedersehe, werde ich ihr sagen, dass ich sie liebe und dass ich nicht aufgehört habe, nach ihr zu suchen.«

Zum ersten Mal schaute der Reporter in die Kamera und sagte zu den Zuschauern: »Falls Sie es verpasst haben sollten, hier ist das letzte Video, auf dem Sergeant Turner eine Nachricht der ISIS-Terroristen vorliest ...«

Fiona saß mit Melody zusammen und sie sahen zu, wie Akilah mit der kleinen Sara spielte. Jessyka war froh, dass Fiona eine Weile auf ihr Kleinkind aufpasste. Es war eine willkommene Pause für Mutter und Tochter. Akilah sprach noch nicht perfekt Englisch, aber die Zweijährige auch nicht, sodass sie sich tatsächlich gut unterhalten konnten.

»Ich bin so stolz auf dich und Tex, dass ihr Akilah adoptiert habt.«

»Ich bin froh, dass Tex die Adoption so schnell in die Wege leiten konnte.«

»Beunruhigt es dich jemals, dass Tex … Dinge so einfach möglich machen kann?«

Melody wusste, was Fiona meinte. »Weißt du was? Ich vertraue Tex bedingungslos. Er ist einfach zu ehrlich, um irgendetwas Illegales für sich oder uns zu tun.«

Fiona lachte über das »oder uns«, das Melody in den Satz eingebaut hatte. »Nun, ich nehme an, dass du das schon weißt, aber Tex hat einen ganz besonderen Platz in meinem Herzen. Ich würde alles für ihn tun und ich bin froh, dass ihr euch gefunden habt.«

»Dass er mich gefunden hat, meinst du«, korrigierte Melody sie.

»Ja, das habe ich gemeint. Wir haben immer gesagt, dass Tex jeden finden kann, und natürlich hatten wir recht.« Fiona bemerkte, dass Melody dabei ihre Tochter anschaute. Sie sah hinüber und bemerkte, dass Akilah mit gespannter Aufmerksamkeit fernsah. Sie schaute auf den Bildschirm und sah, wie gerade das letzte Video der armen amerikanischen Soldatin abgespielt wurde.

»Was ist los, Akilah?«, fragte Melody leise.

Akilah zuckte nur die Achseln und spielte weiter mit Sara. Melody und Fiona schauten sich wieder an.

»Geht es ihr wirklich gut? Ich kann mir kaum vorstellen, was für schreckliche Dinge sie im Irak gesehen haben muss«, sagte Fiona mit leiser Stimme.

»Ich glaube schon. Manchmal erwische ich sie dabei, wie sie in die Leere starrt, aber dann lächelt sie mich an und sagt, dass es ihr gut geht, wenn ich danach frage.«

»Glaubst du, sie vermisst ihre alte Heimat?«

»Manchmal ja. Es wäre, als würden wir plötzlich nach Deutschland ziehen und kein Deutsch sprechen. Wir würden uns nach einer Weile einleben, aber manchmal würden wir uns nach zu Hause sehnen ... weißt du?«

Fiona verstand es besser, als Melody vermuten konnte, nachdem sie so lange Zeit in Mexiko gefangen gehalten worden war. Überraschenderweise war es erlösend, dass Julie jetzt in derselben Stadt lebte. Es war eine Erleichterung für Fiona, mit jemandem darüber reden zu können, der dasselbe durchgemacht hatte, und dabei zu wissen, dass die andere Frau wirklich verstand, was sie fühlte. Obwohl sie und Julie nicht sehr viel Zeit miteinander verbrachten, hatten sie Fortschritte in Bezug auf ihre Beziehung gemacht und konnten sich als Freundinnen bezeichnen. Ab und zu gingen sie gemeinsam zum Mittagessen aus.

Sie blieben noch eine Weile, aber schließlich entschied Melody, dass es an der Zeit wäre, zu Caroline zurückzukehren. Sie wollten sich alle später bei *Aces* zum Abendessen treffen. Melody wusste, dass Akilah eine mentale Auszeit brauchte, bevor sie sich auf den Weg in die Kneipe machten, um sich mit einer großen Gruppe zu treffen. Es ging ihr insgesamt gut, aber Melody wollte es nicht übertreiben.

Sie fuhren gerade in Carolines Wagen, den sie sich ausgeliehen hatten, zurück zu Carolines Haus, als Akilah vom Rücksitz aus fragte: »Worum ging es in dem Bericht im Fernsehen?«

Melody sah ihre Tochter durch den Rückspiegel an und war zum millionsten Mal ausgesprochen froh darüber, dass sie in ihr und Tex' Leben getreten war. Sie versuchte, es zu erklären, ohne zu sehr ins Detail zu gehen. Akilah war erst zwölf, aber sie hatte schon genug gesehen, sodass sie manchmal wie eine Erwachsene wirkte. Melody wollte, dass sie noch so lange wie möglich Kind sein konnte. »Eine amerikanische Soldatin wurde von ISIS entführt.«

»Die Frau in dem Video?«

»Ja, die Leute vermuten, das ist sie.«

Akilah schwieg eine Weile und sagte dann überraschenderweise: »Ich spreche Arabisch.«

»Ja, Schatz, ich weiß, dass du das tust.«

»Da war Arabisch im Fernsehen.«

Melody sah ihre Tochter fest an. »Ja, ich habe einige Männer im Hintergrund reden sehen. Weißt du, was sie gesagt haben?«

Akilah sah nicht glücklich aus. »Ja.«

»Hast du sie gehört?«

»Nein, aber ihre Lippen gesehen.«

»Du konntest ihre Lippen lesen? Und sie haben Arabisch gesprochen?«

Akilah nickte mit großen Augen.

»Haben sie etwas Schlimmes gesagt?«

»Ja.«

»Müssen wir Tex davon erzählen?«

Akilah sah aus dem Fenster und überlegte, was sie Melody erzählen sollte. Sie war vielleicht erst zwölf Jahre alt, aber sie wusste genug über ihren neuen Vater, um zu wissen, dass er anders war als die anderen Väter in ihrer Schule. Sie wusste, dass Tex genau wie sie eines seiner Gliedmaßen verloren hatte. Eines Abends hatte er aber auch mit ihr darüber gesprochen, was er beruflich machte. Er war ehrlich gewesen und Akilah hatte das meiste davon verstanden. Er benutzte seine Computer, um Menschen zu helfen. Er spürte Menschen auf, die vermisst wurden, er recherchierte, um amerikanischen Soldaten und der amerikanischen Regierung zu helfen, und er konnte ... sie wusste nicht genau, was dieser seltsame Satz bedeutete, den Tex zu ihr gesagt hatte, aber sie erinnerte sich an den Satz und nahm an, dass es darum ging, dass er mit seinen Computern besondere Dinge tun konnte, zu denen andere Leute nicht imstande waren.

Strippen ziehen, das war der lustige Ausdruck, den er verwendet hatte. Wenn ihr neuer Vater diese Strippen ziehen und damit der armen Amerikanerin helfen konnte, die vermisst wurde und mit einem schrecklichen Akzent die wenigen arabischen Wörter in dem Brief vorgelesen hatte, musste sie ihm sagen, was sie gehört hatte.

»Ja«, sagte Akilah ernst.

»Okay. Wir rufen ihn an, wenn wir bei Caroline eintreffen.«

Akilah lehnte sich zurück und entspannte sich ein wenig. Sie war sehr froh, dass Melody sie ernst nahm. Wenn sie redete, hörte Melody zu, anders als damals in ihrem Land, wo die Meinung einer Frau oft abgelehnt oder ignoriert wurde. Sie fühlte sich gut und war froh, bei ihrer neuen Familie hier in Amerika zu sein. Sie wollte auf jede erdenkliche Weise helfen.

KAPITEL ELF

Jemand gab Penelope Kopfhörer. Sie konnte hören, wie die Piloten mit gedämpfter Stimme miteinander sprachen. Ab und zu sagte einer der SEALs etwas zu den anderen. Aber sie schwieg. Sie war so dankbar, dass sie am Leben war und weg von diesen verdammten Entführern. Wenn sie eine Sekunde innehalten und darüber nachdenken würde, was sie gerade durchlebt hatte, würde sie zusammenbrechen.

Penelope wollte im Moment auch nicht an diesen armen australischen Soldaten oder an Thomas, Henry und Robert denken. Sie würde sich an ihr Leben und ihren Tod zu einem anderen Zeitpunkt und an einem anderen Ort erinnern. Sie war dankbar, aus dem Flüchtlingslager entkommen zu sein, aber sie hatte genug von den Piloten und den SEALs gehört, um zu wissen, dass sie noch nicht außer Gefahr waren.

Während ihrer Zeit in den Fängen von ISIS war kein Moment vergangen, in dem sie nicht Angst hatte, weil sie eine Frau inmitten einer von Männern dominierten, anti-feministischen Gesellschaft war.

Sie hatte jederzeit damit gerechnet, vergewaltigt und unter den Terroristen herumgereicht zu werden. Gott allein wusste, warum sie all die Monate in dieser Hinsicht ungeschoren davongekommen war. Sie glaubte, sich zu erinnern, einmal gelesen zu haben, dass blonde Frauen in der muslimischen Kultur argwöhnisch betrachtet werden, aber vielleicht bildete sie sich das auch ein. Was auch immer der Grund gewesen war, sie war dankbar dafür.

Aber jetzt, in diesem Hubschrauber, umgeben von zehn sehr maskulinen Männern ... Männer, die sie mit Leichtigkeit festhalten und mit ihr machen konnten, was sie wollten, hatte sie überhaupt keine Angst. Erstens waren es amerikanische Soldaten und zweitens waren sie gekommen, um sie zu retten. Drittens konnte sie zumindest bei den SEALs spüren, dass Ehre und Fürsorge durch ihre Adern strömten. Sie war bei ihnen sicher, absolut sicher. Penelope war dehydriert, sie hatte Hunger und sie war mehr als einmal zusammengeschlagen worden, aber sie war am Leben und für den Moment in Sicherheit. Das sollte ihr genügen.

Penelope begann gerade, sich in einer Art Halbschlaf zu entspannen, als sie durch die Kopfhörer vernahm, wie einer der Piloten fluchte.

»Verdammte Scheiße. Achtung, bereit machen für Einschlag!«

Das waren die letzten Worte, an die sie sich erinnerte, bevor alles schwarz wurde, als der Hubschrauber durch eine Explosion getroffen wurde und zu Boden taumelte.

KAPITEL ZWÖLF

»Hey Tex, ich bin es. Bitte ruf mich so schnell wie möglich zurück. Ich weiß, dass du dich in deine Höhle verkrochen hast, aber es ist wichtig. Akilah muss dir erzählen, was sie in den Nachrichten gesehen hat. Sie hat das Video dieser entführten Soldatin gesehen und konnte die Lippen der Männer im Hintergrund lesen, die Arabisch gesprochen haben. Anscheinend haben sie etwas von Bedeutung gesagt, aber sie will es mir nicht erzählen. Aber sie hat gesagt, dass du es wissen solltest. Bitte ruf mich an, sobald du kannst.«

Melody legte auf und seufzte. Sie wusste nicht, was sie machen sollte, um die Aufmerksamkeit ihres Mannes zu erregen, ohne etwas Hinterhältiges zu tun, wie zum Beispiel ihr Ortungsgerät in den Müll zu schmeißen und darauf zu warten, dass es auf der Mülldeponie landete. Normalerweise war er sehr besorgt um sie und Akilah, aber bei allem, was vor sich ging, war es gut möglich, dass er Raum und Zeit um sich herum vergessen hatte. Irgendwann würde er aus seiner Höhle auftauchen, um zu duschen oder etwas zu essen, und dann würde er bemerken, dass sie ihm eine Nachricht hinterlassen hatte.

In der Zwischenzeit tat sie, was sie konnte, um ihren Freundinnen zu helfen. Jess war überwältigt, nicht nur von ihren beiden Kindern, sondern auch von der »Nachmittagsübelkeit«, wie sie es nannte. Alabama kam mit Brinique und Davisa gut zurecht, aber die beiden Mädchen waren sehr anhänglich, seit Christopher weg war. Summer ging es gut. Sie strahlte und hatte sich von Aprils Geburt vollständig erholt. Aber sie hatte Schwierigkeiten, sich wieder an die Arbeit zu gewöhnen und den ganzen Tag von April getrennt zu sein, nachdem ihr Mutterschaftsurlaub vorbei war.

Melody wusste, dass Caroline sich Sorgen um Fiona machte. Sie hatte nicht viel für sie da sein können, weil sie so hart arbeiten musste. Alle machten sich jedes Mal Sorgen um sie, wenn ihre Männer auf Mission waren. Und schließlich war da noch Cheyenne. Caroline hatte versucht, sie dazu zu überreden, bei ihr im Haus zu bleiben. Sollten mitten in der Nacht die Wehen einsetzen, wäre Caroline da, um ihr zu helfen. Aber bisher hatte sie sich geweigert und gesagt, dass es ihr gut ginge und dass sie niemandem zur Last fallen wollte.

Melody war wie immer von Caroline beeindruckt. Die Frau nahm sehr viel auf sich und es schien ihr nichts auszumachen. Sie arbeitete Extraschichten im Labor, kam nach Hause, um zu babysitten, gab gute Ratschläge und organisierte noch ein Abendessen für alle Frauen und ihre Kinder ... und lächelte am Ende trotzdem noch.

Sie ging in die Küche und beobachtete, wie Caroline

Akilah beibrachte, Kekse von Grund auf selbst zu machen. Akilah war besessen vom Kochen und Backen. Jedes Mal wenn sie etwas aß, das sie mochte, fragte sie, wie man es zubereitete, und nervte Melody so lange, bis sie das Gericht zusammen kochten. Melody vermutete, dass sie im Irak sehr unter der Lebensmittelknappheit gelitten hatte. Also hatte sie kein Problem damit, ihr Wissen an ihre Tochter weiterzugeben. Akilah würde viel zu schnell ein Teenager werden und wahrscheinlich keine Zeit mehr mit ihrer Mutter verbringen wollen.

Carolines Telefon klingelte, als sie gerade mit beiden Händen im Keksteig steckte. Sie beharrte darauf, dass das Kneten mit den Händen der einzige Weg war, um die Zutaten richtig zu vermischen. Sie behauptete sogar, dass sie als Chemikerin beweisen könnte, dass es so war.

»Ich gehe ran«, sagte Melody, als sie nach dem Telefon griff. »Hallo?«

»Caroline?«

»Nein, hier ist Melody. Cheyenne?«

»Ja ... äh ...«

»Alles in Ordnung?«

Melody hörte, wie sie am anderen Ende der Leitung keuchte und dann sagte: »Ja, aber es ist so weit.«

»Es ist so weit? Du meinst das Baby kommt? Bist du sicher?«

»Ja. Ich bin mir sicher.«

Melody hielt ihre Hand über das Telefon und schrie zu Caroline hinüber: »Es ist so weit!« Dann nahm sie die Hand wieder weg und fragte Cheyenne: »Wo bist du? Hast du schon einen Krankenwagen gerufen? Wir holen dich ab.«

»Ich bin noch zu Hause und ich habe noch keinen Krankenwagen gerufen ... Ich habe Caroline angerufen. Aber ...«

»Okay, wir sind auf dem Weg. Hast du deinen Koffer gepackt? Den dürfen wir nicht vergessen.«

»Ich habe angerufen, um es Caroline zu sagen, aber ich rufe jetzt den Krankenwagen. Könnt ihr zu mir ins Krankenhaus kommen?«

»Ja, natürlich, aber wir können dich auch abholen. Das Baby wird nicht innerhalb der nächsten zehn Minuten rauskommen ... warte ... oder doch?«

»Nein, ich glaube nicht ... aber ... ich blute. Da stimmt etwas nicht.«

»Scheiße, okay, ich lege jetzt auf. Du wählst sofort den Notruf und wir treffen uns im Krankenhaus. Ich bin mir sicher, dass alles in Ordnung ist. Keine Panik, okay?«

»Okay. Melody?«

»Ja, Cheyenne?«

»Ich habe Angst.«

»Es wird alles gut gehen. Jetzt halt die Klappe, leg auf und ruf den Krankenwagen.«

»Okay, bis gleich.«

Melody legte auf und sah, dass Caroline bereits ihre Hände gewaschen hatte und ungeduldig darauf wartete zu hören, was los war.

Melody gab Caroline ihr Telefon und griff in ihre Gesäßtasche, um ihr eigenes herauszuholen. »Das war Cheyenne. Das Baby ist unterwegs, aber sie hat Blutungen. Die verdammte Frau hat zuerst dich angerufen, bevor sie den Rettungsdienst alarmiert hat. Es scheint, als wären Polizisten, Ärzte, Krankenschwestern und anscheinend auch Mitarbeiter beim Notruf die Letzten, die selbst um Hilfe rufen. Du informierst Alabama und Fiona. Ich rufe Jessyka und Summer an. Wir müssen ins Krankenhaus, und zwar pronto.«

Caroline nickte und nahm sofort ihr Telefon. Operation Baby Cooper konnte beginnen.

KAPITEL DREIZEHN

Penelope kam plötzlich wieder zu Bewusstsein. Sie hatte oft gelesen, wie Menschen nach einer Ohnmacht allmählich wieder aufwachten, aber das war bei ihr nicht der Fall.

Sie roch Kerosin und den Rauch eines Feuers. Sie öffnete die Augen und sah Verwüstung. Jesus!

Sie erinnerte sich, dass der Hubschrauber, in dem sie gesessen hatte, offensichtlich abgestürzt oder abgeschossen worden war.

Sie sah sich um und sah nichts als Steine und Büsche. Offensichtlich waren sie in den Bergen, aber sie hatte keine Ahnung, welche Berge oder welches Land. Aber das Wichtigste zuerst. Penelope erinnerte sich an ihre Ausbildung als Rettungssanitäterin. Unter Schmerzen stand sie auf und hielt inne, um Bilanz zu ziehen.

Es schien nichts gebrochen zu sein, außer vielleicht ein oder zwei Rippen. Das wäre kein Problem. Es tat höllisch weh, aber in Anbetracht der Gesamtsituation war es vernachlässigbar. Sie hatte einige Schnitte, Kratzer und wahrscheinlich eine Menge Blutergüsse. Alles in allem war sie jedoch in einer bemerkenswert guten Verfassung, wenn man bedachte, dass sie in einer Metallkiste vom Himmel gefallen war.

Penelope sah sich um. Sie sah drei Männer in ihrer Nähe liegen. Sie kroch hinüber und konnte vage erkennen, dass es drei der SEALs waren, die ihr bei der Flucht geholfen hatten. Penelope konnte sich nicht an ihre Namen erinnern, aber das war im Moment egal. Alle drei waren kalt, aber schienen zum Glück noch zu atmen. Penelope musterte sie kurz und vermutete, dass einer von ihnen sich wahrscheinlich den Arm gebrochen hatte. Er lag in einem seltsamen Winkel über seinem Kopf. Die anderen beiden sahen relativ okay aus. Sie konnte jedoch nicht feststellen, ob sie innere Blutungen oder Kopfverletzungen hatten.

Sie hörte ein Geräusch und schreckte auf. Es war Dude, der Mann, der wie ein Engel in ihrem Zeltgefängnis erschienen war.

»Bist du okay?«, fragte er schroff. Er trug einen der Männer aus dem Hubschrauber, der überhaupt nicht gut aussah.

Penelope nickte. »Mir geht es gut. Was kann ich tun, um dir zu helfen?«

Dude musterte die kleine Frau vorsichtig. Sie steckten in großen Schwierigkeiten und wären am Arsch, wenn ihnen nicht schnell etwas einfiele. Vielleicht könnte sie ihm behilflich sein. Er ignorierte die Schmerzen in seinem verletzten Knöchel und sagte betroffen: »Der Co-

Pilot ist tot. Heckenschütze und Einsatzleiter sind in schlechtem Zustand. Meinen Teamkollegen geht es im Großen und Ganzen gut, aber sie haben einige Verletzungen erlitten. Der Pilot hat verdammt gute Arbeit geleistet, den Vogel herunterzubringen, ohne uns alle umzubringen. Aber wir sind am Arsch, wenn wir nicht schnell von hier verschwinden.« Dude wartete darauf, dass Penelope nickte und fuhr fort: »Ich werde alle hier rausbringen, aber ich brauche deine Hilfe, um sie zu versorgen. Kannst du dabei helfen?«

»Ja. Zu Hause in Texas bin ich Rettungssanitäterin. Ich werde mein Bestes geben.«

»Danke«, sagte er kurz, aber von Herzen.

Penelope nickte und wandte sich wieder den Männern zu, die vor ihr lagen. Sie sah sich um und entdeckte einen roten Koffer mit einem weißen Kreuz darauf. Früher hätte sie sich vielleicht gefragt, wie er genau dort auftauchen konnte, wo sie ihn brauchte, aber nachdem sie als Feuerwehrfrau und Rettungssanitäterin mehr als ein Wunder erlebt hatte, nahm sie es dankend an. Sie machte sich auf den Weg zum Erste-Hilfe-Koffer und schleppte ihn zurück zu den SEALs. Einer der Männer öffnete die Augen und beobachtete sie aufmerksam.

»Hallo, erinnerst du dich an mich? Ich bin Penelope und ich werde dir helfen.« Sie schaltete automatisch in den Rettungssanitäter-Modus. Das war etwas, mit dem sie vertraut war. »Geht es dir gut? Tut etwas weh?«

Sie sah, wie der Mann innerlich Bilanz zog. Er bewegte langsam seine Beine, dann die Arme und schließlich drehte er den Kopf hin und her. »Ich denke, ich bin noch in einem Stück. Es tut alles weh, aber es ist nichts gebrochen. Lagebericht?«

Penelope seufzte erleichtert. Gott sei Dank war er am Leben. Der Zustand des ersten Mannes war bestätigt, aber da waren noch sieben weitere. Sie antwortete dem SEAL: »Soweit ich weiß, wurde der Hubschrauber von einer Granate getroffen. Ein Toter, sieben Zustand unbekannt.«

»Ich bin Cookie. Ich war mir nicht sicher, ob du dich daran erinnerst, wer ich bin.«

»Habe ich nicht und ich kann dir auch nicht versprechen, dass ich mich später an dich erinnern werde, aber danke. Kannst du mir helfen?« Penelope deutete auf den Mann mit dem offensichtlich gebrochenen Arm, der noch nicht aufgewacht war.

»Was kann ich tun?«

»Wir müssen seinen Arm fixieren. Es wird höllisch wehtun und ich bin mir nicht sicher, ob ich ihn festhalten kann, wenn er mittendrin aufwacht.«

»Scheiße. Darüber wird Wolf nicht erfreut sein.«

»Wolf?«

»Ja, das ist Wolf, unser Teamleiter. Und der Mann da drüben«, Cookie deutete auf den anderen reglosen Mann, »ist Benny.«

Penelope nickte und die beiden machten sich an die Arbeit. Cookie war auch in Erster Hilfe ausgebildet, wahrscheinlich noch besser als sie, da er ein SEAL war. Sie konnten Wolfs Arm schnell an seiner Seite fixieren und ruhigstellen. Er kam gerade wieder zu sich, als Dude mit dem Piloten zurückkam. Er hatte eine große Wunde am Kopf und blutete stark.

»Der Pilot ist in einem schlechten Zustand. Ich bin mir nicht sicher, ob wir die beiden Night Stalker von hier wegbekommen.« Seine Worte waren an Cookie gerichtet.

Cookie nickte. »Lass mich dir mit den anderen helfen, dann gehen wir zu Plan D über.«

Die beiden Männer gingen zurück zu dem Haufen Schrott, der früher ein MH-60-Hubschrauber gewesen war. Penelope wandte sich an Benny. Cookie und Dude kamen kurz darauf mit den Männern der Hubschrauberbesatzung wieder.

»Mozart liegt noch im Hubschrauber und kommt gerade wieder zu Bewusstsein. Er hat eine große Schnittwunde am Oberarm, ist aber ansonsten in einem Stück. Wo ist Abe?«

»Scheiße. Er ist der Einzige, den wir noch nicht gefunden haben.«

Penelope fühlte sich plötzlich von Schuldgefühlen durchbohrt. Sie lehnte sich zurück und sah die sechs Männer an, die vor ihr verletzt auf dem Boden lagen. Verdammt.

»Es ist nicht deine Schuld.«

Penelope drehte sich um und sah den Mann mit dem gebrochenen Arm an. Es war Wolf, der gesprochen hatte. »Woher weißt du, dass ich gerade daran gedacht habe?«, fragte sie überrascht.

»Es steht dir ins Gesicht geschrieben, Schätzchen.«

»Ich glaube nicht, dass du mich Schätzchen nennen solltest.«

Wolf lachte. Er lachte tatsächlich. »Tut mir leid, aber ich glaube nicht, dass ich dich etwas anderes als Schätzchen nennen kann, wenn du nur so groß und süß wie ein Marienkäfer bist, unabhängig von deinem Rang und deiner ganz offensichtlichen Kompetenz als Soldatin.«

»Willst du mich verarschen? Das ist das Sexistischste, was ich seit meiner Entführung gehört habe, und das sagt etwas aus«, meckerte Penelope Wolf an.

Er lachte erneut, als er ihren Blick sah. »Es tut mir leid. Hilf mir, mich aufzurichten.« Das klang fast wie ein Befehl.

Penelope half ihm, sich hinzusetzen. »Dieser Arm wird höllisch wehtun. Wir haben dir etwas Morphium gegeben, aber nicht viel. Cookie dachte, dass du nicht high sein solltest, wenn wir versuchen, den Terroristen durch diese beschissenen Berge zu entkommen ... seine Worte, nicht meine.«

Wolf nickte. »Wie geht es den anderen?« Es war, als hätte er seine früheren Worte vergessen. Penelope fühlte sich sehr viel wohler damit, Tacheles zu reden, und hielt sich an die Fakten.

»Der Co-Pilot ist tot. Ich habe es noch nicht zu den anderen drei Männern geschafft. Benny ... ich glaube, so haben ihn die anderen genannt ... scheint in Ordnung zu sein. Sie suchen nach Abe. Dude humpelt ein bisschen, scheint die Schmerzen aber zu ignorieren, also ist es wahrscheinlich nicht so schlimm. Mozart scheint in Ordnung zu sein und wird seinen Arsch wahrscheinlich bald hierher bewegen. Wiederum deren Worte, nicht meine.«

Wolf rutschte auf die bewusstlosen Piloten zu und

Penelope folgte ihm. Sie arbeiteten schweigend, Wolf half ihr beim Verbinden, wo er konnte, und gab Ratschläge. Plötzlich hörten sie Geräusche in den Sträuchern hinter sich und schneller, als Penelope denken konnte, hatte Wolf sich umgedreht und hielt seine Pistole in die Richtung, aus der die Schritte kamen.

»Ruhig, Wolf, wir sind es«, hörte Penelope, kurz bevor drei SEALs aus dem dichten Unterholz auftauchten.

Der Mann, den sie Abe genannt hatten, ging ... irgendwie. Der untere Teil seiner Hose war blutgetränkt und es war offensichtlich, dass er ohne die Hilfe seiner Teamkollegen überhaupt nicht gehen könnte.

»Scheiße, Abe, was hast du angestellt?«

Dude antwortete für ihn. »Wir haben ein großes Stück Metall aus seinem Oberschenkel gezogen. Wir haben es notdürftig verbunden, aber es wird genäht werden müssen, wenn wir ankommen, wo wir hinwollen.«

Sie setzten Abe neben Benny auf den Boden, der endlich wieder zu sich kam. Nach kurzer Untersuchung stellten sie fest, dass es Benny relativ gut ging. Er hatte rasende Kopfschmerzen, aber keine offene Kopfwunde, was bedeutete, dass er wahrscheinlich eine Gehirnerschütterung hatte. Mozart kam etwas wackelig auf den Beinen in ihre Mitte, stand aber aufrecht und konnte gehen. Das war schon etwas wert.

»Plan D Diskussion«, sagte Wolf mit leiser, ernster Stimme. »Sergeant Turner, hör mir zu. Du bist jetzt Teil dieses Teams.«

Penelope nickte, erleichtert darüber, dass sie nicht versuchen würden, sie außen vor zu lassen, während sie alle Entscheidungen trafen. Plötzlich wollte sie genau wissen, was los war. Während der letzten Monate war sie über alles im Unklaren gelassen worden. Es fühlte sich gut an, wieder Teil eines Teams zu sein.

»Abe ist mit diesem Bein stark eingeschränkt. Das bedeutet, dass er zwei von uns braucht, um ihm zu helfen. Ich habe einen gebrochenen Arm, Benny hat eine Gehirnerschütterung. Mozart kann sich bewegen, aber sein Arm wird ungefähr so nützlich sein wie meiner. Tiger hier macht alles nur mit rechts, also gehe ich davon aus, dass sie ein paar gebrochene Rippen hat.«

»Was? Tiger?« Penelope war sich nicht sicher, ob sie diesen Spitznamen mochte, obwohl er so viel besser war als der, den die Männer bei der Feuerwehr ihr verpasst hatten.

»Kämpferisch, wie ein verdammter Tiger«, sagte Wolf ernst. Er fuhr fort, als hätte sie ihn nicht unterbrochen. »Nur Dude und Cookie sind relativ unversehrt, aber ihr müsst Abe helfen.« Betroffen sah er die Night Stalker an. »Wir können sie nicht mitnehmen.«

Die Männer schwiegen einen Moment, dann sagte Benny: »Unsere GPS-Sender. Wir haben fünf. Wenn wir jeweils einen bei ihnen lassen, kann Tex sie ausfindig machen.«

»Wie sieht es mit den Funkgeräten aus?«, fragte Abe.

Cookie schüttelte zur Antwort den Kopf. »Keine Funkgeräte. Die Batterien sind leer. Ich stimme Benny zu. Wir können sie nicht mitnehmen, aber wir können sie auch nicht den Terroristen überlassen«, sagte er.

»Was?« Penelope fühlte sich, als hätte die Platte einen

Sprung. »Die Funkgeräte sind tot? Und was für GPS-Sender?«

»Wir haben nicht die Zeit, es genau zu erklären, aber kurz gesagt, wir haben fünf GPS-Ortungsgeräte bei uns, die von dem besten Hacker überwacht werden, den ich je in meinem Leben getroffen habe. Er passt immer auf uns auf, auch wenn wir auf Mission sind«, sagte Mozart.

»Das ist aber nicht legal, oder?«

»Wen interessiert das schon? Im Moment ist es alles, was diese Kerle haben. Es ist ihre einzige Chance, dieses Land mit dem Kopf auf ihren Schultern zu verlassen«, sagte Benny etwas bitter.

Penelope zuckte zusammen. Teufel noch mal, er hatte recht. »Aber der Co-Pilot? Er ist doch schon tot ...«

Wolf ließ sie nicht ausreden. »SEALs lassen einen SEAL niemals zurück. Es besteht die Möglichkeit, dass die Terroristen seinen Körper in Ruhe lassen, aber sie könnten auch beschließen, ihn wegzuschleppen und für eines ihrer verdammten Videos zu entweihen. So haben wir die Chance, ihn hoffentlich vorher wiederzufinden. Wir werden je einen GPS-Sender bei den anderen lassen. Wenn die Terroristen sie in die Hände bekommen, besteht die Möglichkeit, dass sie getrennt werden. Wenn jeder ein Ortungsgerät hat, macht es das der Kavallerie leichter, sie zu finden.«

Penelope schluckte. Okay, sie hatte es verstanden. Diese Männer blieben ihrem Motto treu, und da spielte es keine Rolle, dass die Night Stalker nicht von der Navy waren. Sie waren gekommen, um sie rauszuholen, also würden sie sie auch nicht ihrem Schicksal überlassen.

Das war genau die Art von Soldaten, mit denen sie zusammen sein wollte. »Okay.«

Cookie ging zu Wolf, Abe und Benny und sammelte ihre GPS-Sender ein. Während er damit beschäftigt war, sie auf die anderen Männer zu verteilen, fragte Penelope: »Warum nur fünf, wenn ihr zu sechst seid?«

Es war Mozart, der ohne zu zögern antwortete: »Weil ich Dummkopf meinen vergessen habe. Du kannst wetten, dass meine Frau mir in den Arsch treten wird, wenn ich nach Hause komme. Glaub mir, ich trete mir gerade selbst mental in den Arsch.«

Penelope sah zu, wie Cookie mit den verletzten Männern sprach und ihnen offensichtlich erklärte, was los war. Sein Gesichtsausdruck war ernst und grimmig, als er zurückkam.

»Okay, hier ist die Lage. Der Pilot sagte, dass der Abschuss von Südosten kam. Wir sind zu weit von Yuksekova entfernt, um es zu Fuß zum Stützpunkt zu schaffen. Wir befinden uns mitten im Hakkari Daglari Gebirge zwischen dem Irak und der Türkei. Die besten Chancen haben wir, wenn wir einen Unterschlupf finden und abwarten. Wir müssen höher in die Berge, wenn wir eine Chance haben wollen, einen Angriff von ISIS oder Al-Qaida zu überleben. Tex wird wissen, wo wir abgestürzt sind, und höchstwahrscheinlich bereits mit JSOC zusammenarbeiten. Sie werden Delta Force oder vielleicht sogar Rex' SEAL-Team losschicken. Wir haben nicht viel Zeit, aber Benny und ich werden zuerst die verletzten Night Stalker in Sicherheit bringen. Dann werden wir uns zu siebt in die Berge aufmachen, wo es ein großes Höhlensystem geben soll.«

»Aber sind das nicht die Höhlen, in denen sich die Terroristen normalerweise verstecken?«, fragte Penelope unsicher.

Cookie zuckte nur die Achseln und nickte.

»Wie werden wir ihnen aus dem Weg gehen?«

»Mit etwas Glück.«

Penelope knurrte. Die Antworten, die sie bekam, gefielen ihr definitiv nicht. »Wäre es nicht besser, hier bei den Piloten zu bleiben und deinen Freund sein Ding machen zu lassen? Wenn jemand kommt, können wir hier die Stellung halten.«

Wolf wurde nicht wütend über ihre Meinungsverschiedenheit, aber seine Worte waren ungeduldig, als wüsste er, dass die Zeit knapp wurde. »Cookie und Benny, fangt damit an, die anderen wegzubringen. Wir bereiten hier alles soweit vor, wie wir können, während ihr beschäftigt seid.« Er wandte sich an Penelope, um ihre Frage zu beantworten. »Wir können diese Position nicht verteidigen. Schau dich um, wir stecken in einem Loch fest. Wir müssen uns eine höhere Position suchen, um die Umgebung im Blick zu haben. Hier sitzen wir wie auf dem Präsentierteller. Wir haben immer noch Dudes GPS-Sender. Tex wird wissen, dass etwas nicht stimmt, und uns finden.«

»Aber ...« Penelope sah die Männer an, denen Dude und Cookie gerade dabei halfen, eine defensivere Position einzunehmen. »Wissen sie auch, wie schwer es sein wird, diese Position zu verteidigen?«

Wolf nickte grimmig.

Verdammte Scheiße. Penelope schluckte einmal schwer. Dann zweimal. Indem sie sich dazu bereit erklärten, hierzubleiben und nicht mit ihnen zu kommen, unterzeichneten sie im Grunde genommen ihr Todesurteil. Wenn sie darauf bestanden hätten, mit ihnen zu gehen, wären alle in noch größerer Gefahr.

Wolf sagte mit gedämpft und sanfter, wenn nicht sogar trauriger Stimme: »Der Heckenschütze hat beide Beine gebrochen. Der Einsatzleiter ist noch nicht wieder bei Bewusstsein und blutet aus den Ohren und der Nase. Der Pilot hat sich beim Absturz beide Knöchel und die Handgelenke gebrochen. Mit unseren eigenen Verletzungen können wir sie nicht tragen. Sie wissen, wie ihre Chancen stehen, Tiger. Ich bin dankbar, dass wir wenigstens die GPS-Sender bei ihnen lassen können. So haben sie eine bessere Chance als ohne.«

Penelope wandte sich abrupt ab und fing an, so viel Ausrüstung einzusammeln, wie sie finden konnte. Sie nahm alles, was sie für brauchbar hielt. Sie wusste, dass ihr die Gesichter und Stimmen dieser Männer für die nächsten Jahre im Traum erscheinen würden. Sie legte ein Gelübde ab, dass jeder Amerikaner erfahren sollte, was für ein großes Opfer sie gebracht hatten und wie mutig sie im Angesicht des sicheren Todes gewesen waren.

Sie fühlte eine Hand auf ihrem Unterarm und sah auf. Es war Dude.

»Tex wird sie finden. Er wird sie zu ihren Familien nach Hause zurückbringen. Er wird sie finden und die Kavallerie wird uns finden.«

Penelope nickte und wusste, dass sie in Tränen ausbrechen und sich in Verlegenheit bringen würde, wenn sie den Mund öffnete. Sie war eine starke Frau, aber auch sie konnte nur ein gewisses Maß an Elend ertragen, und dieses Maß war fast voll.

Cookie, Dude, Wolf, Mozart und Penelope sammelten so viel Ausrüstung, Munition und Waffen ein wie möglich. Penelope sagte kein Wort, als Dude ihr ein Armeemesser und eine geladene Pistole reichte. Sie nickte ihm dankend zu und erinnerte sich an ihre Unterhaltung im Zelt. Sie machten sich bereit zum Aufbruch. Sie war in keiner Weise in besserer Verfassung als zu dem Zeitpunkt, an dem sie aus der Zeltstadt gerettet worden war, aber die Umstände hatten sich geändert. Sie war jetzt ein wichtiger Teil des Teams und da sie nicht so schwer verwundet war, musste sie ihren Anteil tragen.

Wolf ging voran. Dude und Cookie stützten Abe auf beiden Seiten ab und folgten ihm. Benny kam als Nächster, dann Mozart und schließlich Penelope. Sie war sich der Bedeutung bewusst, die Letzte in der Reihe zu sein. Es war ihre Verantwortung, ihnen den Rücken frei zu halten. Das nahm sie nicht auf die leichte Schulter. Sie würde diesen Männern beistehen oder bei dem Versuch draufgehen. Ihr Bruder hätte sie nicht umsonst dazu gebracht, die Prüfung zur Feuerwehrfrau zu bestehen. Sie war eine Turner und sie würde ihre Kameraden nicht im Stich lassen.

Auf dem Weg in die Berge warf Penelope einen Blick zurück, bevor sie über einer Anhöhe verschwanden. Sie konnte den schwarzen Rauch aus den Trümmern des Hubschraubers aufsteigen sehen, ein Leuchtfeuer für alle Terroristen in der Gegend. Sie konnte den Piloten und die anderen Männer nicht erkennen, wusste aber, dass sie dort im Dickicht versteckt waren und darauf warteten, zu kämpfen und möglicherweise zu sterben.

Der Gedanke daran war zu viel für sie. Sie ließ den Tränen freien Lauf, während sie weitergingen, wohlwissend, dass die SEALs vor ihr zu beschäftigt waren, um es zu bemerken.

KAPITEL VIERZEHN

Eine Quelle im Weißen Haus hat heute den Absturz eines MH-60-Hubschraubers im Hakkari Daglari Gebirge zwischen der Türkei und dem Irak bestätigt. Es gibt keine Informationen über Verletzte oder wie viele Personen an Bord waren. Es wird aber spekuliert, dass die Besatzung entweder auf dem Weg war, die entführte amerikanische Soldatin Penelope Turner zu retten, oder bereits auf dem Rückflug. Es ist unbekannt, ob die Rettung erfolgreich war, und es gibt keine Informationen über die Opfer des Absturzes. Die neuesten Entwicklungen in dem Fall erfahren Sie in den Spätnachrichten.

Melody sah auf das vibrierende Telefon in ihrer Hand hinunter. Gott sei Dank. »Hallo?«

»Cheyenne bekommt ihr Baby?«

Melody war nicht überrascht, dass Tex wusste, dass sie alle im Krankenhaus waren. Der einzige Grund – nun, der einzige positive Grund – bestand darin, dass

Cheyenne Wehen hatte. »Ja, sie hat Blutungen und als ihre Fruchtblase geplatzt ist, mussten wir sie erst noch überzeugen, den Notruf zu wählen. Sie hat es schließlich gemacht und jetzt warten wir alle hier.«

»Ich habe deine Nachricht bekommen. Es tut mir leid, dass ich nicht sofort geantwortet habe, als du angerufen hast. Ich verspreche, besser darauf zu achten, mein Telefon immer bei mir zu haben«, entschuldigte sich Tex.

»Ich weiß. Ist alles in Ordnung?« Melody hatte die Nachrichten gesehen, es war unvermeidbar gewesen.

»Ist Akilah da? Ich habe nicht viel Zeit.«

Scheiße. Wenn er ihr nicht antwortete, war nicht alles in Ordnung. Sie protestierte nicht und stellte keine weiteren Fragen. »Ja, sie ist hier, Moment ... okay?«

»Natürlich. Mel?«

Melody blieb mitten auf dem Weg zu ihrer Tochter stehen. »Ja, Tex?«

»Ich liebe dich. Ich liebe dich mehr, als ich jemals zuvor jemanden oder irgendetwas in meinem Leben geliebt habe. Das weißt du, oder?«

Mann oh Mann oh Mann. Irgendwas stimmte hier nicht. Als sie an die Nachrichtensendung über den abgestürzten Hubschrauber zurückdachte, wurde Melody der Mund trocken und sie hatte das Gefühl, als müsste sie sich übergeben. Sie würde aber nicht nachfragen. Auf keinen Fall würde sie so etwas vor ihren Freundinnen geheim halten können, also wollte sie es gar nicht erst wissen. Außerdem sollte Cheyenne gerade ein Baby bekommen. Das war nicht der richtige Zeitpunkt, um ihnen noch mehr Sorgen zu bereiten.

»Ich liebe dich auch, Tex. Bis nach Vegas und

zurück.« Das war ihr Sprichwort. Seit sie zweimal durch das ganze Land gefahren waren – das zweite Mal, um zu heiraten –, war es ihr Ding geworden.

»Hol Akilah für mich ans Telefon. Pass auf dich auf. Ich liebe dich.«

»Mache ich. Ich liebe dich auch. Warte.« Melody drehte sich um und deutete auf Akilah, die sie wahrscheinlich die ganze Zeit über beobachtet hatte, als sie mit Tex gesprochen hatte. Sie hielt der Zwölfjährigen das Telefon hin. »Es ist Tex«, sagte sie mit leiser Stimme. »Erzähl ihm, was du im Fernsehen gesehen hast.«

Akilah nahm das Telefon, nickte und ging durch die Eingangshalle nach draußen. »Hallo?«

»Hi, Süße. Mel hat mir gesagt, du hast etwas Wichtiges gehört?«

»Lippen gelesen. Arabische Wörter im Fernsehen.«

Tex hatte sich daran gewöhnt, zwischen den Zeilen zu lesen, wenn es um Akilahs gebrochenes Englisch ging. Sie hatte während der letzten Monate große Fortschritte gemacht, aber vor allem am Telefon musste er ihr helfen, die richtigen Worte zu finden. »Du hast die Nachrichten gesehen und jemand hat Arabisch gesprochen, richtig? Und du konntest verstehen, was sie sagten, indem du von ihren Lippen gelesen hast?«

»Ja.«

»Was haben sie gesagt?«

»Frau hat Brief auf Englisch gelesen. Mann in Schwarz stand dahinter. Drehte sich um und redete mit anderem Mann.«

»Okay, erzähl weiter.«

»Sagte, er will mehr Amerikaner nehmen.«

»Nehmen? Wie die Soldatin?«

»Ja. Sagte, jetzt ist gute Zeit. Viele Soldaten im Lager.«

Das war keine große Neuigkeit für Tex. Wie ihm bekannt war, wusste die Regierung genau, dass ISIS so viele englischsprachige Soldaten wie möglich entführen und foltern wollte, aber er war trotzdem beeindruckt von seiner Tochter. »Noch etwas?«

»Nein.«

»Danke, Akilah. Du bist unglaublich.«

»Ich geholfen?«

»Du hast sehr geholfen.«

Akilah lächelte. Sie genoss es, sich nützlich zu fühlen. Tex und Melody versuchten, ihr so oft wie möglich zu sagen, wie stolz sie auf sie waren und wie glücklich sie mit ihr waren.

»Vermisse dich.«

»Oh, Süße, ich vermisse dich auch. Sag Mel, sie soll euch bald wieder nach Hause bringen, ja?«

»Okay.«

»Pass für mich auf Melody auf. Ich liebe dich.«

»Werde ich. Ich liebe dich auch.«

Tex lächelte breit auf der anderen Seite des Landes. Er glaubte, es war das erste Mal, dass Akilah diese Worte aussprach. Er wollte jedoch keine große Sache daraus machen. Es könnte sie in Verlegenheit bringen und sie verunsichern, sodass sie es in Zukunft nicht noch einmal sagen würde. »Wir reden später wieder. Wenn du in den Nachrichten noch etwas hörst oder liest, ruf mich sofort an.«

»Ja.«

»Okay, bis bald.«

»Tschüss.«

»Tschüss, Akilah.«

Tex legte auf und wandte sich wieder der Reihe von Computerbildschirmen vor ihm zu. In der Sekunde, in der der Hubschrauber abgestürzt war, hatte er es bereits gewusst. Sein GPS-Überwachungsprogramm lief ununterbrochen und er hatte sofort bemerkt, dass die roten Punkte plötzlich aufgehört hatten, sich zu bewegen, bevor sie den Stützpunkt der Spezialeinheit in Yuksekova erreicht hatten. Als vier der Punkte weiter ruhig blieben, während einer in die Berge hinaufführte, wusste Tex, dass die Männer in Schwierigkeiten steckten. Sich aufzuteilen gehörte nicht zu ihrem üblichen Vorgehen. Er hatte sich sofort an seine Kontakte vor Ort gewandt und ihnen die Koordinaten der vier stationären Punkte gegeben.

Er war soeben informiert worden, dass JSOC ein Delta Force-Team zusammenstellte, um in die Berge zu fahren und seine Freunde zu finden. Tex' Informationen würden ihnen dabei helfen, die Suche wesentlich abzukürzen, aber er war erleichtert zu hören, dass sie bereits wussten, dass etwas schiefgelaufen war, und sich schon auf einen Rettungseinsatz vorbereiteten.

Sie konnten nur mutmaßen, was sie bei ihrem Eintreffen vorfinden würden. Tex hatte keine Ahnung, wer die vier bewegungslosen GPS-Sender bei sich trug, und konnte nur hoffen, dass er seiner Frau oder den Frauen, die er wie Schwestern liebte, nicht sagen musste, dass ihre Männer nicht mehr lebendig nach Hause kommen würden.

KAPITEL FÜNFZEHN

Während der ersten Stunde ihres Marsches hatte Penelope gut durchgehalten. Adrenalin und Nervosität hatten sie angetrieben, aber langsam ließen ihre Kräfte nach. Der Mangel an Bewegung, richtiger Ernährung und ausreichend sauberem Wasser und ein paar gebrochene Rippen forderten ihren Tribut.

Aber sie fühlte sich besser zu wissen, dass sie nicht die Einzige war. Anscheinend war Abe nicht gerade leicht und Cookie und Dude hatten es schwer, ihm zu helfen, es über die Felsbrocken den Berg hinauf in die zweifelhafte Sicherheit eines Loches im Felsen zu schaffen. Abe tat, was er konnte, aber der Splitter in seinem Oberschenkel hatte ihm ordentlich zugesetzt. Selbst mit seiner Hilfe ging es nur langsam voran. Penelope hatte keine Ahnung, wie Wolf und der Rest der Männer entscheiden würden, welche Höhle am besten geeignet wäre, aber sie hatte keinen Zweifel daran, dass sie den perfekten Ort finden würden.

Ein Schritt nach dem anderen war ihr Mantra. Sie

sollte verdammt sein, wenn sie der Grund wäre, warum sie langsamer wurden. Sie fühlte sich schuldig genug, dass sie diese Männer überhaupt in diese Situation gebracht hatte. Streng genommen wusste sie, dass sie nicht dafür verantwortlich war, aber unterm Strich waren sie nur hierhergeschickt worden, um sie zu retten. Und jetzt stapften sie durch die Berge in der Türkei, verletzt und höchstwahrscheinlich dicht gefolgt von Terroristen, die sie jagten.

Penelope wischte sich den Schweiß von der Stirn, dankbar, dass sie genügend Flüssigkeit im Körper hatte, um schwitzen zu können. Schließlich sah sie, wie Dude und Cookie Abe absetzten, und seufzte erleichtert. Gott sei Dank. Sie hatte ehrlich gesagt keine Ahnung, wie lange sie noch durchgehalten hätte.

»Wir werden hier für die Nacht Rast machen. Wir können nicht lange hierbleiben, aber wir sind weit genug gekommen für eine Pause, die wir alle brauchen. Abe, wir werden dein Bein nähen und dich mit Antibiotika vollstopfen. Mozart, das Gleiche gilt für dich. Tiger, wenn wir deine Rippen bandagieren müssen, werden wir uns auch darum kümmern.«

»Was ist mit dir, Wolf? Wie geht es deinem Arm?« Penelope hatte es gewagt, ihn zu fragen, und war irritiert, dass die anderen Männer sie nur angrinsten. »Was? Was ist so verdammt lustig?« Sie war müde, hungrig, durstig und ihre Rippen taten höllisch weh. Jetzt von sechs heißen Typen ausgelacht zu werden passte ihr überhaupt nicht.

Mozart räusperte sich und sprach als Erster. »Nichts ist lustig, Tiger. Ich nehme an, du erinnerst uns nur alle an unsere Frauen. Sie sind ein bisschen wie du. Vorlaut und mütterlich zugleich.«

Penelope sah sie entsetzt an. »Ich bin nicht mütterlich.«

Alle außer Benny konnten ihr Lachen unterdrücken. Benny schnaubte ungläubig und ahmte sie erstaunlich gut nach: »Wie geht es deinem Arm, Wolf?«

»Ach, halt die Klappe. Nur weil ich ein anständiger Mensch bin, heißt das nicht, dass ich mütterlich bin. Gebt es zu, ihr würdet es alle gern wissen.«

»Nun ja, aber du warst diejenige, die gefragt hat«, scherzte Abe unter Schmerzen.

Penelope verdrehte die Augen. »Also gut. Ich hoffe, sein Arm, dein Kopf und dein Bein fallen euch ab«, schimpfte sie und sah Wolf, Benny und Abe dabei an.

»Kommt schon, wir müssen unser Lager für die Nacht vorbereiten. Es ist nicht ideal, aber es sollte reichen«, sagte Wolf und beendete die Witzelei.

Cookie und Dude machten sich an die Arbeit, für jeden ein provisorisches Nachtlager herzurichten, und achteten darauf, sie gleichzeitig so gut wie möglich zu verstecken.

Penelope saß neben Abe und tat ihr Bestes, sein Bein zu reinigen, zu nähen und zu verbinden. Die Wunde war kein glatter Schnitt, daher würde sie mit der Narbe keinen Schönheitswettbewerb gewinnen. Sie glaubte aber nicht, dass Abe sich dafür interessierte. Viel wichtiger als ihre chirurgischen Fähigkeiten war, dass die antibiotische Salbe und die Antibiotikatabletten eine Infektion abwehren würden.

Sie waren alle sehr erschöpft und ließen sich ziemlich

schnell nieder, nachdem sie die Reihenfolge für die Nachtwache festgelegt hatten. Sie beschlossen, paarweise wach zu bleiben, um sicherzugehen, dass niemand einschlief. Sie durften kein Risiko eingehen, um zu verhindern, dass Terroristen sich unbemerkt anschleichen konnten, weil ihre Wache zu müde war. Penelope bestand darauf, ebenfalls an die Reihe zu kommen. Sie war erleichtert, als Wolf sich nicht weigerte, sondern zustimmte, dass sie sich einem der Paare anschloss.

Die Einsatzverpflegung, die sie zum Abendessen hatten, war eine der besten Mahlzeiten, an die Penelope sich in ihrem ganzen Leben erinnerte. Es war natürlich keine Feinkost, aber nachdem sie so lange keine echten Kalorien und keine ausgewogene Mahlzeit mehr zu sich genommen hatte, war es der Himmel auf Erden für sie. Sie bekam nur etwa die Hälfte der Portion herunter, weil ihr Magen während der Gefangenschaft so stark geschrumpft war. Aber sie konnte buchstäblich fühlen, wie ihr Körper die Nährstoffe aufsaugte, während sie aß. Sie hatte eine eigene Feldflasche bekommen, die mit dem wohlschmeckendsten Wasser gefüllt war, das sie jemals getrunken hatte. Ja, es hatte einen metallischen Nachgeschmack von den Reinigungstabletten, aber Penelope würde sich nicht beschweren.

Schließlich, nachdem im Lager für eine Weile Ruhe eingekehrt war, stellte Wolf schließlich die Frage, mit der sie schon die ganze Zeit gerechnet hatte.

»Also, Tiger ... kannst du uns erzählen, was zum Teufel passiert ist? Wie haben diese Terroristen dich und die anderen in die Hände bekommen?«

Penelope seufzte, zögerte aber nicht, den SEALs zu

erzählen, was geschehen war. Sie hatte lange darauf gewartet, jemandem zu sagen, dass sie ihrer Meinung nach keine Schuld an den Vorfällen trug. Sie waren keine Idioten, die durch den gefährlichsten Teil des Flüchtlingslagers spaziert waren, als wäre es Disneyland. »Wir haben den Befehl bekommen, auf der Westseite des Lagers zu patrouillieren und nach Unruhen Ausschau zu halten.«

»Allein? Welcher Idiot hat das befohlen?«, fragte Dude sofort. Nachdem sie selbst einige Zeit im Lager verbracht hatten, wussten sie, wie gefährlich die Westseite war.

»Ja, nur wir. Ich habe noch versucht, dagegen zu protestieren, aber der Offizier war ein Neuling. Neu in der Einheit und unerfahren im Kampf. Zugegeben, es war kein wirklicher Kampf, aber er hatte trotzdem keine Ahnung, wie gefährlich die Westseite des Lagers geworden war. Der Rest von uns, der schon eine Weile dabei war, wusste es und wir hatten Patrouillen dort einfach vermieden. Es hatte einfach keinen Sinn. Die Schlägerbanden und Terroristen kontrollieren diesen Bereich, aber der Offizier war der Meinung, er wüsste es besser. Er meinte, wir sollten uns nicht so anstellen. Also mussten wir seinem Befehl folgen.«

Penelope zuckte mit den Achseln und fuhr fort: »Thomas war der Erste, der die Gefahr spürte. Wir wussten alle, dass wir auf unserer Patrouille beobachtet wurden, aber er war der Erste, der bemerkte, dass uns dieselben Männer nun schon zum zweiten Mal folgten. Kurz darauf hatten sie uns mit zwanzig Mann umzingelt. Wir saßen in der Falle. Sie haben uns zusammengeschlagen und uns unsere Waffen abgenommen. Dann haben sie uns getrennt und die Männer weggeschleppt.« Penelope versuchte, emotionslos zu bleiben, und stellte die Frage, auf die sie die Antwort bereits kannte. »Sie sind tot, nicht wahr?«

»Ja«, bestätigte Dude.

Penelope wollte keine Details wissen, denn tot war tot, und sie fuhr mit ihrer Erzählung fort. »Sie haben mich ein paar Tage lang verprügelt und dann beschlossen, mich vor die Kamera zu setzen, um mich diese gequirlte Scheiße vorlesen zu lassen, die sie als Manifest oder so bezeichnet haben. Ich habe getan, was sie wollten, und keinen Widerstand geleistet.«

»Haben sie dich vergewaltigt?«

Cookies Worte klangen sauer und dringlich ... und geradeheraus. Penelope nahm an, dass etwas Persönliches dahintersteckte, fragte aber nicht nach. Sie war auch nicht beleidigt. Zur Hölle, sie war selbst überrascht, dass sie nicht vergewaltigt worden war. »Nein. Und bevor du fragst, das ist die Wahrheit. Sie haben mich gefragt, ob ich noch Jungfrau sei, und ich habe Nein gesagt, was übrigens auch die Wahrheit ist. Ich wollte nicht, dass sie mich als Opfer für irgendeine irrsinnige Ideologie verwenden. Natürlich soll der Selbstmordattentäter die zweiundsiebzig Jungfrauen erst bekommen, wenn er tot ist, aber ich wollte nicht riskieren, dass einer versucht, seine Jungfrau einzufordern, bevor es so weit war.«

»Du weißt, dass das ein Mythos ist, oder? Muslime glauben nicht wirklich daran«, sagte Cookie sachlich.

»Ich weiß, aber ich hatte keine Ahnung, was diese Leute dachten. Wir alle wissen, dass die Sonne im Osten auf- und im Westen untergeht, aber wenn jemand einer Gehirnwäsche unterzogen wird, könnte er selbst unter Eid das Gegenteil behaupten.«

Die Männer nickten verständnisvoll.

»Wurdest du die ganze Zeit über in dem Lager festgehalten?«, fragte Mozart.

»Ja, ich bin mir ziemlich sicher. Es ist schwer zu sagen, weil ich anfangs von den Schlägen ziemlich fertig war, aber ich glaube, dass sie mich nicht weiter weggebracht haben, nachdem sie mit dieser Scheiße aufgehört hatten.«

»Das mit dem rosa Stoff war übrigens genial«, sagte Wolf knapp.

Penelope lachte halb. »Nun, ich weiß nicht, ob es genial war, aber ich dachte, es könnte nicht schaden. Ich hätte nie gedacht, dass ich meine Lieblingsunterwäsche über das ganze Flüchtlingslager verteilen würde, als ich sie vor all den Monaten eingepackt habe. Da sie mich jedes Mal von Kopf bis Fuß in Gewänder gesteckt haben, wenn ich das Zelt verließ, wusste ich, dass man mich nicht erkennen würde. Jeder Hinweis, den ich hinterlassen konnte, wäre also hilfreich, mich zu finden, sollte jemand nach mir suchen.«

»Woher wusstest du, dass wir nach dir suchen würden?«

»Nun, ich war mir nicht sicher, aber ich kenne meinen Bruder. Cade würde mich nicht aufgeben.«

»Du wirst froh sein zu hören, dass du in dieser Hinsicht richtigliegst. Er war zu Hause in allen Nachrichtensendungen zu sehen. Er hat Petitionen eingereicht, Kundgebungen organisiert, Briefe an den Präsidenten geschrieben. Im Grunde genommen war er eine Nervensäge auf höchstem Niveau«, sagte Benny.

»Großartig, ich wette, er hat sogar das alberne Foto von meinem Collegeabschluss hervorgeholt, oder?«

Wolf lächelte. »Wenn du das Bild meinst, auf dem ihr nebeneinandersteht, er seinen Arm auf deinem Kopf hat und du hysterisch lachst, dann ja.«

Penelope lachte. »Ja, das ist es. Ich hasse dieses Bild, aber er liebt es. Und der Rest klingt definitiv nach ihm. Ich habe mich darauf verlassen, als ich in Gefangenschaft war. Er hat sich den Arsch aufgerissen, um dorthin zu kommen, wo er heute ist. Er ist einer der besten Feuerwehrleute, die San Antonio jemals gesehen hat.«

»Aber von ihm eingenommen bist du nicht, oder?«, scherzte Benny.

»Ich bin nicht von ihm eingenommen«, sagte Penelope mit flacher Stimme. »Ja, ich bin mit ihm verwandt, aber ich habe ihn auch in Aktion gesehen«, beharrte Penelope und versuchte, es zu erklären. »Wir waren einmal bei einem Löscheinsatz, bei dem die oberen drei Stockwerke des Gebäudes in Flammen standen. Jemand sagte, dass noch ein Kind darin gefangen sein könnte. Ich weiß, dass es sein Job ist, aber keiner der anderen Feuerwehrleute wäre hineingegangen. Cade hat keine Sekunde gezögert, sondern ist sofort ins Haus gestürzt und hat das Kind gerettet.«

»Klingt impulsiv und riskant für mich«, kommentierte Dude trocken.

»Von außen betrachtet tut es das wahrscheinlich, aber er handelt nicht impulsiv. Nicht einmal annähernd. Cade kennt sich aus mit Feuer. Er weiß, wie es sich ausbreitet und worauf zu achten ist. Er hat es studiert und er hat einen siebenten Sinn dafür. Er hat mir später erzählt, dass er anhand des Aussehens der Flammen erkennen konnte, dass er noch genügend Zeit hatte, um hineinzugehen und das Kind zu retten. Er ist der am wenigsten impulsive Mann, den ich jemals in meinem Leben getroffen habe.« Penelope wusste, dass sie leidenschaftlich klang. Sie würde ihren Bruder jederzeit und gegen jeden verteidigen. Er war einfach gut in dem, was er tat.

»Gibt es jemanden, der zu Hause auf dich wartet?«, fragte Abe.

»Außer meiner Familie und meinen Feuerwehrkollegen von Station 7, nein. Zwischen Brandbekämpfung und Reserveeinheit habe ich bisher nicht viel Zeit dafür gehabt. Obwohl ich glaube, dass ich mich nach diesem Einsatz von der Armee verabschieden werde. Vielleicht werde ich auch nie wieder einen Fuß außerhalb von Texas setzen.«

Alle lachten leicht.

»Was ist mit euch? Es scheint, als seid ihr alle verheiratet. Das ist ungewöhnlich für ein SEAL-Team, oder?«

Wolf antwortete für die Gruppe. »Vielleicht. Mit einem SEAL verheiratet zu sein ist nicht gerade ein Zuckerschlecken. Unsere Frauen wissen nicht, wohin wir reisen oder wie lange wir weg sein werden. Viele können mit diesem Stress nicht umgehen.«

»Aber eure Frauen können das?«, fragte Penelope aufrichtig interessiert.

»Ja, unsere Frauen können das«, sagte Dude fest.

»Das ist wirklich großartig. Habt ihr Kinder?«

»Allerdings. Abe hat zwei Adoptivtöchter. Er hat sie

mit seiner Frau vor ihrer schrecklichen leiblichen Mutter gerettet. Mozart hat ein sechs Monate altes Mädchen. Benny hat eine zweijährige Tochter und einen einjährigen Sohn. Meine Frau ist schwanger.« Dude machte eine Pause und lachte. Penelope konnte aber erkennen, dass er nicht wirklich amüsiert war. »Nun, sie war schwanger, als wir aufgebrochen sind. Ich hatte gehofft, es rechtzeitig zur Geburt meiner Tochter nach Hause zu schaffen, aber im Moment sieht es nicht danach aus.«

Penelope wusste nicht, was sie sagen sollte. *Es tut mir leid*, schien nicht die richtige Wortwahl zu sein. Außerdem war sie nicht diejenige, die ihren Hubschrauber abgeschossen hatte. Schließlich sagte sie etwas, was selbst in ihren Ohren etwas lahm klang: »Klingt, als seien eure Frauen großartig.«

»Ja, sie sind großartig«, stimmte Mozart leise zu.

Anschließend schien das Gespräch zu versiegen. Jeder verlor sich in seinen eigenen Gedanken. Gedanken an ihre Lieben und die Frage, wann sie sie wiedersehen würden.

KAPITEL SECHZEHN

Fiona ging im Wartezimmer des Krankenhauses auf und ab. Da Faulkner nicht da war, durfte Caroline mit Cheyenne in den Kreißsaal. Sie waren alle fast den ganzen Tag dortgeblieben, weil niemand riskieren wollte, die Geburt von Cheyennes Baby zu verpassen. Aber nachdem sie den ganzen Tag eingesperrt gewesen war, war Jess schließlich mit John und Sara hinausgegangen, um frische Luft zu schnappen. Alabama hatte Davisa und Brinique endlich nachgegeben und war mit ihnen losgezogen, um etwas zu essen zu holen. Somit blieben nur noch Summer mit ihrer kleinen Tochter, sowie Melody mit Akilah und Fiona zurück ... und Fiona konnte nicht mehr länger still sitzen.

Caroline hielt die Gruppe regelmäßig auf dem Laufenden. Anscheinend waren die Blutungen, die Cheyenne zu Hause gehabt hatte, bevor die Fruchtblase geplatzt war, unbedenklich gewesen, aber die Ärzte wollten sie trotzdem im Auge behalten. Doch jetzt hatten die Frauen schon eine Weile nichts mehr von Caroline gehört und Fiona war kurz davor, vor Aufregung zu platzen.

Gerade als Fiona dachte, sie würde es keine Sekunde länger aushalten, erschien Caroline in der Tür. Ihr Gesicht war so blass wie die weißen Fliesen auf dem Boden unter ihren Füßen.

»Oh mein Gott, geht es dem Baby gut? Cheyenne? Was ist los?« Besorgt eilte Fiona hinüber und griff nach Carolines Händen.

»Dem Baby geht es ausgezeichnet. Dreitausendachthundert Gramm – kein Wunder, dass Shy aussah, als bekäme sie Drillinge. Lungengeräusche sind in Ordnung und alle zehn Finger und Zehen sind auch dran. Das süßeste kleine Baby, das ich jemals gesehen habe ... einschließlich der Kinder von Jess.«

»Was ist es dann? Was stimmt nicht?«, fragte Fiona.

»Es geht um Cheyenne. Sie blutet und die Ärzte haben Schwierigkeiten, es zu stoppen. Sie haben mich rausgeschickt, aber ich habe gehört, wie eine der Krankenschwestern etwas über eine peripartale Blutung sagte.«

Summer holte tief Luft. »Oh mein Gott, Blutungen? Das hört sich nicht gut an. Konnten sie sie stoppen?«

»Ich weiß es nicht. Sie haben mich rausgeschmissen.« Caroline holte tief Luft und ein Schluchzer entwich ihr. »Sie war so froh, dass es dem Baby gut geht. Sie war so besorgt gewesen. Sie hat es in den Armen gehalten, zu mir aufgesehen und gesagt, sie fühle sich nicht so gut. Dann wurde sie einfach schlaff und wurde blass. Ich musste das Baby festhalten, damit es Cheyenne nicht aus den Armen fiel.«

»Oh Caroline, komm her.« Fiona nahm Caroline in die Arme und spürte, wie Melody sich von hinten gegen ihren Rücken lehnte. Summer kam von der Seite, legte einen Arm um Carolines Schultern und hielt ihr Baby April im anderen. Die vier Frauen standen im vollen Wartezimmer und hielten sich in den Armen, um sich gegenseitig Kraft und Trost zu spenden. Fiona konnte fühlen, wie Caroline zitterte. Sie fühlte sich so hilflos, nichts für sie oder ihre Freundin tun zu können.

Caroline raufte sich schließlich zusammen und zog sich zurück. »Wir waren so besorgt um das Baby, dass wir nicht einmal daran gedacht haben, dass Cheyenne etwas passieren könnte. Sie ist zu jung für so etwas.«

»Ich glaube nicht, dass das Alter etwas damit zu tun hat«, sagte Summer sanft. »Sollten wir die anderen anrufen?«

»Ich denke, Jess und Alabama werden sowieso bald zurück sein. Wir sollten sie nicht beunruhigen, bevor wir mehr Informationen haben«, sagte Fiona, unsicher, ob das die richtige Entscheidung war. »Vielleicht haben die Ärzte Neuigkeiten, bis sie wieder zurück sind, und sagen uns, dass es ihr gut gehen wird.«

»Komm schon, setzen wir uns hin. Wir können nur abwarten«, sagte Melody beruhigend und sie nahmen auf ein paar Stühlen in der Ecke des Raumes Platz.

Zwanzig Minuten später kamen Jessyka und ihre Kleinkinder zurück. Weitere zehn Minuten später kam Alabama mit Davisa und Brinique im Schlepptau herein. Es war eine düsterere Stimmung in der Gruppe, während die Frauen darauf warteten, etwas von den Ärzten zu hören. Sie hätten begeistert über das gesunde Baby sein sollen, aber stattdessen mussten sie hoffen, dass Kommandant Hurt keine Eilnachricht an Faulkner übermitteln musste, um ihn nach Hause zu holen, damit er seine Frau beerdigen konnte.

Es verging eine weitere geschlagene Stunde, bevor die Gruppe etwas über Cheyennes Zustand hörte. Die Nerven aller lagen blank und sie konnten es kaum erwarten, die Neuigkeiten zu erfahren. Die Kinder waren mürrisch und machten mit ihrer Unruhe die anderen nervös.

Schließlich kam eine Krankenschwester ins Wartezimmer und fragte nach Cheyennes Familie. Alle sechs Frauen standen auf. Als die Krankenschwester sah, wie viele es waren, führte sie die Gruppe in einen separaten Raum. Sie stand vor der großen Gruppe von Frauen und Kindern und wusste nicht, wie sie anfangen sollte.

»Um Gottes willen, jetzt sagen Sie es uns einfach«, flehte Caroline. Sie konnte die Spannung nicht länger ertragen. »Wie geht es Cheyenne? Wann können wir sie sehen?«

»Wie Sie bereits wissen, gab es ... Komplikationen. Cheyenne hatte so starke Blutungen, dass wir sie auf die Intensivstation verlegt haben.«

»Oh. Mein. Gott«, flüsterte Melody und sprach aus, was alle im Raum dachten. »Lebt sie noch?«

Alle Augen waren auf die angespannte Krankenschwester gerichtet, die sprichwörtlich in die Höhle des Löwen geschickt wurde, um die Familie über den Zustand der Patientin zu informieren.

»Wie ich gehört habe, ist ihr Mann beim Militär und außer Landes auf einer Mission?« Bei dem zustimmenden Nicken um sie herum fuhr sie fort: »Ich empfehle, dass er so schnell wie möglich kontaktiert wird. Er muss nach Hause kommen. Sofort.«

Für einen Moment wurde es still im Raum, bis Caroline langsam Luft holte und verstört Melodys Frage wiederholte. »Lebt Cheyenne noch?«

KAPITEL SIEBZEHN

Dude wachte plötzlich auf, schreckte hoch und unterdrückte einen Schrei. »Heilige Scheiße«, flüsterte er in die kühle Nachtluft.

»Alles in Ordnung, Dude?«, fragte Wolf neben ihm.

Dude fuhr sich mit der Hand übers Gesicht und versuchte, die allzu realen Bilder aus seinem Gehirn zu vertreiben. Er bemerkte, dass seine Hand zitterte. Seine Hand zitterte, verdammt noch mal. Er war sonst der Unerschütterliche, derjenige, der mit allem umgehen konnte, der harte Kerl, der immer alles unter Kontrolle hatte. Aber im Moment fühlte er sich alles andere als stark. »Nein«, antwortete er seinem Freund.

»Willst du reden?«

Nein, Dude wollte nicht reden, aber er tat es trotzdem und hoffte, es würde ihm vielleicht helfen, wieder klar denken zu können. »Ich habe geträumt, dass Cheyenne das Baby bekommen hat.«

»Das ist doch gut, oder?«, fragte Wolf mit leiser

Stimme, damit er die anderen nicht störte, und stützte sich auf seinen unverletzten Ellbogen.

»Ja, aber gleich nach der Geburt hat Cheyenne mich angesehen und mir gesagt, wie sehr sie mich liebt, und mich gebeten, dafür zu sorgen, dass unser Baby weiß, wie sehr es von seiner Mutter geliebt wurde. Dann hat sie die Augen geschlossen und ist gestorben, verdammt noch mal. Direkt vor meinen Augen. Ich habe unser Baby im Hintergrund weinen gehört.«

»Es war nur ein Traum, Dude. Du stehst unter Stress, weil du nicht für sie da sein kannst«, sagte Wolf und versuchte, seinen Freund zu beruhigen.

»Ja, ein Traum. Aber er wirkte so echt.«

Wolf wusste nicht, was er dazu sagen sollte. Sie hatten beide schon zu viel verrückte Scheiße in ihrem Leben gesehen, Dinge, die manche Leute für unmöglich hielten. Daher wussten beide, dass es sich bei Dudes Traum vielleicht auch um eine Vision gehandelt haben könnte. Schließlich sagte er mit ernster Stimme zu Dude: »Ich werde alles tun, um uns nach Hause zu bringen.«

»Ich weiß.« Dude fuhr sich noch einmal mit der Hand übers Gesicht und fühlte den Bart, der im Laufe der Wochen, seit sie weg waren, gewachsen war. Er wechselte das Thema und fragte: »Wie weit sollten wir nach Norden gehen?« Dude wusste genauso gut wie Wolf, dass sie an Höhe gewinnen mussten, um eine Stellung zu finden, die sie verteidigen konnten. Wenn es so weit kommen sollte, dass sie in ein Feuergefecht gerieten, würden sie verlieren, einfach weil sie nicht genügend Munition hatten, um die Terroristen abwehren zu können. Ihre beste Chance wäre es, sich zu verstecken und zu versuchen, so lange wie möglich unentdeckt zu bleiben, bis Tex und die Regierung einen weiteren Hubschrauber schicken konnten, um sie hier herauszuholen.

»Wie weit nach Norden?«, wiederholte Wolf. »So weit wir können. Es ist unwahrscheinlich, dass wir für ewig unentdeckt bleiben werden, zumal sie Wärmebildkameras haben könnten und wir zu siebt sind. Wenn wir nur zu zweit wären, könnten wir vielleicht unentdeckt bleiben, aber wir können Benny und Abe nicht allein lassen, und ich kann mit diesem gebrochenen Arm nicht viel helfen, also müssen wir zusammenhalten.«

»Als würden wir uns jemals trennen«, schnaubte Dude.

Wolf lächelte grimmig. Sie wussten beide, dass es absolut undenkbar war, dass sie jemals einen der anderen zurücklassen würden. Sie standen sich zu nahe und außerdem waren sie viel zu gut trainiert.

»Was hältst du von Tiger?«, fragte Dude. »Glaubst du, sie sagt die Wahrheit darüber, dass sie nicht vergewaltigt wurde?«

»Ja, das tue ich«, entgegnete Wolf sofort und drehte sich zu der Frau um, die ein Stück hinter ihnen auf dem Boden schlief. Sie konnten sie leise schnarchen hören. Sie war eindeutig weggetreten und schlief tief und fest, weil sie wusste, dass sie für den Moment in Sicherheit war. »Sie ist ein harter Brocken. Ich denke, sie wäre uns gegenüber misstrauischer, wenn sie vergewaltigt worden wäre.«

»Ich stimme dir einerseits zu, aber ich denke auch,

dass sie so lange weitermachen würde, bis sie tot umfällt, nur um in unseren Augen nicht schwach zu erscheinen«, sagte Dude. »Ich kenne solche Frauen. Sie wollen unter keinen Umständen Schwäche zeigen, also lügen sie und verbergen ihre Schmerzen, Gefühle oder Gedanken, egal wie oft sie gefragt werden, ob es ihnen gut geht.«

Wolf wusste, dass Dude über seine Erfahrung als dominanter Partner sprach. Er hatte ein gutes Argument vorgebracht, aber irgendwie sagte Wolfs Bauchgefühl ihm, dass Dude diesmal falschlag. »Turner ist nicht die Art von Soldatin oder Frau, die ihre Gedanken für sich behält. Wenn sie verärgert wäre, würde sie das nicht vor uns geheim halten. Als sie gestern hungrig war, hat sie uns um etwas zu essen gebeten. Du hast mir selbst erzählt, dass sie dich als Erstes nach etwas zu trinken gefragt hat, als du in ihrem Zelt aufgetaucht bist.«

Dude nickte. »Stimmt.«

Wolf fuhr fort: »Sie erinnert mich sehr an Caroline. Sie würde bis zum Tod kämpfen, um zu überleben und respektiert zu werden. Ich denke, deshalb ist sie als Feuerwehrfrau so erfolgreich.«

»Ja.«

»Wenn ihr fertig seid, über uns zu tratschen, können wir dann weitergehen oder was?«

Dude und Wolf drehten sich überrascht um und sahen, dass Penelope wach war und sie auf einen Ellbogen gestützt beobachtete.

»Ja, sobald wir die anderen geweckt haben, können wir den Tagesplan machen.« Wolf entschuldigte sich nicht dafür, dass er über sie gesprochen hatte. Er lächelte ein wenig über den finsteren Gesichtsausdruck, den sie an den Tag legte.

»Großartig«, murmelte Penelope und setzte sich hin. Ihre Rippen schmerzten und sie stöhnte. Sie ignorierte den Schmerz, da er auszuhalten war, und ging zu Abe, der ebenfalls gerade aufwachte. »Was macht dein Bein? Kann ich es mir mal ansehen?«

»Tob dich aus, Tiger.« Abe sprach leise und wenn Penelope nicht so viel Erfahrung mit Verletzten gehabt hätte, hätte sie sich von seinem lässigen Tonfall vielleicht täuschen lassen. Er hatte Schmerzen, große Schmerzen. Sie schob das zerrissene Hosenbein zur Seite und entfernte den Verband, den sie zuvor angelegt hatte. Penelope verzog das Gesicht, als sie die Wunde sah.

»Scheiße«, sagte Cookie mit gedämpfter Stimme hinter ihr.

Abe hob den Kopf nicht vom Boden. »Es hat sich entzündet, oder?«, fragte er gleichmäßig.

»Ja«, stimmte Cookie zu.

Penelope unterbrach ihre nüchterne Unterhaltung. »Nun, wir wussten, dass es nicht auf magische Weise besser werden würde. Cookie, hast du noch ein paar dieser Alkoholtupfer? Was für Schmerzmittel haben wir noch? Er braucht etwas, wenn wir seinen Arsch diesen Berg hinauf an einen sichereren Ort bringen wollen.«

»Jawohl, Ma'am«, sagte Cookie mit einem Lächeln im Gesicht. Es gab nichts zu lächeln, aber Penelope war so verdammt süß und lebhaft, dass er nichts dagegen tun konnte.

»Ich glaube ...«, begann Abe, aber Penelope unterbrach ihn.

»Nein.«

»Nein, was?«, fragte Abe verwirrt.

»Nein zu allem, was du sagen wolltest. Du würdest ohnehin nur Blödsinn reden«, sagte Penelope sanft und konzentrierte sich weiter auf sein Bein.

Benny lachte. Er war gerade aufgewacht und hatte sich hingesetzt. »Sie hat dich bei den Eiern, Abe.«

»Verdammt«, sagte Abe zu seinem Teamkollegen und schloss die Augen, sprach aber nicht aus, was auch immer er hatte sagen wollen.

Penelope lächelte und genoss die Kameradschaft der Männer. Es erinnerte sie an die Kerle, mit denen sie in San Antonio zusammengearbeitet hatte. Taco und Driftwood waren die Komiker in ihrem Team, immer zum Scherzen aufgelegt. Chief, ihr Hauptmann, war Wolf sehr ähnlich. Er war für sie alle verantwortlich, aber auch ihr Freund. Squirrel und Crash waren für sie wie Brüder, und natürlich war da noch ihr leiblicher Bruder, Cade, auch bekannt als Sledge. Moose war der ruhige und nachdenkliche Typ. Ihm entging aber niemals, was um ihn herum passierte. Sie vermisste sie alle sehr und würde alles dafür tun, zu ihnen in die Feuerwache zurückzukehren und ihr Gelächter zu hören.

Wolf reichte ihr die Alkoholtupfer aus dem Erste-Hilfe-Kasten. Penelope machte sich an die Arbeit und versuchte, Abes Wunde zu reinigen, ohne ihm zu viele Schmerzen zu bereiten, während Cookie ihm Schmerzmittel und Antibiotika spritzte.

»Okay, wir werden heute weiter in die Berge hinaufgehen, genau wie wir es gestern getan haben. Wir werden öfter Pausen machen, um etwas zu trinken und die Verletzungen aller zu kontrollieren. Wir müssen so fit wie möglich sein, wenn wir es hier raus schaffen wollen. Benny, du musst uns sagen, wenn dir schwindelig oder schlecht wird. Dude, bandagiere deinen Knöchel, aber übertreibe es nicht. Wenn er zu stark anschwillt, müssen wir eine Pause einlegen und dein Bein hoch lagern. Abe, halte uns auf dem Laufenden über dein Bein. Ich möchte nicht, dass es irgendwo unterwegs abfällt.« Die anderen lachten, aber Wolf fuhr fort: »Tiger, wir werden noch deine Rippen bandagieren, bevor wir uns auf den Weg machen. Ansonsten können wir leider nicht viel tun. Wenn du etwas gegen die Schmerzen brauchst, dann lass es uns wissen. Du musst auch mehr trinken als wir, weil du viel Nachholbedarf hast. Im Laufe des Tages musst du außerdem mehrere Snacks zu dir nehmen. Du bist vielleicht kleiner als wir, aber du brauchst die Kalorien und die Energie.«

Penelope nickte. Wolf hatte recht und er sagte ihr nichts, von dem sie nicht bereits wusste, dass es notwendig war, wenn sie weiterhin ihren Teil zu der Mission beitragen wollte. Obwohl es ihre eigene Rettung war, würde sie alles dafür tun, keine Last zu sein.

»Und ich werde meinen Arm im Auge behalten. Er tut weh, es ist aber auszuhalten. Ihr habt ihn perfekt fixiert«, lobte Wolf und sah Penelope und Cookie an. »Wir müssen heute ein gutes Versteck finden. Wenn diese Mistkerle Wärmebildkameras haben, müssen wir uns weit genug weg oder außer Sichtweite aufhalten. Gleichzeitig müssen wir aber in der Lage sein, kurzfristig unsere Deckung aufzugeben und einen Rettungshubschrauber zu erreichen, wenn es so weit ist. Wir müssen alle die Augen offen halten.«

Die Gruppe nickte und machte sich bereit für den Aufbruch. Es würde ein anstrengender Tag werden, aber wie jeder SEAL wusste, war der einzige einfache Tag gestern gewesen.

KAPITEL ACHTZEHN

Jess und Summer saßen mit ihren Babys auf Stühlen, während die anderen standen und in dem kleinen Raum darauf warteten, dass die Krankenschwester ihnen erzählte, was mit Cheyenne los war. Akilah war wieder eine Lebensretterin und kümmerte sich um Sara.

»Cheyenne wurde vorsichtshalber auf die Intensivstation verlegt. Bei einer Uterusatonie kann sich die Gebärmutter nach der Geburt nicht richtig zusammenziehen. Wir haben ihr Schmerzmittel verabreicht und die Plazenta von Hand entbunden. Nach der Entfernung der Plazenta zieht sich die Gebärmutter normalerweise von selbst zusammen und die Blutung stoppt«, erklärte die Krankenschwester langsam und vorsichtig und sah jede der Frauen der Reihe nach an, um sich zu vergewissern, dass sie es verstanden hatten.

Als alle nickten, fuhr sie fort: »Wir haben ihr Medikamente gegeben, um die Gebärmutterkontraktion zu unterstützen und so die Blutung eigenständig zu stoppen.

Leider jedoch ohne Erfolg. Die Blutung ließ zwar nach, hat aber nicht vollständig aufgehört. Nach einer Bluttransfusion mit speziellen Medikamenten konnten wir die Blutung schließlich stoppen. Wir mussten keine Hysterektomie durchführen, was der nächste Schritt gewesen wäre, hätten wir die Blutung mit den bisherigen Maßnahmen nicht in den Griff bekommen.«

»Oh mein Gott, eine Hysterektomie«, hauchte Jessyka und legte eine Hand auf ihren eigenen noch flachen Bauch, als könnte sie das dort wachsende Baby vor dem Wort schützen.

»Ja, aber so weit mussten wir nicht gehen. Cheyenne geht es im Moment gut. Sie schläft und erholt sich von der Anstrengung. Ich empfehle, ihren Mann so schnell wie möglich nach Hause zu holen. Als sie kurz aufgewacht ist, hat sie nach ihm gefragt. Sie ist knapp dem Tod entronnen und um ehrlich zu sein, ist sie noch nicht ganz über den Berg. Sie wird weiterhin Flüssigkeit und Medikamente bekommen, um dafür zu sorgen, dass ihre Gebärmutter sich vollständig zusammenzieht. Sie wird wahrscheinlich noch ein paar Tage im Krankenhaus bleiben müssen. Dann wird der Arzt entscheiden, ob und wann sie entlassen werden kann. Wenn sie zu Hause ist, muss sie es aber ruhig angehen lassen und braucht viel Schlaf, Flüssigkeit und eine gute, nahrhafte Ernährung. Mindestens ein paar Wochen kein Fast Food oder Junkfood. Sie muss sich ausruhen und darf sich nicht anstrengen. Ich habe die Erfahrung gemacht, dass junge Mütter so schnell wie möglich wieder in ihre alte Routine zurückkehren möchten, aber das ist in ihrem Fall nicht möglich. Der Arzt wird ihr auch einige Vitamine verschreiben, damit sie ausreichend Folsäure und Eisen aufnimmt.«

»Wird sie stillen können?«, fragte Summer.

»Natürlich, an der Fürsorge für ihre Tochter wird sich nichts ändern.« Als alle erleichtert nickten, fuhr die Krankenschwester fort: »Wenn Sie noch Fragen haben, zögern Sie nicht, die diensthabende Schwester auf der Station anzusprechen. Cheyenne wird heute Nacht auf der Intensivstation bleiben und höchstwahrscheinlich morgen früh auf die normale Station verlegt werden. Nur eine von Ihnen wird sie heute Abend besuchen können. Sobald sie vollständig wach und über den Berg ist und auf einem normalen Zimmer liegt, dürfen Sie alle zu ihr ... aber bitte nicht alle gleichzeitig.«

Diesmal lachten die Frauen leise und waren erleichtert, dass es sich so anhörte, als würde es Cheyenne gut gehen.

»Können wir Baby sehen?«, fragte Akilah.

Die Krankenschwester drehte sich zu ihr um und nickte. »Ja, aber vielleicht nacheinander? Sie sind ja eine ganze Menge.«

»Das geht in Ordnung«, beruhigte Caroline die freundliche Krankenschwester. »Danke, dass Sie sich die Zeit genommen haben, uns über Cheyennes Zustand aufzuklären. Ich bin mir nicht sicher, ob wir ihren Ehemann oder einen unserer Ehemänner jetzt nach Hause holen können, aber wir werden uns um sie kümmern, bis er wieder da ist. Wir werden abwechselnd bei ihr bleiben und dafür sorgen, dass sie es ruhig angehen lässt. Das können wir am besten.«

»Keine Ursache. Es ist schön zu sehen, dass sie so

gute Freundinnen hat. Übrigens, danke an Sie und Ihre Männer für Ihren Dienst an unserem Land. Ihre Männer kämpfen vielleicht auf dem Schlachtfeld, aber ich weiß, dass Sie als Ehepartner auch viele Opfer bringen müssen. Also vielen Dank.«

Die Frauen nickten alle und sahen, wie die Krankenschwester den Raum verließ. Es fühlte sich immer gut an, in den Dank eingeschlossen zu werden, auch wenn sie, wie die Krankenschwester sagte, nicht an vorderster Front waren.

»Caroline, Akilah und Melody gehen zuerst zu Baby Cooper«, sagte Fiona entschlossen. »Wir warten, bis ihr zurück seid.«

»Bist du sicher?«, fragte Caroline und sah sich nach der Gruppe von Frauen im Raum um.

»Natürlich«, bestätigte Jessyka. »Wir warten.«

»Hey Caroline, welchen Namen hat Cheyenne dem Baby gegeben?«, fragte Alabama leise.

»Ich weiß es nicht«, antwortete Caroline. »Sie hatte keine Zeit mehr, bevor sie ohnmächtig wurde. Der Arzt hatte das Baby gerade in die Arme genommen und zählte die Finger und Zehen, als es passierte.«

Alabama lachte ein wenig. »Dann müssen wir es so lange Baby Cooper nennen, bis Cheyenne aufwacht und dem Arzt sagen kann, was auf der Geburtsurkunde stehen soll.«

»Taylor«, sagte Davisa in der Stille des Raumes.

»Was, Schätzchen?«, fragte Alabama ihre Tochter.

»Taylor, das ist der Name des Babys.«

Alabama versuchte, ihre neue Tochter nicht zu

enttäuschen, und sagte vorsichtig: »Davisa, das ist ein großartiger Name, aber Cheyenne und Faulkner haben wahrscheinlich schon einen anderen Namen im Sinn.«

»Taylor«, beharrte die Fünfjährige erneut.

»Wir werden sehen«, sagte Alabama und versuchte, einen Wutanfall abzuwenden. Alle anderen Mütter im Raum lachten. Sie kannten die Vermeidungstechnik.

»Okay, wir sind bald wieder da. Alabama, Jess und Summer, ihr müsst eure Kinder nach Hause und ins Bett bringen. Wir beeilen uns und dann seid ihr an der Reihe. Fiona und ich werden die Nacht über hierbleiben. Der Rest von euch kann morgen wiederkommen«, sagte Caroline und versuchte, die Gruppe zu organisieren.

»Ich bleibe auch«, beharrte Akilah.

Caroline sah Melody an, die ihre Tochter anschaute und überlegte, ob sie bleiben sollten oder nicht. Schließlich nickte sie. »Ja, wir bleiben auch hier.«

»Okay, abgemacht. Wir werden uns beeilen und dann könnt ihr das Baby sehen, bevor ihr nach Hause fahrt.«

Alle waren sich einig. Das Trio verließ den Raum und ging weiter in Richtung des Zimmers, in dem die Babys ihre ersten Nächte verbrachten, bevor sie mit ihren Eltern nach Hause gingen.

Auf dem Weg fragte Caroline Melody leise: »Kannst du Tex anrufen? Ich kann den Kommandanten anrufen, wenn du Tex übernimmst.«

Melody nickte. »Ja, sobald wir Cheyennes Baby gesehen haben.« Beide wussten, dass Tex alles tun würde, um das Team über Cheyennes Zustand und die Geburt von Faulkners Tochter zu informieren. Melody erinnerte sich an die Nachricht über den abgestürzten Hubschrauber und beschloss erneut, es für sich zu behalten. Dies war nicht der richtige Zeitpunkt, es zur Sprache zu bringen. Außerdem war es vielleicht überhaupt nicht relevant für sie.

KAPITEL NEUNZEHN

Penelope sah sich kritisch um. Die Höhle war nicht sehr groß, aber groß genug, sodass alle sieben hineinpassen würden. Cookie und Mozart trugen Abe mehr oder weniger, als sie auf das Loch in der Felswand zugingen. Wolf hatte als Erster die Höhle entdeckt.

Sie lag ungefähr auf halber Höhe in einer steilen Felswand und die Öffnung war von ihrem Weg aus nur teilweise sichtbar. Cookie, Mozart und Wolf hatten sich durch das unwägbare Gelände geschlagen, um sie zu überprüfen. Dreißig Minuten später waren sie mit der guten Nachricht zurückgekehrt, dass die Höhle ihrer Meinung nach geeignet wäre.

Penelope fühlte sich schlecht für Cookie und Mozart, die insgesamt dreimal den Weg machen mussten, um ihren Kameraden in ihr neues Versteck zu helfen.

Neben dem Höhleneingang wuchsen ein paar Büsche, hinter denen sie ihr Geschäft erledigen könnten. Es gab keinen direkten oder einfachen Weg, um weiter hoch auf den Berg zu gelangen, sollten sie schnell fliehen müssen, aber es gab noch weitere Büsche, die etwas Deckung bieten würden, wenn es nötig werden sollte.

Penelope wollte nicht fragen, aber sie konnte nicht anders. Sie hatte sich noch nie zurückhalten können, wenn sie Fragen hatte, also versuchte sie es auch diesmal nicht. »Und was jetzt?«

»Wie, was jetzt?«, fragte Mozart.

»Was machen wir jetzt? Jetzt sitzen wir in diesem Loch in einem Felsen fest, aber für wie lange? Was ist der Plan?«

»Der Plan ist zu warten«, antwortete Wolf ruhig.

»Warten?«, fragte Penelope ungläubig. »Worauf?«

»Tex.«

Penelope massierte ihre Schläfen. »Wer zum Teufel ist Tex? Das war jetzt das dritte Mal, dass ihr ihn erwähnt habt. Ihr solltet mittlerweile alle wissen, dass ich nicht gut im Warten bin.«

Keiner der Männer sah in irgendeiner Weise verärgert aus. Es war Cookie, der antwortete, aber nicht so, wie Penelope es erwartet hatte. »Vor ungefähr zweieinhalb Jahren waren wir auf einer Mission in Mexiko, um eine Frau zu retten, die dorthin entführt worden war. Als wir dort ankamen, fanden wir eine weitere Frau vor, die ebenfalls entführt worden war, aber niemand hatte nach ihr gesucht. Wir haben es geschafft, sie da rauszuholen und nach Hause zu bringen.«

Er machte eine Pause und gab Penelope genügend Zeit zu fragen: »Ich verstehe nicht, was ...«

»Hör bis zum Ende zu, Tiger«, schimpfte Wolf.

Penelope schloss den Mund, nickte und hielt ihre

Frustration über die kryptische Antwort auf ihre Frage zurück.

»Fiona schien äußerlich in Ordnung zu sein. Sie war mutig und stoisch, genau wie du, Penelope. Sie war unter Drogen gesetzt worden und musste gegen den Entzug ankämpfen. Ich habe meine Instinkte ignoriert und dachte, es ginge ihr gut. Wir wurden auf eine Mission geschickt und Fee bekam einen Flashback. Sie dachte, sie wäre zurück in Mexiko, und ist weggelaufen. Weggelaufen vor eingebildeten Entführern, die nur in ihrem Kopf existierten. Ich war außer Landes und konnte zwei Tage lang nicht nach Hause zurück. In der Zwischenzeit war sie da draußen allein, verängstigt und verunsichert.«

Cookie holte tief Luft und fuhr fort: »Tex hat sie gefunden. Er hat sie ausfindig gemacht und beschützt, bis ich nach Hause kommen konnte. Ich vertraue Tex mit meinem Leben, mit dem Leben meiner Frau, mit dem Leben meiner Teamkollegen und mit dem Leben ihrer Frauen. Tex wird uns finden. Ich würde alles, was ich besitze, einschließlich meines Lebens, darauf setzen.«

»Du *setzt* dein Leben darauf«, murmelte Penelope. Sie war sich noch nicht hundertprozentig sicher, ob sie auf Tex vertrauen sollte.

»Tiger, jeder von uns schuldet Tex alles, was er hat. In gewisser Weise war er an der Rettung aller unserer Frauen beteiligt. Ich garantiere dir, dass er in diesem Moment alles dafür tut, um uns nach Hause zu bringen«, sagte Benny ernst.

Penelope sah zu dem SEAL, der bisher am wenigsten gesagt hatte.

»Wir fragen nicht danach und er sagt es uns auch

nicht, aber wir alle wissen, dass das, was er tut, nicht ganz legal ist. Aber es ist uns egal. Er hat Kontakte. Er war früher selbst ein SEAL, aber er arbeitet auch mit der CIA, dem FBI, der Delta Force und den Rangers zusammen. Ich wäre nicht überrascht, wenn er sogar hier im Irak einen verdammten Terroristen persönlich kennen würde, der ihm einen Gefallen schuldet. Wenn es sein muss, wird Tex jeden einzelnen dieser Kontakte mobilisieren, um uns hier rauszuholen. Du musst Vertrauen haben.«

»Ich bin nicht der Typ, der auf andere vertraut«, sagte Penelope ehrlich, »aber ich vertraue euch. Ihr habt mich aus diesem Höllenloch geholt, in dem ich festgehalten wurde. Wenn ihr sagt, ich solle dieser Tex-Person vertrauen, dann werde ich es tun.«

»Gut«, nickte Benny zufrieden.

»Aber ...«

Alle sechs Männer stöhnten und Penelope musste lächeln. Sie waren alle so ... Kerle eben. Es war nicht lustig. »Haben wir schon entschieden, was wir tun sollen, wenn uns die Terroristen finden, bevor Tex' Kavallerie hier auftaucht?«

»Ja, überleben.«

Penelope knurrte frustriert über Abes Antwort. Sie schüttelte den Kopf. »Natürlich. Jesus.«

Wolf meldete sich wieder zu Wort. »Wir haben Munition und Waffen, Tiger. Wir werden jeden ausschalten, der es wagt, sein Gesicht auch nur in der Nähe dieser Höhle zu zeigen. Wir werden nicht einfach hier rumsitzen und uns töten lassen.«

»Was ist, wenn sie Granatwerfer einsetzen?«, äußerte Penelope eine ihrer größten Ängste.

»Das könnte passieren.«

Wolfs Kommentar beruhigte sie nicht, aber er fuhr fort, bevor sie etwas entgegnen konnte. »Das ist ein Risiko, das wir eingehen müssen. Wir halten uns bedeckt, bis wir wirklich gegen sie kämpfen müssen. Wenn wir Glück haben, sind Granatwerfer das Schlimmste, was sie aufbieten können.«

»Scheiße«, flüsterte Penelope entsetzt und stellte sich vor, wie eine Granate in die Höhle rollte und sie alle in die Luft sprengte.

»Scheiße«, sagte Dude leise. »Hör auf, sie noch weiter zu verängstigen, Wolf.«

»Schau«, warnte Wolf, »es gibt keine Garantie, dass wir es lebend hier rausschaffen. Aber wenn du dich an uns hältst, werden wir dich hier rausbringen. Wir haben Erfahrung mit dieser Scheiße.«

Penelope dachte darüber nach und beschloss nachzugeben. Wolf hatte recht. Sie konnten unmöglich vorhersagen, was passierte. Sie waren gut ausgebildete SEALs. In einer gefährlichen Situation wie dieser handelten sie genauso, wie sie es täte, wenn sie in einem brennenden Gebäude wäre. Sie würde es auch nicht begrüßen, wenn die Zivilisten, die sie vor dem Feuer retten sollte, so viele Fragen stellen würden. Das würde sie nur verärgern. Sie würde ihnen sagen, sie sollten ihr vertrauen und sich an sie halten.

Sie holte tief Luft und erwiderte: »Ihr habt recht. Ich werde tun, was ihr sagt, wenn es darauf ankommt, versprochen.«

Wolf nickte erleichtert. »Gut.«

Eine unbehagliche Stille breitete sich aus, als alle darauf warteten, dass etwas ... irgendetwas ... passierte.

Tex konzentrierte sich auf den Computerbildschirm vor ihm. Er hatte in der Vergangenheit bereits mit Keane »Ghost« Bryson auf einer Mission zusammengearbeitet. Der Delta Force-Soldat war verdammt gut und hatte Tex tatsächlich einmal das Leben gerettet. Sie hatten sich seit dieser Mission nicht mehr persönlich gesprochen, waren aber über die Jahre elektronisch in Kontakt geblieben.

Kommandant Hurt wusste bereits von dem Hubschrauberabsturz, ihm war allerdings nicht bekannt, wo es geschehen war. Tex gab die Koordinaten durch. Er wusste, dass das SEAL-Team, das bereits vor Ort war, für die Rettung mobilisiert wurde. Tex hatte jedoch das Gefühl, dass seine Freunde zusätzliche Unterstützung benötigen würden.

Offensichtlich hatten Wolf und sein Team vier der GPS-Sender bei vier verletzten oder toten Personen zurückgelassen und den letzten für sich behalten. Es gab keine andere Möglichkeit. Sie hätten sich unmöglich getrennt. Tex hatte beobachtet, wie der einzelne rote Punkt sich von den anderen in Richtung Norden entfernt hatte. Die Frage war nun, wer war im Besitz der jeweiligen GPS-Sender?

Wenn Wolf zusätzliche Unterstützung benötigte, würde er sein Bestes geben, um ihm genau diese zu senden. Die SEALs hätten an keinem schlechteren Ort abstürzen können. Sie waren inmitten eines Gebietes gelandet, in dem es vor Terroristen und Rebellen nur so wimmelte. Es war, als wären sie auf ein Hornissennest gefallen ... langsam, aber sicher kamen die Hornissen aus ihrem Nest und suchten nach den Störenfrieden.

Hier kamen Ghost und sein Delta Force-Team ins Spiel. Tex hatte Ghost kontaktiert, sobald er mit dem Kommandanten gesprochen hatte. Er hatte Tex' Bedenken zur Kenntnis genommen und sich sofort mit seinem Vorgesetzten in Verbindung gesetzt. Normalerweise arbeitete die Regierung nicht so schnell, aber Ghost und sein Delta Force-Team hatten offensichtlich viel Einfluss und innerhalb weniger Stunden waren die Deltas auf dem Weg in den Nahen Osten.

Tex hielt den Blick auf den Bildschirm gerichtet. Auf der linken Seite blinkten vier rote Punkte, die sich nicht bewegten, und ein einzelner, der sich immer weiter von den anderen entfernte. Auf der rechten Seite des Bildschirms befand sich ein Satellitenbild. Ein überraschend klares und deutliches Bild. Tex hatte sich in den Live-Feed eines streng geheimen Satelliten der Regierung über den Bergen der Türkei gehackt. Hilflos musste er zusehen, wie sich schattenhafte Gestalten den vier unbeweglichen Punkten immer weiter näherten.

Frustriert hielt er den Atem an. Er wusste, dass er nur zuschauen konnte.

KAPITEL ZWANZIG

Vor zwei Tagen erreichten uns Berichte über einen Hubschrauberabsturz in den Bergen zwischen der Türkei und dem Irak. Es gibt seither keine Bestätigung darüber, wer sich an Bord dieses Hubschraubers befunden hat und ob infolge des Absturzes Opfer zu beklagen sind. Der Präsident hat sehr angespannt auf den Vorfall reagiert, doch ungewöhnlicherweise sind bisher keinerlei Informationen durchgesickert.

Noch hat keine Terroristengruppe die Verantwortung für den Absturz übernommen. Selbst ISIS schweigt.

Sie erinnern sich vielleicht, dass Sergeant Penelope Turner von ISIS-Terroristen entführt wurde und regelmäßig in Propagandavideos zu sehen war. Der Verbleib von Sergeant Turner ist nach wie vor unbekannt, aber es gibt Spekulationen über einen Zusammenhang zwischen dem Hubschrauberabsturz und einem Rettungseinsatz für Sergeant Turner.

In den Spätnachrichten werden wir uns eingehender mit dem Leben der Navy SEALs befassen und wie sie sich auf eine Rettungsmission vorbereiten. Zu Gast im Studio ist ein ehema-

liges Mitglied des SEAL-Teams Sechs, das an der Tötung Osama Bin Ladens im Jahr 2011 beteiligt war.

Cheyenne sah zu einer ihrer besten Freundinnen auf, als sie ihr Baby in den Armen hielt und sagte: »Ich habe geträumt, dass ich im Bett liege und zu Faulkner gesagt habe, dass ich ihn liebe und dass er unsere Tochter wissen lassen soll, wie sehr ich sie geliebt habe. Dann habe ich die Augen geschlossen und bin gestorben.«

Jessyka saß neben Cheyennes Bett und drückte fest ihre Hand. »Aber du bist nicht gestorben.«

Cheyenne nickte, sagte aber lange nichts. Sie sah einfach nur liebevoll ihre Tochter an.

Jess durchbrach schließlich die Stille. »Also ... wirst du uns von unserem Elend befreien und uns sagen, wie du deine schöne Tochter genannt hast?«

Jess war entsetzt, als Cheyenne Tränen in die Augen stiegen und ihre Wangen hinunterrollten.

»Oh mein Gott, was ist los? Habe ich etwas Falsches gesagt?«, fragte Jess verzweifelt. Sie war besorgt, dass sie ihre Freundin verärgert hatte.

Cheyenne sah wieder zu Jess auf. »Es ist dumm von mir. Ich hatte gehofft, hier mit Faulkner zu sitzen und gemeinsam mit ihm die Geburtsurkunde auszufüllen.«

Jess beugte sich vor und umarmte Cheyenne, so gut sie konnte, mit dem Baby zwischen ihnen. Sie flüsterte ihr ins Ohr, während sie ihre Freundin festhielt: »Ich weiß. Aber er wird bald nach Hause kommen und ihre werdet eine Menge neuer Erinnerungen gemeinsam schaffen. Es ist schade, dass er nicht hier ist, aber denk darüber nach, was für ein Geschenk du ihm machen wirst, wenn er nach Hause kommt und zum ersten Mal seine Tochter sieht. Es ist nicht dasselbe, aber es ist auf seine eigene Weise etwas Besonderes.«

Jess spürte, wie Cheyenne nickte und einmal schniefte. Sie zog sich zurück und griff nach einem Papiertaschentuch. Sie wischte Cheyenne die Tränen aus dem Gesicht und reichte es ihr dann, damit sie sich die Nase putzen konnte. Nachdem ihre Freundin die Kontrolle über ihre Gefühle zurückerlangt hatte, fragte Jess erneut: »Also ... wirst du mir ihren Namen nun verraten oder willst du ihn für immer geheim halten und uns dazu zwingen, deine Tochter für den Rest ihres Lebens ›Mädchen‹ zu nennen?«

Cheyenne lächelte, so wie Jess es beabsichtigt hatte. »Taylor Caroline Cooper.«

Jess sah für einen Moment erschrocken aus und strahlte dann. »Heiliger Strohsack. Davisa hat gesagt, dass du sie so nennen würdest, aber ich habe ihr nicht geglaubt. Hast du es Caroline schon gesagt?«

»Das Kind ist schlau und nein, ich habe es Caroline noch nicht gesagt.«

»Versprich mir, dass ich dabei sein darf, wenn du es tust.«

Cheyenne lachte leise. »Versprochen.«

Jess umarmte ihre Freundin noch einmal und stand dann auf. »Okay, ich muss jetzt zu meinen kleinen Monstern zurückkehren, aber wir kommen heute Nachmittag wieder, um euch zu Caroline zu bringen.«

»Oh, aber ich dachte ...«

»Nein«, unterbrach Jess sie. »Ich weiß, du dachtest, wir bringen dich nach Hause, aber daraus wird nichts. Der Arzt hat gesagt, du musst es ruhig angehen lassen, und wir wissen alle, dass du das nicht tun wirst, wenn wir dich nach Hause gehen lassen. Und bis Faulkner zurück ist, werden wir dafür sorgen, dass du dich strickt nach Anweisung verhältst.«

»Ich werde nicht ...«

Jess unterbrach sie erneut. »Doch, das wirst du. Aber nicht jetzt.«

Cheyenne seufzte in gespielter Erregung und schnaubte: »Also gut.«

»Gut.« Jess lächelte. »Nun, wie ich schon sagte, wir kommen heute Nachmittag wieder, um dich zu Caroline nach Hause zu bringen. Benimm dich, wir sehen uns nachher. Ich habe die Krankenschwester gerufen, um Taylor zu holen. Du brauchst etwas Ruhe, bevor wir dich abholen.«

»Okay. Danke, Jess.«

»Nichts zu danken. Du hast uns so erschreckt. Wir sind froh, dass es dir gut geht, und wir wollen, dass das so bleibt.«

»Du bist fast so herrisch wie Faulkner.«

»Ha, als ob«, schnaubte Jess. »Dieser Mann hat das Wort *dominant* für sich reserviert ... und du liebst es.«

»Das tue ich. Nichts Neues?«

Jess wusste, was Cheyenne meinte. »Nein, nichts.«

»Hast du Melody gefragt?«

Jess schüttelte den Kopf. »Nein. Ich möchte sie wirklich nicht unter Druck setzen. Ich will nicht, dass sie sich als Vermittlerin zwischen uns und Tex fühlt.«

Cheyenne nickte. »Ja, es wäre nicht fair von uns zu fragen, oder?«

»Nicht wirklich. Aber ich bin mir sicher, sie würde es uns sagen, wenn sie etwas wüsste.«

»Hm.« Cheyenne stimmte Jess nicht wirklich zu, stritt es aber auch nicht ab. Sie hatte Melody erst einmal im Krankenhaus gesehen, seit sie wieder wach war, aber bei den Sorgenfalten auf ihrer Stirn schien ihr Lächeln nicht so ehrlich wie gewöhnlich zu sein. Sie glaubt, dass Melody mehr wusste, als sie zugab. Aber sie würde sie nicht drängen. »Danke für alles. Wir sehen uns später.«

Jess nickte und lächelte beim Gehen die Krankenschwester an, die kam, um die kleine Taylor zurück ins Babyzimmer zu bringen.

* * *

Melody saß in dem Gästezimmer in Carolines und Wolfs Haus. Sie hatten den Keller zu einer kleinen Wohnung ausgebaut. Sie saß mit dem Rücken gegen die Wand gelehnt, hatte die Knie angezogen und die Arme herumgeschlagen. Es gab ein Bett und einen Stuhl, auf dem sie perfekt hätte sitzen können, aber aus irgendeinem Grund fühlte sie sich wohler zusammengekauert auf dem Boden. Melody hielt ihr Telefon ans Ohr und umklammerte das Plastik des Hörers.

»Du hast noch nichts von ihnen gehört?«, fragte sie Tex mit wackeliger Stimme.

»Nein.«

Melody wusste, dass Tex absichtlich nur vage Antworten gab, aber seine Unbestimmtheit beruhigte sie diesmal überhaupt nicht. »Glaubst du, sie sind noch am Leben?«

»Ja.«

»Woher weißt du das, wenn du nichts von ihnen gehört hast?«

»Mel«, Tex' Stimme war leise und beruhigend, »du kennst sie vielleicht als Ehemänner deiner Freundinnen, und sie kennen sie als Väter ihrer Kinder, die bei jedem Pup, den sie machen, ausflippen, aber ich kenne sie auch als böse, tödliche Navy SEALs.«

Melody konnte zwischen den Zeilen von Tex' Worten lesen. »Du hast recht.«

»Ich liebe dich, Baby. Mach dir keine Sorgen. Nun, zumindest soweit es möglich ist. Ich weiß ehrlich gesagt nicht, was los ist, aber sei versichert, dass ich alles in meiner Macht Stehende tue, um sie nach Hause zu bringen, okay?«

»Okay, Tex.«

»Also, wie geht es meinem Mädchen?«

Melody lächelte. Sie liebte es, wie sehr er sich um Akilah sorgte. »Es geht ihr gut. Ich helfe ihr jeden Abend mit der Prothese, obwohl sie meine Hilfe nicht mehr wirklich braucht. Sie ist großartig mit Jess' Kindern und die kleine Sara ist förmlich vernarrt in sie.«

»Ach ja?«

»Ja.«

Tex schwieg einen Moment und sagte dann: »Ich habe etwas nachgedacht. Bevor Akilah in unser Leben kam, haben wir darüber gesprochen, aber seitdem hatten wir keine Gelegenheit mehr. Ich will ein Baby mit dir, Melody. Ich möchte eine Tochter, die deine blonden Haaren und deine schönen Augen hat. Ich möchte, dass Akilah eine eigene kleine Schwester bekommt.«

Als Melody nichts sagte, fragte Tex besorgt: »Mel?« Dann hörte er sie schniefen. Oh, scheiße. »Mel? Es tut mir leid, ich wollte dich nicht zum Weinen bringen.«

»Ist das dein Ernst?«

»Jedes einzelne Wort.«

»Das will ich auch«, hauchte Melody und wischte sich die Tränen aus dem Gesicht.

»Verdammt noch mal«, sagte Tex leise. »Wann kommst du nach Hause?«

»Cheyenne wird heute aus dem Krankenhaus entlassen. Wir wollten bei Jess bleiben, um ihr mit John und Sara zu helfen. Ich hatte eigentlich noch kein festes Datum im Sinn, aber jetzt möchte ich am liebsten morgen nach Hause kommen.«

Tex lachte. »Uns hetzt nichts, Mel. Du musst erst die Pille absetzen und es kann eine Weile dauern, bis du schwanger wirst.«

»Ich weiß, aber das bedeutet nicht, dass ich den Prozess nicht genießen möchte.«

»Jesus, Mel. Im Ernst ... das kannst du mir nicht antun.«

Melody kicherte. »In Ordnung, entschuldige. Wie wäre es, wenn ich noch eine Woche bleibe? Das gibt dir noch Zeit, hoffentlich die Jungs nach Hause zu bringen, und wir können Jess helfen und noch etwas Zeit mit den anderen Frauen verbringen.«

»Hört sich gut an.«

»Okay, aber Tex …«

»Ja, Baby?«

»Glaubst du, Amy würde sich für ein Wochenende um Akilah kümmern, wenn wir nach Hause kommen? Ich möchte mein Bestes geben, wenn wir es mit dem Babymachen probieren, und das ist einfacher, wenn unsere Tochter nicht im Nebenzimmer ist.«

»Ich werde sie anrufen, sobald wir aufgelegt haben. Betrachte es als abgemacht. Amy ist deine beste Freundin, sie würde alles für dich tun. Scheiße, ich liebe dich, Mel.«

Melody lächelte und hielt ihre Knie fester. »Ich liebe dich auch. Gib Baby einen Kuss von mir.«

»Mache ich. Sie winselt jede Nacht an der Haustür. Sie vermisst dich offensichtlich.« Tex wurde ernst. »Bleib stark, Mel. Die Männer werden schon bald wieder zu Hause sein, wenn ich ein Wörtchen mitzureden habe.«

»Ich weiß. Du bist Super-Tex. Du wirst dein Ding machen.«

»Schick mir eine SMS, damit ich weiß, was ihr vorhabt.«

»Werde ich. Ich liebe dich, Tex.«

»Ich liebe dich auch, bis nach Vegas und zurück. Pass auf dich auf.«

»Tschüss.«

»Tschüss.«

Melody beendete das Gespräch und legte ihren Kopf auf die Knie. So viele Emotionen strömten gleichzeitig durch ihr Gehirn, dass sie nicht wusste, welche sie zuerst verarbeiten sollte. Sorge um ihre Freunde, Erleichterung, dass Akilah sich eingelebt hatte, Glück, dass es Cheyenne gut gehen würde und sie ein gesundes Baby bekommen hatte, Liebe zu ihrem Ehemann und Lust sowie tiefe Zufriedenheit, dass Tex ein Baby mit ihr haben wollte.

Sie seufzte und stand schließlich auf. Es war Zeit, Cheyenne und ihr Baby abzuholen.

KAPITEL EINUNDZWANZIG

Penelope schreckte durch das Echo eines Schusses auf und sah sich verwirrt um. Dude und Cookie lagen vor der Höhle auf dem Bauch. Mozart und Benny waren nirgends zu sehen. Wolf stand an der Seite des Höhleneingangs und hatte eine Pistole in der Hand. Hin und wieder beugte er sich vor und spähte hinaus.

Abe lag still und ruhig hinter ihr. Sein Zustand hatte sich nicht verbessert, egal wie viel Antibiotika sie in ihn gepumpt hatten. Sein Bein brauchte mehr Aufmerksamkeit, als sie ihm hier geben konnten. Penelope machte sich Sorgen, dass er sein Bein verlieren könnte ... wenn nicht sogar sein Leben ... sollte er nicht bald medizinisch versorgt werden.

Weitere Schüsse fielen und Penelope zuckte erneut zusammen, zwang sich jedoch, zu Wolf zu kriechen. »Wie sieht es aus?«, flüsterte sie und kam sich naiv vor, weil sie versuchte, leise zu sein. Es war schon richtig, dass sie sich versteckten, aber niemand würde sie aus der Entfernung hören können, aus der die Schüsse kamen.

»Schüsse.« Wolfs Antwort war kurz und prägnant.

»Echt jetzt, Sherlock?«, war Penelopes irritierte Antwort. Als niemand lachte, wurde sie wieder ernst. »Schießen sie auf uns?«

»Nein.«

Penelope seufzte. Informationen aus diesen Männern herauszuholen war, als wollte man einen Zahn ziehen. Sie legte sich auf den Bauch, ignorierte ihre schmerzenden Rippen und kroch zu Dude und Cookie hinüber. Sie spähte aus der Höhle, sah aber nichts. »Auf wen schießen sie?«

»Weiß ich nicht.«

»Ist das gut oder schlecht?«, fragte Penelope.

»Könnte beides sein«, sagte Dude zu ihr.

»Also, was machen wir?«

»Abwarten«, antwortete Cookie.

»Abwarten ist scheiße«, murmelte Penelope und kroch wieder zurück zu Abe. Sie wollte sich noch einmal sein Bein ansehen. Sie würde es noch mal reinigen. Vielleicht würde das irgendwie helfen.

***

Ghost hob die Hand, um seinem Team zu signalisieren anzuhalten. Sie waren per Fallschirmabsprung aus großer Höhe ins Land eingedrungen und auf dem Weg zu den Koordinaten, die Tex ihnen geschickt hatte. Ghost hatte höllischen Respekt vor Tex. Er war jemand, den Ghost gern zu seinen Freunden zählte. Er war ein Mann, der wusste, wie man Dinge erledigte. Und wenn Tex ihn um einen Gefallen bat, waren Ghost und der Rest seines

Teams mehr als bereit dazu, ihm zu helfen. Gott wusste, dass er ihnen mehr als einmal aus der Scheiße geholfen hatte.

Fletch und Coach bildeten die rechte Flanke und Hollywood und Beatle befanden sich zu seiner Linken. Blade und Truck bildeten das Schlusslicht. Er ging in die Hocke und wartete darauf, dass die Terroristen sich zeigten. Sie waren nicht davon ausgegangen, es ohne Feindkontakt bis zu der Stelle zu schaffen, an der Tex mindestens vier Männer vermutete. Ihre Vermutung sollte sich schon bald bestätigen.

Die Warnung kam durch sein Funkgerät, als der erste Schuss durch die Berge hallte. Das Delta Force-Team begab sich sofort in Gefechtsformation. Adrenalin schoss ihnen durch die Adern und sie waren bereit für den Kampf.

Sporadisch hallten weitere Schüsse durch die Berge. Anstatt mit gezogener Waffe auf ihre Gegner einzustürmen, arbeiteten Ghost und sein Team so, wie es der Name ihres Anführers vermuten ließ. Vier der Terroristen waren bereits tot, bevor sie überhaupt begriffen hatten, dass jemand hinter ihnen stand. Ghost bedeutete Fletch und Beatle, in Richtung Westen zu gehen. Er, Coach und Blade machten sich auf den Weg in Richtung Osten. Truck und Hollywood näherten sich leise dem Gebiet, in dem sie die vermissten SEALs vermuteten.

Sie machten kurzen Prozess mit den verbliebenen Terroristen in der Gegend, da sie wussten, dass Verstärkung wahrscheinlich bereits auf dem Weg war.

»Fünf an eins«, hörte Ghost in seinem Ohr.

»Fünf, hier ist eins, kommen«, antwortete er.

»Alles klar für Annäherung.«

»Verstanden.« Ghost wusste, dass die anderen Männer den Austausch mitgehört hatten, und sie machten sich vorsichtig auf den Weg zu den SEALs. Sie fanden anstatt der erwarteten sechs Männer nur vier und keine Spur der vermissten Sergeant Turner.

Überrascht stellten sie fest, dass es sich um die Night Stalker Hubschrauberbesatzung handelte. Der Co-Pilot und der Heckenschütze waren tot. Der Pilot und der Einsatzleiter waren noch am Leben, aber in sehr schlechtem Zustand. Sie hatten auf die Terroristen geschossen und ihre Position verteidigt.

Ghost hockte sich neben den Piloten. Truck überprüfte seinen Zustand und leistete Erste Hilfe. Beatle tat, was er konnte, um sich um den verletzten Einsatzleiter zu kümmern. »Lagebericht«, forderte er von dem Piloten.

»Elf an Bord. Granateneinschlag aus dem Nichts. Absturz. Co-Pilot bei Aufprall getötet.«

»Status der anderen?«

»Ehrlich gesagt bin ich mir nicht sicher«, erklärte der Pilot mit schwacher, gequälter Stimme. »Ich war größtenteils bewusstlos. Sie haben mit uns gesprochen, bevor sie gegangen sind, aber nicht über ihren Plan. Einige von ihnen waren verletzt.«

»Die Frau?«

»Gesichert, Sir.«

Ghost entspannte sich etwas, weil er wusste, dass Sergeant Turner anscheinend gerettet worden war. »Sie haben euch hier zurückgelassen?« Seine Worte waren nicht so tonlos und emotionslos, wie er es beabsichtigt hatte. Der Pilot beruhigte ihn schnell.

»Ja, aber nicht so, wie du vielleicht denkst. Sie haben sich vergewissert, dass wir wussten, worauf wir uns einlassen, und haben uns ihre GPS-Sender gegeben. Wir haben sie ermutigt, sich auf den Weg zu machen. Wenn sie versucht hätten, uns mitzunehmen, wären wir vielleicht alle inzwischen tot.«

Ghost nickte. Er wollte nicht schlecht über die SEALs denken. Gott sei Dank arbeiteten sie alle für dieselbe Seite. »Haben sie gesagt, wohin sie gehen wollten?«

»Nur hoch. Sie wollten sich eine Position suchen, die besser zu verteidigen wäre, und dachten, die Höhlen oben in den Bergen wären am besten geeignet. Sie haben außerdem gehofft, dadurch die Terroristen von uns abzulenken.«

Ghost nickte und wusste, dass er in der Situation dasselbe getan hätte. Er dachte schnell über ihre nächsten Schritte nach. Er würde diese Männer nicht noch einmal zurücklassen, nicht wenn er es verhindern könnte.

Er stand auf, ging zur Seite und bedeutete seinen Männern, ihm zu folgen. Sie versammelten sich außer Hörweite der verletzten Night Stalker.

Er tat, was er immer tat. Er legte ihre Optionen offen, damit das Team gemeinsam über ihre nächsten Schritte entscheiden konnte. »Option eins, wir lassen die Night Stalker hier und machen uns auf den Weg, um die SEALs und die Soldatin zu finden. Nummer zwei, wir nehmen die Night Stalker mit auf den Weg, um die SEALs und die Soldatin zu finden. Drei, wir rufen einen Hubschrauber, um die Night Stalker auszufliegen, und machen uns anschließend in Richtung Norden auf, um die SEALs und die Soldatin zu suchen. Option vier, wir trennen uns und drei von uns bleiben hier bei den Night Stalkern und der Rest von uns geht in Richtung Norden. Wenn wir die SEALs finden, kommen wir zurück und rufen den Helikopter.«

Die Männer von Ghost antworteten sofort mit genau der Option, die er erwartet hatte.

»Drei«, sagte Hollywood.

»Drei«, bestätigte Beatle.

»Drei«, stimmte Blade ebenfalls zu.

Die anderen stimmten ebenfalls zu und Option drei wurde ohne lange Diskussion festgelegt. Sie würden ihre Kameraden auf keinen Fall zurücklassen und riskieren, dass sie den Terroristen in die Hände fielen. Das Delta Force-Team stand unter dem Kommando der U.S. Armee, aber im Herzen waren alle Mitglieder der Spezialeinheit Brüder.

Das SEAL-Team, das die mysteriösen GPS-Sender bei der verletzten Truppe zurückgelassen hatte, hatte damit mindestens zwei Männern das Leben gerettet. Ghost wusste, dass er mit Tex ein Gespräch über diese Ortungsgeräte führen musste und was zum Teufel eine Elite Navy SEAL-Einheit damit auf einer streng geheimen Mission machte. Offensichtlich wusste weder JSOC noch die Navy darüber Bescheid, aber im Moment war er verdammt froh darüber.

Ghost nickte seinem Team zu. Er wusste, dass sie die richtige Entscheidung getroffen hatten, und griff nach seinem Funkgerät. Die richtige Entscheidung war nicht unbedingt die sicherste Entscheidung, aber sie würden sich mit den möglichen Folgen auseinandersetzen, wenn es so weit war.

Zwei Stunden und zwei Gefechte mit Terroristen später tauchte hinter den Bergen krachend ein MH-60 auf. Wenn Ghost nicht an das Geräusch gewöhnt gewesen wäre, hätte es ihn erschreckt. Fletch und Coach packten die beiden verstorbenen Männer und Hollywood und Truck halfen den beiden Verletzten in den Hubschrauber. Sie hatten die Soldaten kaum in die Obhut der Männer im Hubschrauber übergeben, als der auch schon wieder in der Richtung verschwand, aus der er gekommen war. Die gesamte Rettungsaktion hatte nicht länger als fünf Minuten gedauert.

Als das Geräusch des Hubschraubers hinter den Bergen verstummte, sah Ghost sein Team an. »Jetzt ist Schluss mit lustig. Lasst uns unsere Kameraden da rausholen.«

Die anderen nickten entschlossen. Egal, wie viele Terroristen sich ihnen in den Weg stellen würden, es war an der Zeit, Sergeant Penelope Turner nach Hause zu bringen.

KAPITEL ZWEIUNDZWANZIG

Uns liegen neue Informationen über den Hubschrauberabsturz in den Bergen zwischen der Türkei und dem Irak, über den wir gestern Abend berichtet haben, vor. Aus vertraulicher Quelle haben wir erfahren, dass vier Männer zum Luftwaffenstützpunkt Ramstein in Deutschland ausgeflogen wurden. Zwei von ihnen sind verstorben und zwei verletzt. Ihre Identität wurde noch nicht bestätigt, aber laut unserer Quelle handelt es sie sich um die Besatzung des Hubschraubers. Ob eine Frau zu den Opfern gehört, ist unbekannt. Wir werden weiterhin versuchen herauszufinden, ob Sergeant Penelope Turner sich zum Zeitpunkt des Absturzes an Bord des Hubschraubers befand. Schalten Sie später wieder ein.

Caroline stand vor dem kleinen Fernseher in ihrem und Matthews Schlafzimmer und schnappte nach Luft, nachdem sie die neuesten Entwicklungen in den Nachrichten gehört hatte. Es waren nicht viele Informationen, aber es war genug. Hubschrauberabsturz, zwei Männer tot, zwei Männer verletzt. Natürlich hatte Wolfs Team sechs Mitglieder, aber die Informationen könnten fehlerhaft sein.

Sie konnte fühlen, wie ihr Herz zu rasen begann, aber es kamen keine Tränen. Sie starrte auf den Fernseher, obwohl eine dumme Reklame lief. Caroline nahm es nicht wahr. Sie war in Gedanken bei ihrem Ehemann und seinen Freunden.

»Hey Caroline, wo finde ich ... Caroline?« Melody verstummte, als sie ihre Freundin in der Mitte des Schlafzimmers mit den Armen um ihre Taille gewickelt leise wimmernd vorfand. Melody ging zu ihr, legte einen Arm um sie und eine Hand leicht auf Carolines Wange. Sie drehte vorsichtig ihr Gesicht herum, um sie ansehen zu können. »Was ist passiert, Caroline?«, flüsterte Melody.

Sie sah, wie Caroline einmal, dann zweimal blinzelte, bevor sie sich vor Melodys Augen sichtlich zusammenriss. »Was? Äh ...«

Melody ließ Carolines Gesicht los und wandte sich dem Fernseher zu, als die Nachrichtensendung fortgesetzt wurde. Plötzlich bemerkte Melody, was Caroline erschreckt haben könnte, und fragte vorsichtig: »Haben sie über den Hubschrauberabsturz im Nahen Osten berichtet?«

Bei ihren Worten drehte Caroline sich plötzlich um und sah ihr in die Augen. »Ja.«

»Was haben sie gesagt?«, fragte Melody leise.

»Zwei Verletzte, zwei Tote. Sie haben sie zum Luftwaffenstützpunkt Ramstein in Deutschland gebracht.«

»Irgendwelche anderen Informationen?«

»Nein.«

Melody machte eine Pause. »Ich weiß auch nicht mehr, Caroline, aber vielleicht hilft es, wenn ich dir sage, Tex glaubt daran, dass sie nach Hause kommen werden.«

Beide Frauen wussten, dass sie gefährlich nahe davorstanden, über Dinge zu reden, von denen sie geschworen hatten, sie geheim zu halten – die Missionen ihrer Männer. Aber festzustellen, dass sie beide mehr wussten, als sie bisher zugegeben hatten, war eine Erleichterung.

»Das hilft mir sehr«, sagte Caroline. Sie umarmten sich fest und ließen sich nicht los, bis sie ein Klopfen an der Tür hörten. Es war Akilah.

»Hast du Pappteller gefunden?«

Caroline zog sich zurück und sah Melody fragend an.

Melody zuckte die Achseln. »Danach wollte ich dich eigentlich fragen. Wir dachten, es wäre einfacher, wenn wir alle von Papptellern essen, damit wir später nicht den Abwasch machen müssen.«

»Gute Idee. Und ja, ich habe welche. Ich komme runter und zeige euch, wo sie sind.«

Melody nickte und hakte sich bei Caroline unter. Sie verließen den Raum und gingen nach unten. Es war abgemacht, dass alle sich bei Caroline trafen. In ungefähr einer Stunde würden die anderen eintreffen. Es sollte leichte Snacks geben und sie wollten die Geburt von Cheyennes Tochter feiern und dass es ihr besser ging. Cheyenne hatte versprochen, an diesem Abend auch den Namen ihrer Tochter preiszugeben.

Sie war genauso verschwiegen gewesen wie Kason in Bezug auf seinen Spitznamen und hatte sich geweigert, den Namen zu verraten, bis alle zusammen wären. Caroline hatte die Augen verdreht, aber es war ihr ehrlich gesagt egal. Cheyenne war am Leben und gesund, also würde sie warten, bis sie bereit dazu war, es allen zu erzählen.

Caroline war dankbar für Melodys Hilfe. Sieben Erwachsene, zwei Kinder, ein Teenager, zwei Kleinkinder und ein Neugeborenes waren selbst für Caroline etwas viel.

Melody, Caroline und Akilah arbeiteten an der Zubereitung verschiedener Vorspeisen, einer Gemüseplatte, gefüllter Eier und kleiner Erdnussbuttersandwiches für die Kinder. Cheyenne saß im anliegenden Familienzimmer und döste, bevor die anderen eintrafen.

Schließlich, als die Speisen und die Getränke fast fertig waren, kamen die anderen Frauen. Nachdem alle Begrüßungsrituale erledigt waren und sich die Aufregung um das Baby gelegt hatte, versammelten sich alle in Carolines Wohnzimmer. Es war etwas eng, aber sie hatten den Couchtisch aus dem Weg geschoben und zwei Stühle aus dem Keller geholt.

Cheyenne saß auf dem großen, flauschigen Sessel und hielt ihre schlafende Tochter im Arm. Jess, Summer und Fiona saßen auf der großen dunkelbraunen Ledercouch, Alabama saß in dem anderen Sessel, und Caroline und Melody gingen gerade in die Küche, um die Getränke nachzufüllen und noch weitere Snacks hereinzubringen. Schließlich setzten sie sich auf den Boden vor der Couch. Akilah saß mit Sara in der Mitte des Raumes und spielte leise mit ihr. John war schließlich eingeschlafen, nachdem der Einjährige unentwegt auf seinen wackeligen Beinchen durchs ganze Haus gelaufen war.

Selbst Brinique und Davisa saßen ruhig in einer Ecke und schienen zufrieden damit zu sein, mit ein paar alten Puppen zu spielen, die Caroline irgendwo gefunden hatte.

Der Raum war voller Liebe und Zufriedenheit und Caroline war überglücklich, ein Teil davon sein zu können. Sie dankte jeden Tag ihren Glückssternen und ihrem Schicksal, dass sie vor so langer Zeit in diesem Flugzeug neben Matthew gesessen hatte.

»In Ordnung, Cheyenne. Raus mit der Sprache«, forderte Alabama ihre Freundin auf. »Ich schwöre, wenn du glaubst, noch länger einen Benny mit uns machen zu können, müssen wir drastische Kitzelmaßnahmen ergreifen, um es aus dir herauszuholen. Wie heißt deine kleine Schönheit?«

Cheyenne zögerte nicht länger und lächelte breit, als sie »Taylor Caroline Cooper« verkündete.

Alle jubelten und standen auf, um näher an Cheyenne und Taylor heranzukommen, um ihr zu gratulieren … noch einmal. Alle außer Caroline.

Davisa sah, wie Caroline leise den Raum verließ und in die Küche floh. Sie war verwirrt. Sie dachte, die Freundin ihrer neuen Mutter würde froh darüber sein, dass das Baby nach ihr benannt worden war. Sie gab Brinique die Puppe, mit der sie gespielt hatte, und folgte Caroline.

Sie fand sie in der Küche. Caroline lehnte auf der Theke und Tränen liefen ihr übers Gesicht. »Freust du dich nicht?«, fragte Davisa.

Caroline zuckte überrascht zusammen. Sie hatte niemanden hinter sich hereinkommen hören. Sie drehte sich um und sah Alabamas Tochter an. Sie hatte die Stirn in Falten gelegt und sah furchtbar besorgt aus ... um sie. Caroline wischte sich die Tränen aus dem Gesicht und versuchte, sich unter Kontrolle zu bringen. »Doch, ich freue mich.«

»Warum weinst du dann?«

»Manchmal weinen die Menschen, wenn sie sich freuen, Davisa. Ich war überrascht, dass Cheyenne ihrer Tochter meinen Namen gegeben hat.«

»Sie hat sich schon vor langer Zeit für diesen Namen entschieden.«

»Was?«, fragte Caroline überrascht.

»Ja, ich habe sie und Onkel Dude darüber reden hören, als sie einmal auf Brinique und mich aufgepasst haben. Sie haben über verschiedene Vornamen gescherzt, aber Caroline stand als zweiter Vorname fest.«

Caroline spürte, wie die Tränen wieder aufstiegen. Scheiße.

Davisa fuhr fort: »Von den anderen Vornamen war Taylor Onkel Dudes Lieblingsname, also dachte ich mir, dass Cheyenne sich dafür entscheiden würde.«

»Du bist ein sehr kluges kleines Mädchen, weißt du das?«, fragte Caroline und wischte sich noch einmal die Tränen ab.

»Ja, ich weiß.«

Caroline lächelte. »Komm schon, lass uns zurückgehen und die kleine Taylor Caroline bewundern.«

»Okay, aber ich mag keine Babys. Ich werde warten, bis sie älter ist, dann können wir zusammen mit Puppen spielen.«

Caroline brachte es nicht übers Herz, Davisa zu

sagen, dass sie wahrscheinlich zu alt sein würde, um noch mit Puppen zu spielen, wenn Taylor anfangen würde, sich dafür zu interessieren. Sie nahm ihre Hand und sie gingen zurück ins Familienzimmer. Sie sah, wie Cheyenne sie besorgt betrachtete, und ging direkt zu ihr. Sie ließ Davisas Hand los und das Mädchen ging zu ihrer Schwester und den Puppen zurück.

Cheyenne griff nach Carolines Hand, als sie näher kam, und Caroline setzte sich auf die Armlehne.

»Taylor ist ein wunderschöner Name. Und ich habe mich in meinem ganzen Leben noch nie so geehrt gefühlt.«

»Faulkner und ich haben viel darüber diskutiert. Er hat den größten Respekt vor Matthew, sowohl als Mann als auch als Teamleiter. Wenn dieses Baby ein Junge wäre, hätten wir ihm Matthew als zweiten Vornamen gegeben. Wir dachten, es würde euch beide genauso sehr ehren, wenn wir ihr deinen Namen geben. Doch um die Wahrheit zu sagen, das war der einfachere Teil der Namensgebung.«

Caroline spürte, dass ihre Lippe wieder zitterte, und wartete, bis der Drang zu weinen nachließ, bevor sie antwortete: »Ich weiß nicht, wie wir alle so viel Glück haben konnten, aber Gott sei Dank haben wir uns gefunden.« Es gab so viel mehr, was sie hätte sagen wollen, aber Taylor wachte in diesem Moment auf und begann zu schreien. Das wiederum weckte April, die in das Geschrei einstimmte.

Die Frauen und Kinder verbrachten noch ein paar Stunden in fröhlicher Gemeinschaft. Schließlich, als die

Kinder müde und mürrisch wurden, packten alle zusammen, um nach Hause zu fahren.

Melody ging mit zu Jessyka, um ihr noch ein paar weitere Tage zu helfen, bevor sie nach Virginia zurückflog. Alabama packte die Sachen ihrer Mädchen ein, einschließlich des Kartons voller Puppen. Caroline hatte gesagt, sie könnten damit spielen, bis sie ihrer überdrüssig wurden. Fiona half Summer dabei, ihre Sachen einzusammeln, und schließlich waren Caroline und Cheyenne wieder allein.

Endlich war es wieder ruhig im Haus.

»So sehr ich auch alle liebe, ich muss zugeben, dass ich die Ruhe genieße, wenn sie wieder weg sind.«

Cheyenne lachte leise und achtete darauf, Taylor nicht aufzuwecken, die friedlich in einem tragbaren Kinderbett neben ihrem Sessel schlief. »Ja, ich habe das Gefühl, dass ich in ein paar Monaten einer von diesen Menschen sein werde, bei denen du dich freust, sie von hinten zu sehen, wenn Taylor erst etwas älter und anspruchsvoller ist.«

Die beiden Freundinnen lächelten sich an. »Bist du bereit fürs Bett?«, fragte Caroline.

Cheyenne unterdrückte ein Gähnen. »Ja, ich glaube schon. Ist es bedenklich, dass ich mich jeden Abend darauf freue, ins Bett zu gehen?«

»Nein, du hattest ein paar harte Tage. Gib deinem Körper etwas Zeit, sich zu erholen. Sei nicht so hart zu dir selbst.«

»Habe ich dir schon für alles gedankt, was du für mich getan hast, Caroline?«

»Ja, aber wie du weißt, würde ich alles für dich tun.«

»Nun, dass du für mich da bist, wenn Faulkner es nicht sein kann, bedeutet die Welt für mich. Er würde dasselbe sagen, wenn er hier wäre.«

»Er wird bald wieder zu Hause sein, ich fühle es.«

»Hoffentlich.«

»Glaube daran!« Caroline half Cheyenne vom Sessel hoch und nahm Taylor in die Arme, als sie die Treppe zum Gästezimmer hinunterstiegen. »Hast du das Walkie-Talkie, damit du mich nachts kontaktieren kannst, wenn du Hilfe brauchst?«, fragte Caroline herrisch.

»Jawohl, Ma'am.«

Caroline seufzte. »Du wirst dich nicht melden, oder?«

»Nein. Aber mir wird es gut gehen, versprochen.«

»Okay, aber du weißt, dass ich hier bin, wenn du mich brauchst.«

»Ja, ich weiß es und ich weiß es zu schätzen.«

Caroline legte Taylor in ihr Kinderbettchen neben dem Bett und sah zu, wie sich das Baby bewegte, bevor es wieder in einen tiefen Schlaf fiel. Sie beugte sich vor und umarmte Cheyenne. »Danke für die Ehre, deiner Tochter meinen Namen zu geben. Ich liebe dich, Frau.«

Cheyenne umarmte Caroline zurück. »Ich liebe dich auch.«

Caroline ließ ihre Freundin allein und ging die Treppe hinauf. Sie schloss die Kellertür und vergewisserte sich, dass die Haustür abgeschlossen war. Sie überprüfte die Küche und startete den Geschirrspüler. Sie hatten nicht viel Abwasch, nur ein paar Servierteller und Gläser, aber Caroline wollte es aus dem Weg haben, bevor sie ins Bett ging.

Sie schaltete das Licht aus, bis auf eine Lampe in der

Küche, falls Cheyenne mitten in der Nacht etwas brauchte, und ging schließlich nach oben in ihr und Matthews Schlafzimmer. Sie machte sich bettfertig und schlüpfte in eines von Matthews T-Shirts. Sie kroch unter die Decke, zog Matthews Kissen an ihren Körper und drückte es eng an sich. Es roch nicht einmal mehr nach ihm, so lange war er schon weg.

Nach allem, was an diesem Tag passiert war, konnte Caroline endlich loslassen, um zu weinen. Und es waren nicht nur einzelne Tränen. Es war ein herzzerreißender Weinkrampf darüber, dass sie ihren Mann vermisste und hoffte, dass er bald sicher und unverletzt nach Hause kommen würde.

Mit Tränen auf den Wangen und Matthes Gesicht vor Augen schlief Caroline ein.

KAPITEL DREIUNDZWANZIG

Wolf und seine Teamkollegen blieben die ganze Nacht durch bis zum nächsten Morgen wachsam. Ab und zu hörten sie Schüsse, sahen aber keine Menschen. Wolf und Cookie sahen sich an, als sie das wohlbekannte Geräusch eines MH-60 hörten. Sie warteten ab und schauten hinaus, konnte ihn aber nicht entdecken.

Sie wussten, dass Penelope es nicht gehört hatte, oder sie kommentierte es nur nicht. Das Geräusch des Hubschraubers war so schnell wieder verschwunden, wie es gekommen war. Wolf hoffte inständig, dass sie rechtzeitig gekommen waren, um die Night Stalker zu retten. Er bereute es nicht, sie zurückgelassen zu haben, aber die Entscheidung nagte an seinem Gewissen. Sie waren es nicht gewohnt, jemanden zurückzulassen, daher fühlte er sich besser bei dem Gedanken, dass Tex es vielleicht – und nur vielleicht – geschafft hatte, die Rettung ihrer Kameraden zu organisieren.

Jetzt war die Frage ... wer würde kommen, um sie zu

retten … und wann? Wolf hatte keine Zweifel, dass jemand kommen würde.

»Wolf, zehn Uhr.« Cookies Stimme war leise und dringend.

Wolf schaute zu Cookie und sah die Bewegung. Er holte sein Fernglas heraus und überflog den Bereich. »Ich sehe sie. Weitere auf neun, drei und zwölf.« Die Terroristen bewegten sich in organisierter Formation schnell auf den Berg und somit ihr Versteck zu. Es würde nicht mehr lange dauern, bis sie den Ort erreichten, von dem aus die SEALs vor ein paar Tagen die kleine Höhle entdeckt hatten. Die Terroristen würden erkennen, dass es ein ausgezeichnetes Versteck war und ein guter Ort zur Verteidigung.

»Behalte sie im Auge«, befahl Wolf, obwohl er wusste, dass er Cookie nicht wirklich darum bitten musste. Er würde dafür sorgen, den Standpunkt jedes einzelnen Bösewichts zu kennen.

Wolf rutschte unbeholfen mit seinem gesunden Arm rückwärts, ohne aufzustehen. Er durfte ihre Position nicht vorzeitig verraten. Als er weit genug vom Eingang der Höhle entfernt war, um sich frei zu bewegen, stand er auf und ging zu Penelope, die bei Abe saß.

Bei dem Gedanken an die schwere Verletzung seines Freundes schmerzte Wolf das Herz, aber er schob seine Gefühle beiseite. Sie hatten gerade andere Sorgen. Abe hätte keine Chance, wenn sie es nicht lebend hier rausschafften. Und so sehr er Abe helfen wollte, so sehr brauchte er jetzt Sergeant Turners Hilfe. Sie war kein SEAL, aber sie war eine ausgebildete Soldatin.

Wolf sah Abe an und stellte fest, dass er entweder schlief oder bewusstlos war. Er drehte sich zu Penelope um und sah, wie sie ihn mit ihren Blicken durchbohrte.

»Es geht los, Tiger. Die Terroristen kommen schnell näher.«

»Wo brauchst du mich?«

Wolf lächelte innerlich. Gott, diese Frau war unglaublich. Jedes Mal wenn sie den Mund öffnete, erinnerte sie ihn an seine Ice ... und es machte ihn umso entschlossener, zu ihr zurückzukehren. »Um was ich dich bitten werde, wird dich wahrscheinlich verärgern, aber ich tue es nicht, weil ich dich herabsetzen will.« Wolf fuhr schnell fort: »Du musst für uns nachladen. Ich kann nur einen Arm benutzen und bin nicht schnell genug.«

Wolf sah, wie Penelope den Kopf neigte und über seine Worte nachdachte. Sein Respekt für sie stieg. Er konnte genau erkennen, als sie eine Entscheidung traf.

»Das macht Sinn. Ihr seid wahrscheinlich bessere Schützen als ich. Ich werde mein Bestes geben, um mit euch Schritt zu halten. Wie viel Munition haben wir?«

Wolf schloss kurz die Augen, dankbarer als er jemals sein könnte, dass Penelope so war, wie sie war. Diese gesamte Rettungsmission hätte sich auch vollkommen anders entwickeln können, wenn sie eine andere Art von Mensch gewesen wäre. Wolfs Gedanken schweiften ab zu den Geschichten, die Cookie ihnen über die Rettung von Fiona und Julie, der Tochter des Senators, erzählt hatte. Gott sei Dank war Penelope eher wie Fiona und nicht so wie die verwöhnte Julie.

Julie hatte ihre Fehler von damals mehr als wettgemacht. Sie hatte alles dafür getan, sich nicht nur bei Cookie und Fiona, sondern auch beim Rest des Teams zu entschuldigen. Wolf hätte nie gedacht, dass er jemals an Julie als eine starke Frau denken würde, die einfach nicht gut mit den Widrigkeiten hatte umgehen können, aber so war es. Er lenkte die Aufmerksamkeit wieder auf die Gegenwart. Er hatte jetzt keine Zeit, weiter über die Frau des Kommandanten und ihre Vergangenheit nachzudenken.

Er öffnete die Augen und antwortete: »Wahrscheinlich nicht genug, aber wir werden so lange wie möglich kämpfen. Wir sind darauf trainiert, dass jede Kugel zählt. Ich hoffe, wir können die erste Angriffswelle ausschalten und dann fliehen, bevor die nächste kommt.«

»Okay, hilf mir, Abe ein bisschen weiter nach hinten zu bringen«, sagte Penelope und wandte sich von Wolf ab. Sie musste sich abwenden, weil sie wusste, dass Wolf sonst in ihrem Gesicht erkennen würde, wie unglaublich verängstigt sie war. Es war jetzt aber nicht der richtige Zeitpunkt, sich der Angst hinzugeben.

Jetzt kam es darauf an, handeln oder sterben.

Wolf half, so gut es mit seinem verletzten Arm ging, Abe so weit wie möglich vom Eingang der Höhle wegzubringen. Sie legten etwas von der Ausrüstung, die sie aus dem Hubschrauber mitgenommen hatten, über seinen Körper, um ihn vor Kugeln zu schützen, die eventuell in die Höhle eindringen könnten. Sie arbeiteten ohne ein weiteres Wort, während Cookie und Benny weiter die Bewegungen der Terroristen beobachteten, die ihrem Versteck immer näher kamen.

»Wolf«, warnte Cookie.

Wolf ging zurück zum Eingang und legte sich neben seinen Teamkollegen, wobei er darauf achtete, seinen Arm so ruhig wie möglich zu halten. Penelope legte sich ebenfalls auf den Boden und kroch zwischen die beiden, damit sie ihre Waffen zum Nachladen leicht erreichen konnte. Sie könnte sich auch zu Benny und Dude hinüberbeugen, die an den Seiten des Höhleneingangs standen, um ihnen beim Nachladen zu helfen.

»Wo ist Mozart?«, murmelte Penelope, bevor der Sturm losbrach.

»Aufklärung«, antwortete Wolf knapp, was ihr wirklich nichts sagte, aber Penelope fragte nicht länger, da bereits der erste Schuss durch den stillen Berghang fiel.

Penelope erschrak bei diesem ersten Schuss so sehr, dass sie fast über sich selbst lachen musste. Sie duckte sich und wandte die Aufmerksamkeit den Männern zu. Sie musste sich jetzt darum kümmern, sie zu unterstützen und kein zusätzlicher Klotz am Bein zu sein. Sie würde tun, was in ihrer Macht stand, um ihnen zu helfen.

Penelope hatte keine Ahnung, wie lange das Feuergefecht andauerte. Sie konzentrierte sich darauf, die Pistolen nachzuladen, die ihr gegeben wurden, als sie leer waren. Dankbar bemerkte sie, dass Cookie ein Scharfschützengewehr hatte, ohne das es ein ganz anderer Kampf gewesen wäre. Die Terroristen kannten jetzt offensichtlich ihr Versteck, aber mit dem Gewehr hielt Cookie sie auf Abstand.

Schließlich ließen die Schüsse nach und verstummten dann vollständig.

»Alle Mann in Ordnung?«, fragte Wolf leise in die Stille hinein.

»Ja.«

»Ja.«

»Ja.«

»Okay.«

Die drei SEALs und Penelope hatten seine Frage bestätigt.

»Munitionsvorräte?«

Die SEALs prüften ihre Munitionstaschen und das Ergebnis sah nicht gut aus. Sie hatten jeweils noch ungefähr drei Magazine für ihre Pistolen und Cookie hatte noch etwa zwanzig Schuss für sein Gewehr. Mozarts Munitionsreserven waren unbekannt, aber Wolf vermutete, dass die Situation bei ihm wahrscheinlich ähnlich war.

»Ich denke, wir haben ungefähr eine Stunde, bevor die nächste Angriffswelle zuschlägt. Einige von ihnen müssen sich zurückgezogen haben, sobald der Kugelhagel anfing, um Unterstützung zu holen und unsere Position zu berichten. Wir müssen entweder weiter hoch auf den Berg oder versuchen, an ihnen vorbeizukommen.«

Für einen Moment herrschte Stille, bis Benny antwortete: »Ich sage, wir gehen weiter hoch. Ich habe vielleicht eine Kopfverletzung, aber es wird für den Hubschrauber umso einfacher sein, uns einzusammeln, je höher wir sind.«

Wolf nickte sofort zustimmend. »Dann lasst uns von hier verschwinden.«

»Was ist mit Mozart?«, fragte Penelope, froh, nicht mehr in dieser Höhle festsitzen zu müssen.

»Er wird sich mit uns treffen«, sagte Cookie mit voller Überzeugung.

Sie packten ihre Sachen zusammen und diskutierten kurz darüber, wie sie Abe am sichersten aus der Höhle auf den Berg transportieren sollten. Während sie diskutierten, kam er zu sich. Penelope dachte, er würde sich freiwillig bereit erklären zurückzubleiben, aber sie kannte diese SEALs offenbar noch nicht gut genug. Er wusste scheinbar, dass seine Teamkollegen ihn niemals zurücklassen würden, also schlug er es nicht einmal vor. »Ich werde so gut es geht mithelfen. Gib mir eine Pistole. Wenn wir angegriffen werden, kann ich wenigstens schießen, während ihr meinen Arsch rettet.«

Wolf lachte. Penelope konnte nicht fassen, dass irgendjemand über das, was Abe gesagt hatte, lachen konnte. Das Bild in ihrem Kopf war alles andere als lustig, aber es stellte sich heraus, dass diese SEALs den Männern auf der Feuerwehrwache sehr ähnlich waren. Wenn Adrenalin durch ihre Adern pumpte und sie in einer gefährlichen Situation steckten, fingen sie an, Witze zu machen. Auf gewisse Weise war es beruhigend.

»Bei unserem Glück schießt du uns in den eigenen Arsch, Abe.«

Als die Gruppe fertig war, griffen Cookie und Dude Abe unter die Arme und halfen ihm aufzustehen. Er stand sehr wackelig und konnte sein verletztes Bein nicht belasten, aber er stand aufrecht. Cookie legte Abes Arm über seine Schulter und griff mit seinem Arm um Abes

Rücken. Abe legte seinen Arm um Cookies Taille und so humpelten sie zum Höhlenausgang.

Penelope konnte sich um keinen Preis der Welt ihren Kommentar verkneifen. »Ihr seht aus wie bei einem Dreibein-Wettrennen auf einem Jahrmarkt in Texas.« Sie war erleichtert, dass Cookie und Abe lachten, anstatt sich über ihren Kommentar zu ärgern.

»Oh, verdammt ja, das werden wir auf jeden Fall machen, wenn wir nach Hause kommen, stimmts, Abe?«, sagte Cookie mit einem Lächeln.

Abes Stimme war etwas leiser und hatte weniger Kraft, aber er antwortete: »Ja, wenn wir zu Hause sind.«

»Okay, Benny geht vor. Wir geben ihm einen Vorsprung von zehn Minuten. Unsere Funkgeräte funktionieren nicht, also warten wir ab. Wenn er nicht zurückkommt, werden Tiger und Dude als Nächstes gehen, gefolgt von Frick und Frack hier. Ich werde als Letzter gehen. Bleibt in Deckung, wenn ihr oben angekommen seid, und wartet, bis alle da sind. Wenn etwas passiert, haltet durch und wir kommen so schnell wie möglich zu Hilfe, verstanden?«

Als alle zustimmten, verschwand Benny durch die Öffnung in der Höhlenwand. Penelope wartete und hielt den Atem an. Die zehn Minuten kamen ihr vor wie Stunden.

Schließlich deutete Wolf auf sie und Dude. Sie holte tief Luft und folgte Dude hinaus. Sie blieb so dicht hinter ihm wie vor ein paar Stunden, als er sie aus dem Zelt im Flüchtlingslager befreite.

Der erste Teil des Weges war der schwierigste. Penelope rutschte mehrmals aus und schürfte sich beim

Fallen die Hände auf. Sie hatte keine Ahnung, wie zum Teufel Cookie es schaffen wollte, den halb bewusstlosen Abe den Hügel hinaufzuschleppen. Aber sie war überzeugt, wenn es jemand schaffen könnte, dann wären es diese SEALs. Sie schienen zu allem in der Lage zu sein, zumindest nach dem zu urteilen, was sie bisher gesehen hatte.

Sie achtete darauf, hinter den kleinen Büschen in Deckung zu bleiben, für den Fall, dass einer der Terroristen sie beobachtete. Der Gedanke, in den Rücken geschossen zu werden, war nicht angenehm.

Sie erreichte den Gipfel des Bergrückens und sah sich um, entdeckte aber keine Spur von Benny oder Mozart. Sie spürte, wie jemand von hinten einen Arm um sie legte. Eine Hand bedeckte ihren Mund und sie wurde an einen großen, harten Körper gezogen.

Sie schlug sofort um sich und versuchte, sich zu befreien, aber sie hatte zu langsam reagiert.

Sie spürte einen weiteren Arm auf ihrer Taille, der sie so festhielt, dass sie keine Chance zu entkommen hatte. Die Person hinter ihr drückte einen Arm gegen ihre Brust und ihre gebrochenen Rippen. Es tat weh. Penelope geriet in Panik. Nein, verdammt nein. Sie hatte nicht bis jetzt überlebt, um erneut entführt zu werden. Sie kämpfte verzweifelt gegen den engen Griff an, jedoch ohne Erfolg. Sie spürte, wie sie halb getragen und halb rückwärts geschleift wurde, und sie konnte nichts dagegen tun.

Gerade als Penelope in völlige Verzweiflung ausbrechen wollte, hörte sie Mozarts Stimme. Sie blickte auf und sah einen zwei Meter großen stinksauren Navy

SEAL. Er hatte seine Pistole auf ein Ziel irgendwo über ihrem Kopf gerichtet. Seine Worte waren erstickend und tödlich. »Lass sie gehen, Arschloch, und vielleicht schenke ich dir dein Leben.«

Penelope hielt den Atem an, als der Mann hinter ihr sie nicht losließ.

KAPITEL VIERUNDZWANZIG

Es gibt immer noch keine Neuigkeiten über die vermisste US-Soldatin Penelope Turner. Sie wurde vor fast vier Monaten von ISIS entführt und seit einiger Zeit ist sie in keinem Video mehr aufgetaucht. Wir werden diese Geschichte weiterverfolgen.

In der neuen Realityshow, die heute Abend ihre Premiere hat, kämpfen die Wettstreiter darum, zum ultimativen Einwohner Alaskas gekrönt zu werden. Bleiben Sie dran für ein Interview mit einem der Teilnehmer.

Caroline schaltete angewidert den Fernseher aus. Wie sich Leute diese Realityshow ansehen konnten, war ihr ein Rätsel. Es war nicht so, als wäre es tatsächlich real. Die einzige Realityshow, für die sie sich jemals ansatzweise interessiert hatte, war eine Art Datingshow aus Australien ... zumindest der Mann schien bodenständig gewesen zu sein. Sie erinnerte sich nicht genau daran, wie es ausgegangen war. Sie glaubte, sich zu erinnern, dass es einen Skandal gab, aber am Ende fand der Mann die Liebe seines Lebens.

Ihre Gedanken wurden durch das Klingeln ihres Handys unterbrochen. Sie ging zu der Küchentheke, auf der es lag, und hob es auf. Sie erkannte die Vorwahl des Navy-Stützpunkts, aber nicht die genaue Nummer.

»Hallo?«

»Hallo, ist da Caroline Steel?«

»Ja, wer spricht da?«

»Hier ist Kommandant Hurt.«

»Oh, entschuldigen Sie, Patrick. Ich habe Ihre Stimme nicht erkannt.« Caroline versteifte sich plötzlich. Oh scheiße. Warum rief Wolfs Kommandant an? »Ist alles in Ordnung? Ist Julie in Ordnung? Die Männer?«

Hurt ignorierte ihre Frage und sagte ernst: »Ich wollte, dass Sie es zuerst von mir hören und nicht von den Offizieren, die innerhalb der nächsten Stunde vor Ihrer Tür auftauchen werden.«

Caroline spürte, wie ihre Knie nachgaben, und sie rutschte mit dem Rücken an dem Küchenschrank zu Boden. Sie konnte kein Wort herausbringen.

»Wolf und sein Team gelten als vermisst.«

Caroline stieß den Atem aus. »Was?«, hauchte sie.

»Vermisst. Das andere SEAL-Team, mit dem sie zusammengearbeitet haben, hat berichtet, dass sie ihre Mission abgeschlossen haben. Seitdem haben wir nichts von ihnen gehört. Sie hätten schon längst wieder zu Hause sein sollen, aber es gibt keine Spur von ihnen.« Patrick wusste, dass er Caroline etwas in die Irre führte, aber er konnte ihr nicht alles erzählen, was er wusste ... noch nicht. Tex hatte ihm Koordinaten von ihrem möglichen Standort gegeben, aber bis das Delta Force-Team es überprüft hätte, stufte die Regierung sie als vermisst ein. Die GPS-Sender waren nicht allgemein anerkannt und Patrick wollte dieses Detail nicht an seine Vorgesetzten weitergeben.

Caroline holte tief Luft. »Sind sie tot?«

Die Stimme des Kommandanten wurde leiser. »Wir wissen es nicht. Im Moment gelten sie als vermisst.«

Caroline nickte vor sich hin. Okay, damit konnte sie umgehen. »Dann ist es diesmal einfach nicht ganz nach Plan gelaufen. Sie sind nicht tot. Sie werden eine Lösung finden und sich melden, sobald es geht.«

»Caroline ...«

Der Tonfall des Kommandanten war einfühlsam und ein bisschen mitleidig, aber Caroline ließ sich nicht davon verunsichern. »Bei allem Respekt, Patrick«, unterbrach sie den hochrangigen Militärbeamten, den sie schon lange kannte, »ich weiß es zu schätzen, dass Sie mich vorwarnen wollen. Das tue ich wirklich. Aber so lange, wie Sie Matthew und sein Team schon kennen, sollten Sie wissen, dass sie verdammt hart sind. Solange ich Matthews kalte Leiche nicht in meinen eigenen Händen halte, werde ich niemals glauben, dass er tot ist. Nennen Sie mich naiv, nennen Sie mich idiotisch, aber ich weiß tief in meinem Herzen, dass sie gut sind in dem, was sie tun. Wenn es auch nur eine winzige Chance gibt, dann werden sie es schaffen und nach Hause zurückzukehren. Auch wenn es hundert zu eins steht oder tausend zu eins, das ist immer noch eine Chance. Wenn Sie mich also entschuldigen würden, ich muss Operation Frauenpower starten und meine Mädels zusammenrufen. Ich gehe davon aus, dass alle Besuch bekommen werden?«

»Ja.« Der Kommandant hatte so viel Respekt in dieses eine Wort gelegt, dass Caroline am liebsten geweint hätte.

»Okay, dann werde ich mich jetzt mit den Navy-Offizieren befassen, die gleich vor meiner Haustür stehen werden, und dann die anderen Frauen anrufen.« Ihre Stimme wurde leiser und klang unsicher. »Sie werden mich auf dem Laufenden halten?«

»Jawohl, Ma'am. Ich werde Sie persönlich anrufen, sobald ich etwas höre.«

»Danke. Ich werde dafür sorgen, dass Sie zu der großen Willkommensparty eingeladen werden, wenn unsere Männer wieder zu Hause sind, okay?«

»Okay. Lassen Sie mich wissen, wenn Sie etwas brauchen. Und ich meine egal was, Caroline. Das ist das Mindeste, was ich tun kann.«

»Sagen Sie mir einfach die Wahrheit und halten Sie mich auf dem Laufenden. Das ist alles, was ich brauche.«

»Das sollen Sie haben. Caroline?«

»Ja?«

»Julie würde gern wissen, ob es in Ordnung wäre, wenn sie auch rüberkommt. Ich habe ihr versprochen, Sie zu fragen. Sie will keine Grenze überschreiten, aber sie macht sich Sorgen um Sie alle.«

Caroline schluckte schwer. Sie und die anderen Frauen waren nicht sehr nett zu Julie gewesen, als sie erfahren hatten, wer sie war. Herauszufinden, dass sie die

Frau war, die mit Fiona in Mexiko entführt worden war und sie so schrecklich behandelt hatte, war für sie alle schwer zu verdauen gewesen. Aber Julie hatte bewiesen, dass sie sich verändert hatte, und sie hatten entschieden, wenn Fiona ihr vergeben konnte, dann konnten sie es auch.

Außerdem war sie jetzt mit Kommandant Hurt verheiratet. Sie sahen sie öfter und waren wirklich begeistert, wie glücklich der Kommandant mit ihr war. »Ja, ich denke, das geht in Ordnung.«

»Vielen Dank. Ich werde es ihr sagen und sie gleich rüberschicken.«

»Hört sich gut an. Wir sprechen uns dann später wieder? Sie werden mich anrufen, sobald Sie etwas hören?«

»Natürlich werde ich das. Auf Wiederhören, Caroline.«

Caroline schaltete das Telefon aus und legte kurz den Kopf auf ihre Knie, bevor sie ihre Wirbelsäule durchdrückte. Sie hatte einen Haufen Arbeit vor sich und keine Zeit zu weinen. Zur Hölle, es gab gar keinen Grund zu weinen. Jedes Wort, das sie dem Kommandanten gesagt hatte, kam von Herzen. Matthew lebte. Sie alle lebten. Sie musste nur daran glauben.

Später am Abend saßen wieder alle in Carolines Wohnzimmer. Mit Ausnahme von Fiona hatte sie alle ihre Freundinnen telefonisch erreichen können, bevor die

Offiziere vom Stützpunkt sie besuchten. Fiona hatte Besorgungen gemacht und sowohl ihren Anruf als auch den Besuch vom Stützpunkt verpasst ... Gott sei Dank.

Alabama hatte Fiona endlich erreicht und sie gebeten, alles stehen und liegen zu lassen und ihren Hintern zu Caroline zu schwingen. Sie war die Letzte, die eintraf. Sogar Julie hatte es noch vor Fiona geschafft und war genauso schockiert gewesen wie die anderen. Jetzt saßen sie im Kreis und redeten darüber, was mit ihren Männern passiert sein könnte.

»Caroline, was glaubst du, ist wirklich geschehen?«

Caroline dachte intensiv über Fionas Frage nach und versuchte zu entscheiden, was sie sagen sollte. Sie fing Melodys Blicke von der anderen Seite des Raumes auf und nickte leicht. Sie holte tief Luft.

»Als Navy SEAL-Frauen haben wir unsere Männer nie ausgefragt oder darüber spekuliert, wo sie sich aufhalten könnten, wenn sie auf Mission geschickt wurden. Ich fühle mich auch jetzt nicht wohl dabei, aber angesichts der Situation habe ich das Gefühl, dass ich es tun muss.«

Sie sah ihre Freundinnen an und wusste, dass sie deren uneingeschränkte Aufmerksamkeit hatte. Die meisten der Kinder schliefen. Sara und John waren unten im Keller, April und Taylor schnarchten in den Armen ihrer Mutter, und Akilah war oben mit Brinique und Davisa und beschäftigte sie, während sie mit ihren Puppen spielten. Sie waren nur zu acht. Die sechs Ehefrauen, die besorgt und gestresst über die Liebe ihres Lebens waren, sowie Melody und Julie, die genauso besorgt waren, dass die Männer ihrer Freundinnen nicht wieder nach Hause kommen könnten.

»Ich bin mir ziemlich sicher, dass sie in den Nahen Osten geschickt wurden, um diese entführte amerikanische Soldatin zu retten.« Caroline ignorierte das Keuchen der anderen und fuhr schnell fort: »Matthew hat es mir nicht gesagt, aber ich habe es irgendwie erraten und genügend Fragen gestellt, die er nicht abgestritten hat, um zu wissen, dass ich recht hatte.«

»Der Hubschrauberabsturz?«, vermutete Summer leise.

Caroline nickte. »Ja, ich glaube schon.«

»Aber in den Nachrichten wird gesagt, dass nur vier Männer an Bord waren und dass sie nach Deutschland gebracht wurden«, sagte Cheyenne.

»Ja, das ergibt keinen Sinn. Ich kann es mir nur so erklären, dass der Hubschrauber auf dem Weg war, sie herauszuholen, als er abstürzte. Patrick hat gesagt, sie gelten als vermisst, nicht tot. Ich denke, dass sie die Frau vielleicht gefunden haben, aber aus irgendeinem Grund mit niemandem Kontakt aufnehmen können. Vielleicht halten sie sich versteckt und warten nur auf den richtigen Zeitpunkt, um herauszukommen.« Caroline überlegte laut, was vor sich gehen könnte.

»Wie können sie als vermisst gelten, wenn sie ihre GPS-Sender haben? Kann Tex dem Kommandanten nicht einfach sagen, wo sie sind?«, fragte Jessyka in die Runde.

Alle sahen Melody und Julie an. Sie wirkten beide unsicher.

»Halten wir Melody und Julie hier raus«, sagte Caroline zu allen, als sie ihr Handy hervorholte. »Es ist nicht fair, sie ins Kreuzfeuer zu nehmen. Ich hätte schon vorher daran denken sollen, aber ich werde Tex anrufen und wir werden sehen, ob er uns etwas mitteilen kann.«

Julie meldete sich zu Wort, bevor Caroline Tex erreichen konnte. »Ich weiß nichts.«

»Was?«, fragte Summer.

»Ich weiß nichts über eure Ehemänner. Patrick und ich reden nicht über seine Arbeit. Ich weiß, dass es äußerst geheim ist, und er könnte in große Schwierigkeiten geraten, wenn er mir etwas erzählt, also frage ich ihn nicht danach und er sagt auch nichts. Ich würde es euch sagen, wenn ich auch nur das kleinste Detail wüsste.«

»Danke«, entgegnete Alabama leise. »Das wissen wir zu schätzen.«

Caroline nickte Julie zu, tippte auf die Nummer auf ihrem Handy und legte es auf den Couchtisch. Alle acht Frauen hockten sich darum herum und warteten darauf, dass Tex abnahm.

Beim fünften Klingeln ging er schließlich ran. »Was ist los, Caroline?«

»Wo sind die Männer?«

Tex schwieg einen Moment, bevor er fragte: »Warum fragst du?«

»Hör auf mit dem Blödsinn, Tex«, sagte Fiona härter, als sie jemals zuvor mit Tex gesprochen hatte. »Ich bin sicher, du bist bereits im Bilde, dass wir heute alle Besuch vom Stützpunkt hatten. Hunter und die anderen Männer gelten als vermisst. Wir wollen wissen, wie sie als vermisst gelten können, obwohl sie alle GPS-Sender haben.«

Tex räusperte sich. »Du weißt, ich darf nicht darüber reden, Fee. Obwohl ich nicht mehr im aktiven Dienst bin, habe ich von den Behörden Befugnisse erhalten, um mit ihnen zusammenzuarbeiten. Es ist nicht angebracht, dass du mich in so eine Position bringst.«

»Du weißt, dass ich das nicht tun würde, wenn ich nicht kurz davor wäre, den Verstand zu verlieren, aus Angst, meinen Mann, die Liebe meines Lebens, und darüber hinaus die tapfersten Männer, die ich je gekannt habe, nicht lebend wiederzusehen. Wir hängen hier am seidenen Faden, Tex. Um Gottes willen, bitte, kannst du uns nicht irgendetwas sagen?« Fiona hatte hart und unerbittlich begonnen, aber am Ende wurde ihre Aussage zu einer leidenschaftlichen Bitte und sie war den Tränen nahe.

»Scheiße«, sagte Tex. Er seufzte, offensichtlich beeinflusst von Fionas Emotionen, und sagte dann: »Nur fünf von ihnen haben ihre Ortungsgeräte dabeigehabt. Ich kann nur annehmen, dass einer seins vergessen hat. Ich bezweifle, dass derjenige es absichtlich nicht mitgenommen hat.«

»Weißt du, wer es vergessen hat?«, fragte Jess.

»Ja, aber ich werde es euch nicht sagen, denn es spielt keine Rolle«, sagte Tex zu ihr.

»Also werden sie wirklich vermisst?« Cheyennes Stimme war leise und angespannt.

»In gewisser Hinsicht.«

»In gewisser Hinsicht?«, schnappte Caroline. »Jesus, Tex, du bringst uns hier um. Spuck es einfach aus ... und zwar in klaren Sätzen und nicht als kodierten Mist, mit dem du dich so gern herausredest.«

Tex ignorierte den Sarkasmus in Carolines Worten. Er wusste, dass sie über alle Maßen gestresst war. Sie und die anderen Frauen handhabten die Situation insgesamt eigentlich sehr gut. »Sie werden vermisst, aber ich glaube, ich kenne ihren Standort. Ich hoffe, dass es bald mehr Informationen gibt.«

Es gab noch viel mehr, was Tex den Frauen erzählen wollte, nämlich dass noch einer der GPS-Sender arbeitete und er ziemlich sicher war, dass er beim Team war, dass er mit dem Kommandanten der Delta Force-Mitglieder in Verbindung stand und wusste, dass sie die Hubschrauberbesatzung gerettet hatten und jetzt Wolf und seinen Männern auf den Fersen waren, aber er konnte nicht. Er hoffte, dass die Frauen ihm vertrauen würden, alles für ihre Männer zu tun.

Stille erfüllte für einen Moment den Raum, bevor Summer sprach. »Danke, Tex. Wirklich, ich weiß, dass du uns mehr erzählt hast, als du solltest, und das bedeutet uns alles.«

»Ja ... Mel?«

Melody sagte zum ersten Mal etwas. »Ich bin hier.«

»Kommt ihr morgen noch nach Hause?«

Jeder im Raum konnte praktisch die Sehnsucht in Tex' Stimme hören. Manchmal vergaßen sie, dass er mehr als nur der Mensch war, der über sie wachte und sie beschützte. Er war auch ein Vater, Ehemann und Freund, der ganz offensichtlich den Schmerz seiner Freundinnen über ihre vermissten Männer spürte und seine Frau an seiner Seite haben wollte.

»Ja. Wir fahren gegen Mittag ab und landen gegen zwanzig Uhr Ortszeit.«

»Ich werde am Flughafen auf euch warten.«

»Okay, Tex.«

»Braucht ihr noch etwas?«, erkundigte sich Tex und fragte offensichtlich die anderen Frauen im Raum.

»Nein, im Moment nicht«, sagte Alabama ehrlich.

»Okay. Ich habe das Gefühl, dass wir bald gute Neuigkeiten hören werden«, sagte Tex in einem vorsichtig optimistischen Ton.

»Dein Wort in Gottes Ohr«, entgegnete Caroline inbrünstig.

»Wir sprechen uns später wieder.« Seine Stimme wurde leiser. »Bis morgen, Mel.«

Alle verabschiedeten sich und Caroline legte das Telefon auf. Die Frauen starrten sich einen Moment an, bevor Caroline verkündete: »Pyjamaparty! Niemand verlässt das Haus, bis unsere Männer gefunden sind. Du auch nicht, Julie. Du bist jetzt hier, also bleibst du. Wir brauchen jede Unterstützung, die wir bekommen können.«

Niemand widersprach. Sie fanden Trost darin, zusammen zu sein. Niemanden interessierte es, dass es mit so vielen Leuten im Haus eng und verrückt werden würde. Es war besser, als nach Hause in ihre leeren, einsamen Schlafzimmer zu gehen, die sie an ihre vermissten Ehemänner erinnern würden.

Julie beschwerte sich nicht, dankbar, dass sie endlich diese Barriere durchbrochen hatte, die zwischen ihr und den anderen Frauen bestanden hatte. In den paar Jahren, in denen sie mit Patrick zusammen war, hatte sie die eine oder andere Geschichte darüber gehört, wie großartig diese Frauen waren. Die Tatsache, dass Caroline sie gebeten hatte zu bleiben, bedeutete die Welt für sie. Sie würde hierbleiben und sie unterstützen, bis ihre Männer nach Hause kamen ... oder bei ihrer Trauer, sollten sie nicht nach Hause kommen.

KAPITEL FÜNFUNDZWANZIG

Penelope hielt den Atem an und bewegte keinen Muskel. Selbst wenn sie sich hätte bewegen können, hätte sie sich nicht vom Fleck gerührt. Es machte keinen Spaß, in den Lauf einer Waffe zu schauen, auch wenn sie wusste, dass sie nicht auf sie gerichtet war. Ihre Aufmerksamkeit blieb auf den Mann gerichtet, der hinter ihr stand und sie fest in seinem Griff hielt.

»Ich sagte, lass sie los, sofort.« Mozarts Stimme ließ erkennen, dass er ungefähr fünf Sekunden davor stand, die Beherrschung zu verlieren und jemandem den Kopf wegzublasen.

»Wie wäre es, wenn du die Waffe herunternimmst, anstatt sie auf meinen Teamkollegen zu richten?«

Penelope hielt den Atem an. Oh je, die Situation wurde immer komplizierter. Jetzt war ein anderer Mann im Tarnanzug aufgetaucht, der wiederum seine Waffe an Mozarts Kopf hielt. Sie glaubte nicht, dass es sich bei ihm um einen Terroristen handelte. Nicht nur wegen seiner Uniform, sondern auch, weil er perfekt Englisch mit einem leichten Südstaatenakzent sprach. Unterm Strich hatte sie aber keine Ahnung, wer das war. Wenn sie es zu Hause im Fernsehen gesehen hätte, sicher in ihrer Wohnung in San Antonio, wäre die Situation komisch gewesen. Aber selbst mittendrin zu stecken war überhaupt nicht lustig. Sie konnte sich einen bissigen Kommentar nicht verkneifen. Aber leider oder zum Glück war nichts zu verstehen, weil der Mann hinter ihr immer noch seine Hand über ihrem Mund hatte.

Die Bedeutung ihrer Aussage musste aber verständlich gewesen sein, wenn auch nicht ihre Worte, denn der Mann, der aus dem Nichts aufgetaucht war, sagte jetzt: »Captain Keane Bryson, Delta Force.«

Mozart senkte sofort seine Pistole und wandte sich dem Mann zu. »Das wurde aber verdammt noch mal Zeit.«

Sie grinsten sich auf seltsame männliche Weise an, als hätten sie sich vor zwei Sekunden nicht noch gegenseitig umbringen wollen.

Penelope wand sich wieder im Griff des Mannes hinter ihr, der schließlich seine Arme fallen ließ. Sie drehte sich um und stieß ihn mit beiden Händen gegen die Brust. Genervt starrte sie ihn an, weil er bei ihrem Stoß nicht einmal gezuckt hatte, und wandte sich wieder Mozart und dem Mann zu, der sich als Keane Bryson vorgestellt hatte. Mit sarkastischem Tonfall sagte sie: »Ich weiß nicht, wie ihr uns gefunden habt oder was zum Teufel euer Plan ist, aber können wir jetzt bitte von hier verschwinden? Falls ihr es nicht bemerkt habt, befinden wir uns hier nicht im Offizierskasino auf dem Stützpunkt.«

Der Mann ignorierte sie und wandte sich an Mozart. »Sie hat ein ordentliches Mundwerk. Damit hatte ich nicht gerechnet.«

Mozart zuckte mit den Schultern und stimmte zu: »Das hat sie und sie ist eine verdammt gute Soldatin.«

Penelope war schon bereit, vor Verzweiflung über dieses Gespräch ihre Hände zu heben, aber bei Mozarts Worten konnte sie ihn nur verblüfft anstarren. Er, ein Navy SEAL, dachte, sie wäre eine verdammt gute Soldatin? In Ordnung, na dann.

Mozart streckte dem Mann die Hand entgegen. »Mozart. Ich bin froh, dass ihr hier seid. Wir könnten etwas Hilfe gut gebrauchen. Wir haben einen Verletzten und der Rest von uns ist auch nicht voll auf der Höhe.«

»Lagebericht«, forderte der Captain jetzt sehr professionell.

Bevor Mozart antworten konnte, erschien Wolf hinter dem Gebüsch. Er hatte den Finger am Abzug seiner Pistole und schien bereit zu sein, sie zu benutzen, bevor er Mozarts Signal für Freund sah. Hinter Wolf folgte der Rest des Teams. Penelope war froh zu sehen, dass Abe immer noch bei Bewusstsein war ... gerade so. Sie ging zu Cookie und nahm ihm etwas von Abes Gewicht ab. Sie war so viel kleiner als die Männer, dass sie nicht viel tun konnte, aber sie dachte, jedes kleine bisschen würde helfen.

Fünf weitere Männer tauchten aus der Wüstenlandschaft auf. Für Penelope sah es fast aus wie bei der Schießerei am O. K. Corral. Sechs Männer auf der einen und sieben auf der anderen stellten sich einander gegenüber auf.

Wolf deutete auf die Männer in seinem Team. »Ich bin Wolf, das sind Mozart, Benny und Dude. Abe ist der, der aussieht, als würde er gleich ohnmächtig werden, und Cookie hält ihn aufrecht. Tiger habt ihr anscheinend schon getroffen, auch bekannt als Sergeant Penelope Turner, früher auch zu Gast bei ISIS.«

Die Männer der Delta Force nickten den SEALs zu und ihr Captain stellte sie vor. »Ich bin Ghost und das sind Fletch, Coach, Hollywood, Beatle, Blade und Truck.«

Es hing so viel Testosteron in der Luft, dass es für eine ganze Armee gereicht hätte, aber Penelope war das egal. Sie interessierte sich nur dafür, dass sich ihre Chancen, aus der Türkei oder dem Irak oder wo zum Teufel sie sich auch gerade aufhielten, herauszukommen, gerade um tausend Prozent erhöht hatten. Sie hätte die Männer der Spezialeinheit am liebsten geküsst, wenn es der Situation angemessen gewesen wäre.

Wolf, anscheinend fertig mit dem Austausch von Förmlichkeiten, machte sich an die Arbeit. »Wir haben vier Männer am Absturzort des MH-60 zurückgelassen. Habt ihr euch um sie gekümmert?«

»Erledigt«, sagte Ghost sachlich. Er ging nicht näher darauf ein und Penelope hätte wirklich gern mehr darüber gewusst, wie es ihnen ging und was mit ihnen passiert war, aber jetzt war offensichtlich nicht der richtige Zeitpunkt dafür.

Wolf nickte Ghost zu. »Dafür schulden wir euch etwas.« Er fuhr mit dem Lagebericht fort: »Die erste Angriffswelle der Terroristen haben wir abgewehrt, aber wir erwarten jeden Moment die nächste. Wir hatten uns dort unten verschanzt«, er deutete auf den Weg, von dem sie gekommen waren, »aber sie haben uns offensichtlich gefunden. Wir haben nur noch ein paar Magazine pro Person. Abes Beinverletzung benötigt mehr medizinische Hilfe, als wir geben können. Mein Arm ist gebrochen. Mozart hat eine Schnittwunde am Arm, aber es scheint nicht so schlimm zu sein. Benny hat eine Gehirnerschütterung und ein paar Blutungen, und Dudes Knöchel ist nicht hundertprozentig in Ordnung.«

»Und Tiger?«, fragte Ghost sachlich.

»Dehydriert, unterernährt, gebrochene Rippen und verdammt hart im Nehmen.«

Ghost nickte zustimmend. »Gut zu wissen, dass die Chancen zu unseren Gunsten stehen.«

Penelope starrte den riesigen Mann an. Hatte er den Verstand verloren? Wolf hatte gerade genügend Probleme aufgezählt, um jeden General zusammenzucken zu lassen, und der gefährlich aussehende Mann, der vor ihr stand, tat so, als hätte Wolf ihm erzählt, sie hätten Wärmeleitraketen in ihren Rucksäcken versteckt. Sie würde diese Spezialeinheiten nie verstehen. Da wäre ihr jeder Feuerwehrmann lieber. Ihre Kollegen führten sich vielleicht auch manchmal wie Dorf-Cowboys auf, aber zumindest waren sie nicht verrückt.

»Okay, wir werden Paare bilden, jeweils einer meiner Männer mit einem von euch. Wir werden euch mit zusätzlicher Munition versorgen. Truck und Blade übernehmen Abe. Sergeant Turner bleibt bei mir und Wolf. Du wirst zu Hause sein, bevor du dich versiehst.«

Penelope nickte und trat von Abe zurück, als die beiden Delta Force-Männer Blade und Truck kamen, um ihn zu übernehmen. Cookie nickte ihnen respektvoll und dankbar zu. Die anderen Männer machten sich daran, die Munition zu verteilen.

Penelope hockte zwischen Wolf und Ghost, als der erste Schuss durch die Luft zischte. Sie zuckte zusammen und duckte sich. Sie erinnerte sich wieder an das Feuergefecht vor nicht allzu langer Zeit.

»Ruhig, Sergeant. Wir kümmern uns darum«, beruhigte Ghost sie mit einer Hand auf ihrer Schulter.

Penelope nickte und wartete. Überraschenderweise zogen Wolf und Ghost nicht einmal ihre Waffen, sondern sprachen miteinander über den Fluchtplan, während ihre Männer auf die Angreifer um sie herum schossen.

»Taxi schon bestellt?«, fragte Wolf.

»Ja, MH-47 ist unterwegs.«

»Wahrscheinlich sollten sie warten, bis wir uns um das hier gekümmert haben.«

»Ja, bevor der Chinook da ist, wird das hier vorbei sein.«

»Von hier?«

»Incirlik dann Ramstein.«

Wolf nickte zustimmend. »Gut. Gibt es eine Möglichkeit, dass du eine Nachricht nach Hause übermitteln kannst? Unsere Funkgeräte sind tot. Batterien leer.«

»Natürlich.«

Wolf beugte sich zu Ghost vor und Penelope bemerkte, dass sie in einer Art Code sprachen, weil sie kein Wort von dem verstand, was gesagt wurde. Sie begann, sich zu ärgern, und ihr Kopf drehte sich. Nicht nur wegen des extrem lauten Feuergefechts um sie herum, sondern auch wegen der Verwirrung darüber, was vor sich ging, und wahrscheinlich auch wegen des Mangels an Wasser und Nahrung.

»Kann einer von euch bitte für mich übersetzen, was zum Teufel los ist«, forderte sie. Ihre Welt veränderte sich zu schnell, als dass sie mithalten konnte, und es war äußerst verwirrend und beängstigend.

Ghost lachte aufmunternd. »Sobald unsere Männer sich um diese Arschlöcher gekümmert haben, wird ein großer Hubschrauber kommen und uns alle abholen. Dann fliegen wir zum US-Luftwaffenstützpunkt Incirlik östlich von hier am Mittelmeer. Von dort werdet ihr wahrscheinlich nach Ramstein in Deutschland ausgeflogen. Dort werden Wolfs Männer und du medizinisch versorgt, bevor ihr nach Hause fliegt.«

»Nach Hause?« Langsam, aber sicher drang der Ausdruck in Penelopes Psyche ein.

»Nach Hause«, bestätigte Ghost.

Penelope wandte sich mit einem Lächeln an Wolf. »Kannst du deinen Jungs sagen, dass sie sich beeilen sollen, wir wollen unseren Hubschrauber nicht verpassen.«

Wolf lächelte der zierlichen Frau zwischen ihnen zu. Sie reichte ihm nicht einmal bis zum Kinn, war schmutzig, roch streng und sah ziemlich schäbig aus, aber ihre starke Persönlichkeit kam laut und deutlich zum Ausdruck. Sie war vielleicht am Boden, aber sie hatte noch lange nicht aufgegeben.

»Jawohl, Ma'am«, sagte Wolf lachend.

»Es heißt Sergeant, nicht Ma'am. Ich habe keinen Offiziersrang«, sagte Penelope hochmütig zu Wolf, lächelte aber, damit er wusste, dass sie Spaß machte.

Wolf antwortete nicht, aber Penelope wusste, dass er sie gehört hatte.

Und Ghost hatte recht gehabt, es dauerte nicht lange, bis der letzte Schuss verstummte. Es war fast zu leise. »Ist es vorbei?«, flüsterte Penelope in die plötzliche Stille.

»Fast.«

KAPITEL SECHSUNDZWANZIG

Bleiben Sie dran für einen Sonderbericht aus Deutschland in den Abendnachrichten.

Caroline lag mit dem Handy in der Hand auf der Couch und starrte an die Decke. Alabama war oben in ihrem Bett mit Brinique und Davisa. Fiona schlief in einem der Sessel neben ihr und Summer auf dem anderen Stuhl. Für April hatten sie aus einer Kommodenschublade eine Wiege gebastelt und sie schlief tief und fest neben ihrer Mutter.

Cheyenne und Julie waren mit Taylor in der Gästewohnung im Keller, und Jess war mit Sara und John im Gästeschlafzimmer. Es war sicherlich eng, aber keine der Frauen wollte irgendwo anders sein.

Die Kinder waren gut drauf und fanden es lustig, woanders zu übernachten. Caroline und Fiona hatten Melody und Akilah am Tag zuvor zum Flughafen gebracht. Es war immer traurig, sich von Melody zu verabschieden. Sie lebte vielleicht auf der anderen Seite des Landes, war aber trotzdem ein Teil ihrer Gruppe.

Caroline spielte ungeduldig mit dem Handy. Sie hatte überhaupt nicht gut geschlafen. Sie hatte das Gefühl, dass etwas passieren würde. Sie hatte keine sachliche Grundlage dafür, aber das Gefühl war da.

Von der Navy zu hören, dass Matthew und die anderen Männer »vermisst« wurden, war schwer. Es war eine Sache, sich jedes Mal von Matthew zu verabschieden, wenn er zu einer Mission aufbrach, und nicht zu wissen, wohin er ging oder wann er zurück sein würde, aber sie und die anderen Frauen wussten, dass immer jemand über ihren Verbleib Bescheid wusste. Diesmal war es anders. Nicht einmal die US-Navy wusste, wo sie sich befanden. Das beunruhigte sie am meisten.

War er verletzt? War noch jemand verletzt? Caroline weigerte sich zu glauben, dass Matthew tot war. Sie lehnte diesen Gedanken ab. Wie sie Kommandant Hurt erklärt hatte, würde sie erst seine Leiche sehen und berühren müssen, um es zu glauben ... etwas, das vielen SEAL-Witwen verwehrt blieb.

Obwohl Caroline hoffte und betete, dass ihr Telefon klingeln würde, erschrak sie, als es tatsächlich in ihrer Hand vibrierte. Die Nummer wurde als »unbekannt« angezeigt, aber Caroline zögerte nicht. Sie schwang ihre Beine über die Seite der Couch und ging durch die Küche nach draußen. Sie wollte niemanden wecken, aber sie hatte ein gutes Gefühl wegen des Anrufs.

Caroline schloss die Tür hinter sich und nahm das Gespräch an, bevor die Person am anderen Ende auflegte.

»Hallo?«

»Ice, ich bin es.«

»Oh, Gott sei Dank! Geht es dir gut? Geht es den anderen gut?« Sie konnte das Lächeln in Matthews Stimme hören, als er ihr antwortete.

»Das ist meine Ice, macht sich immer Sorgen um die anderen. Ja, es ist alles in Ordnung.«

»Weiß der Kommandant, wo ihr seid? Er hat gesagt, ihr würdet vermisst.«

Wolf lachte fast. Caroline war seit ein paar Jahren eine Navy-Ehefrau, aber manchmal war sie immer noch naiv in Bezug darauf, wie die Dinge funktionierten. »Natürlich weiß er es, Baby.«

»Okay. Kann ich fragen, wann ihr zu Hause sein werdet?«

»Ich weiß es nicht genau, aber ich verspreche dir, dass es bald sein wird.«

»Gut. Matthew?«

»Ja, Ice?«

»Kann ich es den anderen sagen?«

»Natürlich. Ich habe den Männern erzählt, dass ich dich anrufe. Bitte sag den anderen, dass sie sich so schnell wie möglich melden werden. Aber wir haben erst noch eine Besprechung und müssen uns um ein paar andere Dinge kümmern, die im Moment wichtig sind.«

»Ich weiß, ich werde es ihnen sagen. Geht es dir wirklich gut?«

Wolf hörte, wie die Stimme seiner Frau brach, und fühlte tatsächlich, wie ihm Tränen in die Augen stiegen. Er war ein harter Kerl, aber nichts konnte ihn schneller in die Knie zwingen als seine Caroline. »Es wird uns allen gut gehen.«

Nach Carolines Auffassung gab es da einen großen Unterschied, aber sie würde jetzt nicht darauf eingehen. Im Moment war es gut so, wie es war. »Okay, sehen wir uns auf dem Stützpunkt?«

»Wahrscheinlich nicht. Wir müssen uns erst mit Hurt und einigen anderen unterhalten, bevor wir nach Hause kommen dürfen. Es wird wahrscheinlich ein paar Tage dauern, aber ich werde eine SMS schreiben, wenn ich unterwegs bin.«

»Okay. Matthew?«

Wolf grinste erneut. »Ja, Ice?«

»Habt ihr gewonnen?«

Er wusste genau, was sie meinte, und war verdammt stolz darauf, dass er sagen konnte: »Ja Baby, wir haben gewonnen.«

»Gott sei Dank. Ich liebe dich.«

»Ich liebe dich auch.«

»Ich wusste, dass du deinen Weg nach Hause finden würdest.«

»Immer. Ich habe dich, zu der ich nach Hause zurückmuss. Wie könnte ich es da nicht tun?«

»Okay, ich bin mir sicher, du hast noch einen Haufen zu tun.« Carolines Stimme kehrte zu ihrem üblichen Ton zurück. »Ich habe hier sechs Erwachsene, zwei Kleinkinder, zwei Babys und zwei kleine Mädchen, die jeden Moment aufwachen und hungrig sein werden. Pass auf dich auf und wir sehen uns bald, Liebling.« Sie hätte weiter ins Detail gehen können, wie sie im Krankenhaus Angst um Baby Taylor und Cheyenne hatten und dass

Jess wieder schwanger war, aber sie entschied, dass ihr Mann im Moment genug um die Ohren hatte. Faulkner und die anderen würden früh genug erfahren, was während ihrer Abwesenheit geschehen war. Sie würden ihre Frauen anrufen, sobald sie konnten. Vorerst genügte es zu wissen, dass sie nicht mehr vermisst wurden und bald zu Hause sein würden.

»Ja, das wirst du. Pass auf dich auf, bis ich nach Hause komme.«

»Das werde ich. Ich liebe dich. Tschüss!«

»Tschüss, Ice!«

Caroline legte auf, senkte den Kopf und seufzte erleichtert. Gott sei Dank.

KAPITEL SIEBENUNDZWANZIG

Penelope verzog das Gesicht, als sie sich im Spiegel auf dem Stützpunkt anstarrte. Sie und die sechs SEALs waren ohne weitere Zwischenfälle auf dem Luftwaffenstützpunkt in Deutschland angekommen. Die Evakuierung aus den Bergen in der Türkei war fast etwas langweilig gewesen. Der riesige Chinook-Hubschrauber war herabgestürzt, sie waren alle hineingesprungen und dann davongeflogen. Das war's.

Nachdem sie auf dem Incirlik Stützpunkt in der Türkei gelandet waren, hatte Penelope gesehen, wie Ghost und seine Männer vom Hubschrauber weggingen, ohne sich noch einmal umzublicken. Sie hatte »Ghost!« gerufen und der große Mann hatte angehalten und sich zu ihr umgedreht.

Penelope hatte Mühe gehabt, die richtigen Worte zu finden. Was sollte sie zu dem Mann sagen, der geholfen hatte, ihr Leben zu retten? Danke? Das Wort schien unzureichend, aber sie hatte keine Zeit gehabt, sich etwas anderes auszudenken.

Ghost hatte nichts gesagt, aber anerkennend genickt.

Penelope hatte sich umgeschaut und bemerkt, dass die anderen sechs Mitglieder des Delta Force-Teams ebenfalls stehen geblieben waren. Vielleicht hatten sie auf ihren Teamleiter gewartet. Was auch immer der Grund gewesen war, jeder Einzelne hatte seine Hand gehoben und ihr salutiert. Durch die Tränen, die ihr in die Augen gestiegen waren, hatte sie kaum noch etwas sehen können.

»Ich bin kein Offizier, ihr solltet mir nicht salutieren«, hatte sie gesagt.

Penelope dachte, dass es Coach war, der ihr geantwortet hatte: »Wir salutieren vor jedem, den wir respektieren. Und dich, Frau, respektieren wir.«

Heilige Scheiße. Sie hatte dagestanden und beobachtet, wie sich die Männer umgedreht und ihren Weg fortgesetzt hatten. Das war das letzte Mal, dass sie etwas von dem Team gesehen hatte. Sie waren in einem Gebäude auf dem Stützpunkt verschwunden und nicht wiederaufgetaucht. Penelope hatte keine Ahnung, wohin sie gegangen waren oder was als Nächstes auf ihrer Tagesordnung stand, aber sie würde sich immer an sie erinnern.

Sie fuhr sich mit der Hand über ihre kurzen Haare. Nach ihrer ersten Dusche hatte sie beschlossen, alles abzuschneiden. Es war so verknotet und ekelhaft, dass es einfacher war, es komplett abzuschneiden und es neu wachsen zu lassen. Penelope war nie die Art Frau gewesen, die sich übermäßig Gedanken über ihr Aussehen machte. Nachdem sie fertig war, dachte sie sogar, dass es als Feuerwehrfrau mit kurzen Haaren vielleicht einfacher wäre. Weniger Arbeit und unter ihrem Helm wäre es auch bequemer.

Am ersten Abend in Deutschland hatte sie ein langes Telefonat mit ihrem Bruder Cade geführt. Sie hatten beide geweint und Cade hatte ihr alles darüber erzählt, was er getan hatte, damit die Regierung sie nicht hängen ließ. Sie hatte sich auch mit Anwälten und Psychologen der Armee treffen müssen. Dieser Teil war nicht so lustig gewesen.

Insgesamt war sie erschöpft und hatte leichte Klaustrophobie. Sie konnte nirgendwo hingehen, ohne dass jemand sie begleitete. Sie wollte im Moment mit niemandem sprechen, aber sie wollte auch nicht allein sein. Es war etwas lächerlich. Sie wollte sich sicher fühlen und der einzige Ort, von dem sie wusste, dass er ihr Sicherheit bot, war bei den SEALs, die es geschafft hatten, sie zu finden und aus diesem Höllenloch herauszuholen, in dem sie festgesessen hatte.

Penelope zog sich ein T-Shirt und eine Armeejogginghose an. Sie spähte durch die Tür ihres Zimmers in der Kaserne, in der sie untergebracht war, sah aber niemanden auf dem Flur. Seit ihrer Landung bis zu den Besuchen beim Arzt und Psychologen war jemand bei ihr gewesen. Es war schon spät, also war es kein Wunder, dass niemand mehr unterwegs war, aber sie hatte erwartet, dass jemand nach ihr sah. Auf Zehenspitzen ging sie den Flur entlang, als wäre sie ein Teenager, der sich mitten in der Nacht hinausschleicht, um seinen Freund zu treffen.

Sie verließ das Gebäude, ging über den ruhigen Stützpunkt und nickte dem Sicherheitsbeamten zu, den sie auf ihrem Weg traf. Sie waren persönlich miteinander bekannt gemacht worden, als ihr die Kaserne gezeigt wurde. Penelope war jetzt froh, dass er sie erkannte und ihr keine Fragen darüber stellte, wohin sie ging. Sie machte sich auf den Weg zur Krankenstation. Sie begrüßte die diensthabende Krankenschwester auf der Station, auf der Abe lag. Sie meldete sich an und ging in Richtung seines Zimmers.

Penelope wusste, dass sie aufgrund ihrer Situation wahrscheinlich mehr Freiheiten hatte. Sie hatte herausgefunden, dass die amerikanische Presse sie als Armeeprinzessin bezeichnete ... was sie bis aufs Äußerste ärgerte. Sie bevorzugte Tiger.

Sie öffnete die Tür zu Abes Zimmer und ging hinein.

»Es ist schon spät.«

Penelope wusste, dass sie sich nicht unbemerkt in Abes Zimmer schleichen konnte, aber sie war trotzdem erschrocken über seine Worte. »Ja.«

»Konntest du nicht schlafen?«

»Nein.«

»Ich auch nicht.«

»Wie geht es deinem Bein?«

»Immer noch dran.«

Penelope seufzte. Es war, als würde man ihm jedes Wort aus der Nase ziehen müssen. »Aber es ist okay?«

»Das wird es sein.«

»Gut.«

Sie schwiegen beide für einen Moment, bis Abe fragte: »Was ist los, Tiger?«

Penelope versuchte nicht einmal, lange um den heißen Brei herumzureden. »Kann ich hier schlafen?«

»Ja«, kam Abes Antwort sofort und, wie Penelope sehen konnte, von Herzen.

Sie sagte nichts weiter, sondern schnappte sich zwei Decken, die am Fußende von Abes Bett lagen. Sie legte eine auf den Boden unter dem Fenster auf der anderen Seite von Abes Bett, legte sich hin und zog die andere Decke über sich. Sie stützte ihren Kopf auf ihren Ellbogen und seufzte zufrieden.

Sie hörte, wie Abe sich über ihr bewegte, und plötzlich landete ein Kissen neben ihrem Kopf auf dem Boden.

»Hier, das brauche ich nicht.«

Penelope sagte mit leiser Stimme: »Danke.« Zwischen den beiden Militärveteranen waren keine weiteren Worte notwendig.

Abe hörte, wie die tapfere Soldatin in den Schlaf fiel und leise schnarchte. Er mochte es nicht, dass sie auf dem Boden lag, aber er sprach das Thema nicht an. Sie wusste es nicht, aber sie trug wesentlich dazu bei, ihm seinen Stolz zurückzugeben. Indem sie ihn und keinen seiner Teamkollegen ausgewählt hatte und sich unbewusst von ihm beschützen ließ, fühlte er sich besser und nicht mehr so nutzlos, weil er für einen Teil ihrer gefährlichen Rettungsmission bewusstlos gewesen war.

Penelope war froh, dass keiner der SEALs darüber sprach, dass sie die Nacht in Abes Zimmer verbracht hatte. Sie war von den Stimmen aller fünf Männer in Abes Zimmer aufgewacht. Sie wollte sich gerade ihr Haar aus dem Gesicht streichen, als ihr in letzter Sekunde einfiel, dass es da keine Haare mehr gab, die sie wegstreichen könnte.

Sie entschuldigte sich und benutzte die kleine Toilette neben Abes Zimmer. Sie putzte sich mit den Fingern die Zähne – sie würde es nie wieder für selbstverständlich halten, sich die Zähne putzen zu können – und spritzte sich etwas Wasser ins Gesicht. Sie trank einen riesigen Schluck Wasser, strich ihre Kleidung glatt und trat zurück in den Raum.

»Also, wann fliegen wir nach Hause?«, fragte Penelope fröhlich und hoffte, die Antwort wäre *heute*.

»Ich glaube, du wirst noch heute Abend hier rauskommen.«

»Großartig«, hauchte Penelope und konnte es kaum glauben. Sie hatte davon geträumt, Cade wiederzusehen und endlich wieder einen Fuß auf heimischen Boden zu setzen. Es sah so aus, als würde es endlich passieren. Dann dachte sie über das nach, was Wolf gerade gesagt hatte. »Warte, ich komme heute Abend hier raus? Was ist mit euch?«

»Wir fliegen heute Vormittag«, sagte Cookie.

»Wir fliegen nicht zusammen?«, fragte Penelope verwirrt.

»Tiger, du fliegst zurück nach Fort Hood in Texas und wir nach Coronado in Kalifornien.«

»Oh.« Penelope kam sich dumm vor. Natürlich, sie waren bei der Navy und sie bei der Armee. Ihre Familien lebten in Kalifornien. Es erschien ihr immer noch seltsam, obwohl sie diese Männer noch nicht lange kannte. Sie hatten viel gemeinsam durchgemacht. Sie hatten sie gerettet. Es war komisch. »Wissen eure Frauen schon, dass ihr nach Hause kommt?«

»Ja«, antwortete Wolf für alle.

Penelope erinnerte sich plötzlich wieder an ihre Familien. »Dude, hat deine Frau euer Baby bekommen?«

Dude lächelte und nickte. »Ja, ein gesundes Mädchen. Sie wurde vor ein paar Tagen geboren.«

»Es tut mir leid, dass du es verpasst hast«, sagte Penelope ehrlich. »Wenn ich nicht ...«

Dude ging zu der kleinen Frau, die sie gerettet hatten, und legte ihr einen Finger auf den Mund, um sie zum Schweigen zu bringen. »Ich habe vielleicht ihre Geburt verpasst, aber sie wird da sein, wenn ich zurückkomme. Für nichts in der Welt wäre ich lieber an einem anderen Ort gewesen. Und weißt du was? Der Tag, an dem meine Tochter geboren wurde, war der Tag, an dem wir dich aus dem Zelt befreit haben. Ich würde sagen, es hat sich mehr als gelohnt.«

Penelope trat von Dudes Berührung zurück und versuchte, ihn anzulächeln. Gott, diese Männer. Sie wusste, dass sie vergeben waren, aber sie waren alles, was sie sich jemals von einem Mann gewünscht hätte. Sie waren ein bisschen chauvinistisch, ein bisschen hartnäckig, aber sie hatten keine Angst davor, Anerkennung zu geben, wo es angebracht war. Und sie konnte mit Sicherheit sagen, dass sie ihre Familien mit jeder Faser ihres Wesens liebten. Das wünschte sie sich auch. Sie wollte es mehr, als sie jemals zugeben würde.

»Nun, danke. Vielen Dank euch allen. Wirklich. Und

wisst ihr was?« Von jetzt an werde ich euch zuliebe das Navy-Team anfeuern, wenn die Armee gegen die Navy Football spielt.«

Alle lachten, so wie sie es gehofft hatte. Sie wollte die Stimmung etwas aufhellen und es hatte funktioniert.

»Dürfen wir in Kontakt bleiben? Ich meine, ich weiß, euer Job ist ziemlich geheim, also wusste ich nicht, ob wir offen miteinander kommunizieren dürfen.« Penelope sah, wie die Männer sich nicht zu deutende Blicke zuwarfen. Sie fuhr fort: »Oh, okay, ich verstehe, ich dachte nur ...«

»Ja, wir bleiben in Kontakt«, unterbrach Wolf sie.

»Aber wenn ihr dafür in Schwierigkeiten geratet ...«

»Wir bleiben in Kontakt«, wiederholte Wolf entschlossen.

»Okay. Das würde mich freuen«, sagte Penelope und fuhr schnell fort: »Ich muss dann los ... ich habe heute Morgen noch einen Termin ... oder so.« Sie wusste, dass sie es keinen Augenblick länger mit diesen Männern aushalten würde. Sie brauchte eine Pause. »Ich bin froh, dass es euch allen gut gehen wird ... kommt gut nach Hause zu euren Familien.« Sie nickte jedem von ihnen zu, drehte sich um und verließ den Raum. Wenn sie noch länger bliebe und einer versuchen würde, ihr die Hand zu schütteln, oder, Gott bewahre, sie zu umarmen, würde sie komplett zusammenbrechen.

Nachdem sie gegangen war, sprach Benny als Erster. »Sie ist eine verdammt erstaunliche Frau.«

»Stimmt«, sagte Wolf und wechselte dann das Thema. »Seid ihr bereit, von hier zu verschwinden?«

»Verflucht, ja«, sagte Abe mit genug Begeisterung für alle.

»Aufbruch in zwei Stunden. Unsere Frauen warten auf uns.«

KAPITEL ACHTUNDZWANZIG

Wie wir gestern Abend berichtet haben, wurde die US-Soldatin Penelope Turner, die vor etwa vier Monaten von ISIS im Nahen Osten entführt worden war, gerettet. Die drei Männer, mit denen sie zusammen entführt wurde, wurden enthauptet und verbrannt, und Videoaufnahmen von der Hinrichtung wurden von ISIS verbreitet. Turner war auf mehreren Videoaufzeichnungen zu sehen, in denen die Ideologie des IS gepriesen und die Regierungen der westlichen Welt angeprangert wurden.

Vergangenes Wochenende ist Sergeant Turner sicher in Fort Hood, Texas gelandet, die Haare kurz geschnitten und in Begleitung mehrerer hochrangiger Armeeoffiziere. Sie winkte kurz aus dem Flugzeug, bevor sie in einen wartenden Geländewagen gesetzt und, höchstwahrscheinlich zur Nachbesprechung, weggebracht wurde. Sie hatte zuvor einige Tage auf dem Luftwaffenstützpunkt Ramstein in Deutschland verbracht, bevor sie in die USA zurückgeflogen wurde.

Es gibt keine Informationen über den Rettungseinsatz oder ihre Retter, aber wir hoffen, bald mehr Details darüber zu erfahren. Während die Armeeprinzessin, wie sie von der Presse genannt wird, bisher keine Interviewanfragen angenommen hat, werden wir nächste Woche mit ihrem Bruder Cade Turner in einem exklusiven Interview über die neuesten Entwicklungen sprechen. Bleiben Sie dran für weitere Einzelheiten und erlauben Sie uns als Erste, Sergeant Turner zu Hause willkommen zu heißen!

Caroline saß allein in ihrem Haus und wartete ungeduldig darauf, dass Matthew nach Hause kam. Nachdem sie mit ihm telefoniert hatte, war sie zurück ins Haus gegangen und hatte voller Freude den anderen berichtet, dass ihre Männer auf dem Heimweg waren.

Wie immer waren sie alle verständnisvoll, dass nicht alle Männer selbst sofort zu Hause anrufen und mit ihren Frauen sprechen konnten. Es war scheiße, aber ihr Job stand an erster Stelle, manchmal sogar vor der Familie. Alle wussten, dass sie sich melden würden, sobald sie konnten. Für den Moment war es genug zu wissen, dass sie alle in Sicherheit und auf dem Weg nach Hause waren.

Am selben Morgen hatte Caroline auch mit Kommandant Hurt gesprochen und er hatte sie wissen lassen, dass Matthew in Sicherheit war und die Männer bald auf dem Weg nach Hause sein würden. Caroline erwähnte nicht, dass Matthew sie bereits angerufen hatte, aber sie nahm an, dass er sich dessen wahrscheinlich bewusst war.

Julie hatte sie vor ihrem Aufbruch beiseitegezogen und ihr mitgeteilt, dass der Kommandant Dude bereits von seiner Tochter erzählt hatte. Caroline glaubte nicht, dass Cheyenne darüber verärgert sein würde. Sie wusste, dass die Männer ohnehin davon ausgehen mussten, dass das Baby schon geboren war.

Caroline und die anderen Frauen hatten sich gegenseitig SMS geschickt, um herauszufinden, wann ihre Männer landen würden, aber noch hatte niemand von ihnen gehört, dass sie in Kalifornien angekommen waren. Sie hatten aber alle das Gefühl, dass es bald so weit sein würde. Caroline konnte nicht mehr ruhig bleiben. Sie konnte es kaum erwarten, dass Matthew durch die Haustür trat.

Sie spülte gerade den Teller ab, den sie fürs Abendessen benutzt hatte, als sie einen Schlüssel im Türschloss auf der anderen Seite des Hauses hörte. Sie drehte sich herum und konnte aus irgendeinem Grund ihre Füße nicht bewegen. Sie hörte, wie sich die Haustür öffnete und dann wieder schloss. Dann hörte sie schwere Schritte auf dem Holzboden. Caroline hielt den Atem an und dann erschien Matthew endlich in der Tür zu ihrer Küche. Die Erleichterung, die sie empfand, war zu vergleichen mit dem Gefühl, das sie empfunden hatte, als Matthew damals in der Hütte aufgetaucht war, in der sie versteckt wurde, nachdem ihr Flugzeug von Terroristen entführt worden war.

Caroline saugte ihn auf. Matthew sah müde aus, ein Arm steckte in einer Schlinge, aber er stand vor ihr, lebendig und in einem Stück. Das musste ihr reichen. Sie machte einen Schritt, dann noch einen, dann noch einen und dann war sie in seinen Armen. Seine Tasche hatte er offensichtlich an der Haustür fallen lassen, weil er sie mit seinem gesunden Arm umschlang und so fest hielt, dass ihre Füße in der Luft hingen. Keiner von ihnen sagte ein Wort, aber es waren keine Worte notwendig.

Matthew führte sie beide zur Couch und setzte sich, ohne Caroline loszulassen. Sie vergrub ihr Gesicht in seinem Nacken und atmete tief ein. Sie liebte seinen Geruch und bemerkte, wie sehr sie ihn vermisst hatte. Sie kicherte und bemerkte, dass Matthew seine Nase in ihre Haare gesteckt und ihren Geruch genauso eingeatmet hatte.

Schließlich zog Caroline sich zurück und nahm sein Gesicht zwischen ihre Hände. »Ich habe dich vermisst.«

»Ich habe dich auch vermisst, Ice.«

»Sind wirklich alle in Ordnung?«

»Es sind wirklich alle in Ordnung.«

»Einschließlich Sergeant Turner?«

Wolf lächelte seine Frau an. Er liebte ihre fürsorgliche Natur. Sie hatte die Frau noch nie getroffen, aber sie war voller Mitgefühl und Sorge um sie. »Nach dem, was ich in den Nachrichten gesehen habe, geht es ihr gut.«

Caroline wartete einen Moment und sah Matthew in die Augen. Sie wusste, dass sie Gefahr lief, eine Grenze zu überschreiten in Bezug darauf, was er über seinen Einsatz verraten durfte. Er durfte nicht zugeben, dass er aus erster Hand wusste, wie es Penelope ging. Sie legte den Kopf auf Matthews Brust.

»Ich wäre nicht überrascht, wenn wir in Zukunft Weihnachtskarten aus Texas erhalten«, überlegte er grinsend.

Matthews Worte überraschten sie und sie lächelte, hob aber nicht den Kopf. Sie war fast fertig mit Reden. Es war Zeit, ihrem Mann zu zeigen, wie glücklich sie war, dass er wieder zu Hause war.

Caroline legte eine Hand an seine Brust und begann, langsam die Knöpfe seines Hemdes zu öffnen. Sie schob ihre Hand unter sein Hemd und spielte mit der Haut, die sie freigelegt hatte. Sie spürte, wie sich ihre Brustwarzen zusammenzogen, während er unter ihr hart wurde. Sie leckte über seinen Hals und biss in sein Ohrläppchen.

»Ich liebe dich, Matthew«, murmelte sie ihm ins Ohr. »Ich habe dich vermisst. Ich brauche dich.«

Wie üblich ein Mann weniger Worte, stand Wolf auf und hielt Caroline weiter fest an seiner Seite. »Es liegt mir fern, meiner Frau etwas abzuschlagen, das sie braucht«, sagte er leichthin und ging mit ihr ins Schlafzimmer, ohne sie loszulassen. Caroline stolperte neben ihm, als sie versuchte, mit seinen großen Schritten mitzuhalten.

Er legte sie auf ihr Bett und kroch auf Knien über sie, während sie es sich gemütlich machte. Er legte seine gesunde Hand neben ihre Schulter und setzte sich auf ihre Schenkel. Er beugte sich vor und berührte ihre Stirn. »Egal wohin ich gehe, egal was ich mache, das ist der Grund, warum ich es tue. Um nach Hause zu dir zurückzukehren. Für dich. Ich liebe dich, Caroline Martin Steel. Du bist mein Heim, mein Ein und Alles. Ich würde mich durch den tiefsten Dschungel, die trockenste Wüste und den weitesten Ozean kämpfen, um am Ende meiner Reise hier in deinen Armen zu liegen.«

Wolf beugte sich vor und küsste die Tränen weg, die ihr aus den Augen liefen.

»Weniger reden und mehr Action bitte, gnädiger

Herr«, neckte Caroline, fuhr mit ihren Händen über Matthews Brust und schob dabei sein Hemd hoch.

»Jawohl, Ma'am.«

Lange Zeit wurde nicht mehr gesprochen, während der SEAL-Teamleiter und seine Frau ihre Liebe zueinander bekräftigten.

Alabama saß bei Davisa und Brinique und sah abwesend zu, wie sie mit ihren Barbie-Puppen spielten. Sie waren den ganzen Tag über ungewöhnlich unruhig gewesen und Alabama vermutete, es lag daran, dass sie irgendwie spürten, dass Christopher nach Hause kommen würde.

»Du bist hübsch, Mom«, sagte Brinique aus heiterem Himmel.

Alabama lächelte und bemerkte wieder, wie schlau ihre Töchter waren. »Danke, mein Schatz. Das ist nett von dir.«

Brinique lächelte und behielt ihre Mutter im Auge. »Kommt Daddy heute nach Hause?«

Alabama nickte. »Ich glaube schon. Ich bin mir nicht sicher wann, aber ich denke, er wird heute Abend nach Hause kommen.« Sie hatte ihren Töchtern erklärt, dass Christopher verletzt worden war, dachte aber, sie sollte es besser noch einmal ansprechen. »Erinnert ihr euch, wie ich euch erzählt habe, dass Daddy verletzt wurde, während er gegen die Bösen gekämpft hat?«

Beide Mädchen nickten ernst.

»Ihr müsst also vorsichtig sein, wenn er kommt. Ihr dürft ihn nicht anspringen, weil er an Krücken gehen wird. Schont ihn etwas und passt auf sein verletztes Bein auf, okay?«

Davisa stand vom Boden auf, ging zu Alabama und kletterte auf ihren Schoß. Sie sah sie mit ihren großen braunen Augen an und sagte: »Wir versprechen es, Mommy. Wir werden sehr vorsichtig sein.«

Alabama umarmte sie. »Ich weiß, das werdet ihr, Schatz.« Sie drückte ihre Tochter und beide sahen auf, als sie ein Geräusch an der Haustür hörten.

»Daddy!«, kreischte Brinique, sprang mit einer Leichtigkeit vom Boden auf, die nur eine Sechsjährige kannte, und rannte zur Haustür.

Davisa hüpfte von Alabamas Schoß und lief ihrer Schwester nach. Alabama folgte ihnen und hielt beim ersten Blick auf ihren Mann nach einer sehr langen und stressigen Mission den Atem an. Mit beiden Armen um seine Mädchen und ein Paar Krücken, die er unter seinen Armen balancierte, stand er da. Er sah für Alabamas Geschmack ein bisschen zu blass aus, aber ansonsten unversehrt. Er trug eine Cargohose und ein Hemd. Sein Gesicht war etwas heller dort, wo kurz zuvor noch ein Bart gewesen sein musste. Beim Anblick der Falten um seine Augen, die von seinen Qualen berichteten, ging sie auf ihn zu.

Sie trat an seine Seite, nahm eine der Krücken und stellte sie gegen die Wand. Sie schob ihre Schulter unter seinen Arm und legte ihren Arm um seinen Rücken. Sie sah ihn an und murmelte: »Willkommen zu Hause, Christopher.«

Abe sah auf die drei Frauen in seinem Leben hinunter und spürte, wie sein Herz anschwoll. Gott, vor ein paar Jahren hätte er es fast versaut. Er hatte sich diese ... Perfektion ... fast durch die Finger gleiten lassen. Er dankte Gott jeden Tag dafür, dass er eine zweite Chance bekommen hatte, dass Alabama ihm eine zweite Chance gegeben hatte. Abe senkte den Kopf und strich mit seinen Lippen über die seiner Frau. Er genoss den Geschmack und das Gefühl von ihr unter ihm. »Vielen Dank. Es ist gut, wieder zu Hause zu sein.«

»Daddy, Daddy, wir haben Barbies!«, kreischte Davisa. »Tante Caroline hat sie in einem Karton gefunden und gesagt, wir können so lange mit ihnen spielen, wie wir wollen!« Sie fuhr fort: »Und Tante Jess hat sich jeden Tag übergeben und Tante Cheyenne hat ihr Baby Taylor genannt, genau wie ich es gesagt habe, und ...«

Brinique unterbrach ihre Schwester. »Ich bin dran zu reden. Daddy, ich kann das ganze Alphabet schreiben und bin jetzt allein dafür verantwortlich, mir die Zähne zu putzen. Akilah hat mir beigebracht, wie man im Irak ›Ich liebe dich‹ sagt, und wir haben dich soooo vermisst.«

Abe lächelte seine Mädchen an. Er hatte ihr ununterbrochenes Geplapper mehr vermisst, als ihm bis zu diesem Moment bewusst gewesen war.

»Kommt schon, Mädchen, jetzt lasst Daddy erst einmal reinkommen und sich hinsetzen, okay?«, fragte Alabama rhetorisch und schob die Wiedervereinigungsparty weiter ins Haus. Sie verfrachtete Christopher auf die Couch und half ihm, sein Bein hochzulegen. Dann verbrachten sie die nächste Stunde damit, sich gegenseitig zu erzählen, was passiert war.

Endlich war es an der Zeit, dass Brinique und Davisa ins Bett gingen. Abe las ihnen zwei Geschichten vor und küsste sie jeweils auf die Stirn. »Je früher du schlafen gehst, desto eher wird ein neuer Tag kommen.« Die vertrauten Worte schienen die Mädchen zu beruhigen und Abe konnte sie schnarchen hören, noch bevor er die Tür hinter sich schloss.

Abe wusste, dass das schwierigste Gespräch noch kommen würde. Er wusste, wenn er sich erst setzte, würde er bis zum Morgen nicht mehr aufstehen können. Also humpelte er ins Badezimmer, um sich bettfertig zu machen, und ging dann ins Schlafzimmer. Alabama hatte sich bereits umgezogen und trug eines seiner T-Shirts. Sie legte eine Hand auf sein Gesicht, bevor sie ins Badezimmer ging. »Ich bin gleich wieder da. Mach es dir bequem.«

Abe nickte und sah dankbar zu, wie seine Frau im Bad verschwand. Er zog sich schnell aus, bis er nackt war. Er brauchte heute Abend Nähe und Hautkontakt mit Alabama.

Er lag auf dem Bett und machte sich nicht die Mühe, die Decke hochzuziehen. Er wusste, dass Alabama seine Verletzung selbst sehen wollte. Er konnte es ihr nicht verübeln.

Alabama kam aus dem Badezimmer und ging zu ihrem Bett. Ohne ein Wort setzte sie sich neben Christophers verletztes Bein und strich mit den Fingerspitzen über die noch heilende Wunde, die mit einem dicken Verband bedeckt war.

Abe sagte nichts, er gestattete seiner Frau einfach, sich davon zu überzeugen, dass er da war und dass alles in Ordnung war. Er war schon einmal verletzt worden, aber nicht so. Er hasste es, vor Alabama schwach zu wirken, aber er wusste, dass sie das jetzt brauchte.

Schließlich, nach ein paar Minuten, beugte Alabama sich vor und küsste die Haut über und unter dem Verband, dann stand sie auf, zog das Hemd aus, das sie trug, und stieg ins Bett. Sie machte sich nicht die Mühe, um das Bett herumzugehen, sondern kroch vorsichtig über ihn. Sie zog die Decke unter seinen Beinen hervor und deckte sie beide zu.

Abe legte einen Arm um ihre Schultern und seufzte zufrieden, als Alabama den Kopf auf seine Schulter legte und mit ihrem Arm über seinen Bauch strich.

»Willkommen zu Hause, Christopher«, sagte sie leise und fuhr mit ihren Fingern über und um seinen Bauchnabel.

»Danke. Es ist gut, wieder zu Hause zu sein.«

»Die Mädchen haben dich vermisst. Ich habe dich vermisst.«

»Ich habe euch auch vermisst.«

»Geht es dir wirklich gut?«

»Ja. Um ehrlich zu sein, habe ich das Aufregendste verpasst, weil ich entweder unter Schmerzmitteln stand, die die anderen mir immer wieder aufgezwungen hatten, oder ohnmächtig war. Aber es geht mir gut. Das Team hat sich um mich gekümmert und ich bin hier und noch in einem Stück.« Abe hielt nicht hinterm Berg. Er wollte immer ehrlich zu Alabama sein, so sehr es ging, ohne sie zu beunruhigen oder seine strengen Regierungsauflagen zu brechen.

Er atmete tief ein, als Alabama ihre Hand nach unten

gleiten ließ. Als sie seinen Schwanz umkreiste und drückte, hörte er auf zu atmen. »Alabama ...«

»Ich dachte, du brauchst ein ordentliches Willkommen zu Hause. Ich tue dir doch nicht weh, oder?«

»Verdammt nein, das würde mir niemals wehtun.«

Alabama kicherte und rutschte herum. Sie spürte, wie Christopher den Atem anhielt, als sie über seinen Körper rutschte und sich neben seine Hüfte kniete. Sie sah zu ihm auf, als sie mit den Händen über seinen jetzt hart werdenden Schaft streichelte. »Nun, lass es mich wissen, wenn ich dir wehtue ...« Sie senkte den Kopf und tat, wovon sie während der vergangenen Nächte geträumt hatte. Sie hatte ihn schon immer gern in den Mund genommen. Er war der einzige Mann, bei dem sie das jemals getan hatte, und sie liebte es, ihn damit dazu bringen zu können, die Kontrolle zu verlieren.

Eine Viertelstunde später kuschelte Alabama sich wieder an Christopher und hörte zu, wie sein Atem sich wieder normalisierte. Sie lächelte.

»Jesus, Frau, du bringst mich noch um.«

»Ja, aber auf was für eine schöne Art und Weise, oder?«

»Ja, ich liebe dich.«

»Ich liebe dich auch.«

»In der Zeit, in der ich verwundet da draußen war und nicht wusste, wie sich die Dinge entwickeln würden, konnte ich nur an dich denken. Du bedeutest mir alles. Alles! Ich liebe dich«, sagte Abe leise zu Alabama in der Dunkelheit des Raumes.

»Christopher ...«

»Nein, ich weiß, dass du es weißt, aber ich möchte dir

versichern, dass du dich so tief in mein Herz eingegraben hast, dass du für immer da sein wirst.«

»Im Ernst, Christopher …«

Abe gab ihr nicht die Gelegenheit auszureden. »Und jetzt …«, er verstärkte den Griff um ihre Schultern und drängte sie, sich auf ihn zu legen, »komm her und lass mich dir zeigen, wie viel du mir bedeutest.«

Alabama spürte, wie sie feucht wurde, als sie sich auf Christophers Bauch setzte. »Ich will dir nicht wehtun.«

»So sehr ich es hasse, es zugeben zu müssen, doch ich bin noch nicht bereit, mit dir zu schlafen, aber«, er legte seine Hände auf ihren Hintern und zog sie nach oben, »ich bin bereit dafür. Ich will dich schmecken, Baby. Lass mich dir zeigen, wie sehr ich dich liebe.«

Alabama sagte nichts, sondern tat einfach, was ihr gesagt wurde. Sie hielt sich am Kopfteil des Bettes fest, als Christopher ihr tatsächlich zeigte, wie sehr er sie liebte und wie sehr er sie vermisst hatte.

***

Fiona saß draußen auf ihrer Veranda. Sie wollte Hunter nicht verpassen, wenn er vorfuhr. Sie wusste, dass er bald nach Hause kommen würde, und so sehr sie auch die genaue Zeit wissen wollte, waren die Ungewissheit und das Kribbeln in ihrem Bauch etwas, das diesen Moment anders machte als alles, was sie jemals zuvor erlebt hatte.

Sie hatte wegen ihrer Aufregung nichts essen können, aber jetzt hörte sie, wie ihr der Magen knurrte. Es stand jedoch außer Frage, dass sie ihren Posten verlassen würde, um sich etwas zu essen zu holen. Sie wollte nicht gehen, bis Hunter in ihren Armen war.

Es wurde gerade dunkel, als Fiona endlich das Geräusch hörte, auf das sie gewartet hatte. Sie stand auf und sah, wie Hunters Wagen die Straße entlangkam. Sie machte einen Schritt von der Veranda und wartete im Gras neben der Treppe, bis er das Fahrzeug anhielt. Sobald er den Motor abgestellt hatte, griff sie nach der Tür. Sie trat einen Schritt zurück, damit Hunter die Tür öffnen konnte, gab ihm aber keine Chance auszusteigen.

Fiona warf die Arme um Hunters Taille und hielt ihn, so fest sie konnte.

Cookie schluckte. Er hatte einen Kloß im Hals. Er würde es niemals müde werden, so ehrlich und freudig empfangen zu werden, wie Fiona ihn immer zu Hause begrüßte. Er legte die Arme um ihre Schultern und wartete, bis ihre Freudentränen versiegten. Sie weinte immer, wenn sie ihn zum ersten Mal wiedersah.

Schließlich zog sie den Kopf zurück und sah zu ihm auf. Scheiße, er war der glücklichste Mann auf der Welt. Sie war wunderschön mit ihren tränennassen Augen und dem kleinen Lächeln auf ihrem Gesicht.

»Willkommen zu Hause, Hunter.«

»Danke, Fee.« Er wartete und lächelte, als sie nichts weiter sagte und sich nicht bewegte. »Lässt du mich raus oder bleiben wir die ganze Nacht hier draußen?«

Sie lächelte, bewegte sich aber nicht. Er lächelte zurück. Sei es drum. Er nahm ihre Arme und zog sie auf seinen Schoß. Es war etwas eng wegen des Lenkrads, aber es schien sie nicht zu stören. Sie legte ihre Arme um ihn und vergrub ihr Gesicht an seinem Hals.

Cookie verlagerte sein Gewicht und legte eine Hand auf Fionas Rücken, den sie gegen das Lenkrad gelehnt hatte. Er beugte sich vor und schloss die Tür, dann griff er nach unten und zog an dem Hebel für den Sitz, bis er so weit wie möglich zurückgeschoben war. Schließlich zog Fiona sich zurück und lächelte ihn an.

»Fahren wir irgendwohin?«

»Nein, aber du scheinst es nicht eilig zu haben reinzugehen, und ich bin zufrieden damit, dich in meinen Armen zu halten, egal wo wir sind. Genau hier wäre also ein perfekter Ort, um mit meiner Frau zu schlafen.«

»Hunter!«, empörte sich Fiona. »Wir können uns hier draußen nicht lieben.«

»Warum nicht?«

»Nun ... weil. Wir sind draußen. Es ist noch hell.«

»Es wird nicht mehr lange hell sein.« Cookie legte beide Hände auf ihr Gesicht und sah ihr in die Augen. »Ich liebe dich, Fee. Du bist eine Wohltat für meine schmerzenden Augen.«

Fiona hörte auf, sich zu beschweren. Zur Hölle, sie war glücklich genau dort, wo sie war. Sie bewegte ihre Hüften nach vorne und stieß gegen seinen harten Schaft. Sie hatte ihn vermisst, aber sie hatte auch seinen Körper vermisst. Sie hätte nie gedacht, dass sie sich mit ihrer Sexualität so wohlfühlen würde nach allem, was sie durchgemacht hatte, aber tief in ihrem Inneren glaubte sie, dass sie Hunter bedingungslos vertraute. Er ließ die Dinge langsam angehen und vergewisserte sich immer, dass sie sich bei allem, was sie taten, wohlfühlte. Er war sogar in der Klinik jede Sekunde bei ihr geblieben, als ihr Blut abgenommen wurde, um sie auf sexuell übertragbare Krankheiten zu untersuchen. Wie durch ein Wunder waren ihr physische Langzeitfolgen ihrer Zeit in Mexiko erspart geblieben. Und mental war sie so stabil, wie es ging, aufgrund des Mannes, der vor ihr saß.

»Ich liebe dich auch, Hunter. Ist alles in Ordnung? Geht es dieser Frau gut?«

Cookie sah Fiona komisch an. Er hatte ihr nichts über die Mission erzählt, aber offensichtlich wusste sie, was ihr Auftrag gewesen war. Cookie wusste, dass sie das Thema niemals zur Sprache gebracht hätte, wenn es nicht Parallelen zu ihrer eigenen Vergangenheit gegeben hätte. Er erzählte ihr, so viel er konnte, ohne die Vertraulichkeit der Mission zu gefährden. »Ja, sie ist wirklich unglaublich. Sie hat mich sehr an dich erinnert. Keine Beschwerden und sie hat getan, was getan werden musste.«

Fiona seufzte erleichtert. Gott, sie war froh, Hunter wieder zu Hause zu haben. Sie griff nach unten und machte sich daran, seinen Schwanz aus seiner engen Hose zu befreien. »Du hast recht. Es wird dunkel, wir sind auf unserem eigenen Grundstück und unsere Nachbarn sind weit genug weg. Ich brauche dich.«

Cookie lächelte und lehnte sich so weit er konnte auf dem Sitz zurück, um seiner Frau genügend Platz für ihre Aufgabe zu geben. »Ich brauche dich auch«, stöhnte er, als Fee ihn endlich aus seiner Hose befreit hatte. Er sah nach unten und beobachtete, wie sie ihn streichelte.

Sie sah ihn an und leckte sich verführerisch die Lippen. »Hilf mir, aus meiner Hose zu kommen.«

Cookie beugte sich vor, ohne den Augenkontakt zu unterbrechen, und kramte in seiner Reisetasche, die auf dem Beifahrersitz stand, bis er sein Armeemesser gefunden hatte. Er klappte es auf und griff nach dem Bund ihrer Leggings. »Das ist aber nicht deine Lieblingshose, oder?«, fragte er.

»Nein, und selbst wenn, wäre es mir egal. Tu es!« Ihre Kleider zu zerschneiden war nicht genau die Hilfe, die sie erwartet hatte, aber es war ihr egal, solange sie ihren Mann auf diese Weise schneller in sich spüren konnte.

Cookie nahm sich Zeit. Er fuhr mit dem Messer langsam über den Stoff ihrer Hose, wobei er sie durchtrennte. Sie trug keine Unterwäsche, was ihn unter ihrem Griff noch härter machte als zuvor.

»Arsch hoch«, forderte er.

Fiona ging auf die Knie und Cookie zog an ihrer Hose, bis er ihre Schönheit sehen konnte.

»Verdammt schön«, murmelte Cookie, klappte sein Messer zusammen und warf es blindlings in Richtung Tasche, ohne Fiona aus den Augen zu lassen. Er senkte seine Hand und fand ihre feuchte Spalte. Mit der anderen Hand schob er ihr Hemd hoch und berührte ihre nackte Brust. Er spürte, wie ihre Brustwarzen bei seiner Berührung erhärteten.

»Dies wird schnell gehen, Fee. Es ist zu lange her, seit ich in dir war.«

»Oh ja, tu es. Ich bin bereit«, keuchte sie.

Cookie wischte ihre Hand weg und befahl: »Halt mich fest.« Als sie beide Hände auf seine Schultern legte, nahm er seinen Schaft in die eine Hand und hob mit der anderen ihren Hintern an. »Schieb dich etwas vorwärts.«

Fiona tat, was er verlangte, und nachdem er dort war,

wo er am liebsten sein wollte, ließ er los und nahm ihre Pobacken in seine Hände.

Fiona wartete nicht darauf, dass Hunter den nächsten Schritt machte, sie ließ sich auf ihn fallen und stieß ihr Becken gegen ihn. Sie nahm ihn so tief wie möglich in sich auf.

»Jesus, verdammt«, stöhnte Cookie.

»Gott, ja«, sagte Fiona gleichzeitig. Sie fuhr mit ihren Fingern durch sein zu langes Haar und bemerkte abwesend, dass er einen Haarschnitt brauchte. Dann hob sie langsam die Hüften, bevor sie wieder zustieß. Sie tat es noch einmal und dann noch einmal, bevor Hunter ihren Rhythmus übernahm.

Er bewegte seine Hände von ihrem Hintern über ihre Hüften und packte sie fest genug, um Spuren zu hinterlassen. Keinen von beiden kümmerte es. Es war eng auf dem Fahrersitz. Sie konnten sich nicht mehr als ein paar Zentimeter bewegen, aber es war genug.

Als Cookie kurz davor war, sich zu erlösen, stellte er fest, dass Fiona noch nicht ganz so weit war. Er befahl: »Bring dich zum Höhepunkt, Fee. Tu es.«

Er sah zu, wie sie den Rücken durchdrückte und auf seinem Schoß kreiste. Sie bewegte ihre Hände nach unten und befeuchtete ihre Finger mit ihrer eigenen Feuchte, bevor sie sich selbst berührte. Sie stöhnte und warf den Kopf in den Nacken, als sie weiter und immer schneller ihre Klitoris massierte.

Cookie konnte erkennen, dass sie sich ihrem Höhepunkt näherte, so wie ihr Körper ihn rhythmisch packte. »Das ist es, Fee. Das ist es. Du bist so wunderschön. Ich bin der glücklichste Mann der Welt. Fick mich, Schönheit. Nimm mich.«

Bei seinen Worten spürte er, wie Fiona sich gegen ihn drückte und sich an seine Brust presste. Ihre Muskeln saugten ihn förmlich in sie hinein, so fest, dass er stöhnte. Er verlor sich schließlich und konnte nicht anders, als seine Hüften noch einmal nach oben zu stoßen, dann noch einmal, als er sich in die schönste Frau ergoss, die er jemals kennengelernt hatte.

Sie rührten sich nicht und genossen die Nähe und Intimität zwischen ihnen, nachdem sie so lange getrennt gewesen waren.

»Ich liebe dich, Fee«, sagte Cookie zu seiner Frau und schob eine Hand unter ihr Hemd. Die andere legte er auf ihren Hintern und zog sie fest an sich.

»Ich liebe dich auch. Mehr als ich es jemals in Worte fassen kann.«

Summer wachte langsam auf und fragte sich, was sie geweckt hatte. Von April war durch das Babyfon neben ihrem Bett nichts zu hören, also war sie für einen Moment nicht sicher, was los war.

»Hallo Sonnenschein.«

Die Worte ertönten leise direkt neben ihr. Summer sah ihrem Mann in die Augen. »Sam«, hauchte sie und versuchte, einen klaren Gedanken zu fassen. »Du bist zu Hause.«

»Ich bin zu Hause«, sagte er nur.

Summer rutschte hoch, bis sie sich mit dem Rücken

gegen das Kopfteil lehnte. Sie streckte die Hand aus und zog Sam in ihre Arme. Es war großartig, ihn wieder zu Hause zu haben. Sie bemerkte, dass er nur eine Jogginghose und kein Hemd trug, als sie die Haare auf seiner Brust an ihrer Wange spürte. Sie zog sich zurück und sah ihn an. »Wie lange bist du schon zu Hause?«

»Etwa zehn Minuten. Ich habe bei April reingeschaut, dann bin ich hierhergekommen, habe mein Hemd ausgezogen und hier gesessen und dich die letzten fünf Minuten oder so beim Schlafen beobachtet.«

»Ich wollte wach sein, wenn du kommst, aber April war mürrisch und ist nachts öfter aufgewacht.«

»Wahrscheinlich hat sie deinen Stress gespürt. Jetzt, wo ich wieder zu Hause bin, wird sie besser schlafen«, sagte Mozart mit ein wenig Arroganz.

Summer wollte etwas erwidern, aber er hatte höchstwahrscheinlich recht.

»Es sieht so aus, als wäre ich gerade noch rechtzeitig gekommen«, sagte Mozart und sah auf Summers Brust.

Sie schaute nach unten und errötete, obwohl es nicht das erste Mal war, dass ihre Brüste vor ihrem Ehemann zu tropfen anfingen.

»Ich werde April holen, mach dich schon mal bereit«, sagte er und stand auf.

Summer bemerkte den Verband an seinem Arm. »Sam, dein Arm! Bist du in Ordnung?«

»Es ist nichts. Du darfst es dir morgen ansehen.«

Zufrieden, dass er die Wahrheit sagte, nickte Summer. »Okay. Jetzt hol unsere Tochter, bevor ich komplett auslaufe.«

Sam verließ den Raum und kehrte mit April im Arm

zurück. Summer rutschte ein bisschen in Richtung Bettkante und hob das Stillkissen auf. Sam legte April darauf und knöpfte das Hemd auf, das Summer trug. Er zog den Stoff zur Seite und hielt ihre Brust hoch, als Summer April an ihre Brust führte.

Mozart ließ sich neben seiner Frau nieder und beobachtete seine Tochter. Er hätte niemals gedacht, dass er Interesse daran hätte zuzusehen, wie seine Tochter trank, aber jetzt konnte er nicht mehr genug davon bekommen. Es war erstaunlich zu sehen, wie Summer seine Tochter vor seinen Augen stillte. Aprils Lippen spitzten sich, während sie saugte. Ihre kleine Faust lag geballt auf der Brust ihrer Mutter.

Mozart sah Summer in die Augen. Sie beobachtete ihn, nicht April. »Das gefällt dir«, sagte sie.

Mozart nickte nur.

Sie lächelte ihn an. Gott, sie liebte diesen Mann. »Seitenwechsel?«, fragte sie und sah zu, wie er April drehte und das Kissen neu justierte. Er hielt ihre Brust wieder hoch, während Summer Aprils Mund zu ihrer Brustwarze führte. Sams Kopf war jetzt direkt neben dem seiner Tochter und er streichelte sie. Als April satt war, öffnete sie den Mund und ließ von Summers Brustwarze ab.

Mozart fuhr mit einem Finger über Summers Brustwarze und wischte einen Tropfen Milch ab. »Verdammt schön«, murmelte er, bevor er nach April griff. Er legte sich sein Kind an die Schulter und stand auf. »Wir machen noch ein Bäuerchen und dann lege ich sie wieder hin. Ich bin gleich wieder da. Rühr dich nicht vom Fleck.«

Als Summer ihr Hemd wieder anziehen wollte, hielt Sam sie auf. »Ich sagte, nicht bewegen, keinen Zentimeter.« Summer lächelte ihrem Mann zu und legte ihre Hände zurück an ihre Seiten. »Okay, Liebling, beeil dich.«

Innerhalb von fünf Minuten war Sam zurück. Ohne ein Wort zog er sich die Hose aus und kletterte vollkommen nackt neben sie ins Bett. Es war offensichtlich, dass er sich freute, sie zu sehen.

Er zog ihr das Hemd aus und schob Summer flach auf das Bett.

Mozart kuschelte sich an die Brüste seiner Frau. Er liebte den süßen Geruch von Milch, der nach dem Füttern von April darauf verweilte. Er interessierte sich allerdings nicht für die Milch, sondern er fand es faszinierend, wie empfindlich ihre Brüste waren. Er drückte sanft auf beide Brustwarzen und sah, wie ein bisschen Milch aus jeder Brust kam. Sie wand sich unter ihm und Mozart lächelte. Oh ja, er liebte es, wie empfindlich sie war.

»Ich liebe dich, Summer. Du bist der schönste Mensch, den ich je in meinem Leben gesehen habe.«

»Du bist nur geil.«

Mozart war nicht verärgert. Er lächelte seine Frau nur noch breiter an. »Das auch, aber das ist nicht der Grund, warum ich dich für die schönste Frau halte, die ich je gesehen habe, sondern weil du es bist.«

»Ja, ich rieche komisch und ich ruiniere die Hälfte meiner Kleidung, weil ich auslaufe. Ich habe Schwangerschaftsstreifen ...«

Mozart schnitt ihr das Wort ab, indem er seine Hand

leicht über ihren Mund legte. »Du hast Schwangerschaftsstreifen, weil du mein Kind geboren hast. Es ist mir egal, wie viele Klamotten du ruinierst, ich kaufe dir neue. Du hast keine Ahnung, wie großartig es ist, April an deiner Brust saugen zu sehen. Jetzt verstehe ich, warum manche Leute versaute Fantasien darüber haben.«

Summer lachte und Mozart fuhr fort: »Du hast mein Kind neun Monate lang in dir getragen und ernährst es jetzt. Das ist ein Wunder. Du bist mein Wunder. Ich weiß, dass wir vielleicht nie wieder ein Kind bekommen werden, weil wir uns Sorgen wegen deines Alters machen, aber das spielt keine Rolle. Ich habe dich und ich habe April. Ich kann als glücklicher Mann sterben.«

Mozart nahm seine Hand von Summers Mund und beugte sich über sie. Es gefiel ihm, wie sie sofort die Beine spreizte, um ihm Platz zu machen. Er senkte seinen Körper ab und griff zwischen ihre Beine, um sich in ihrer bereits feuchten Spalte zu versenken. Eine Hand legte er auf ihre rechte Brust. Er knetete und streichelte sie und ignorierte die Flüssigkeit, die auf das Laken unter ihnen tropfte.

Sie waren beide verloren in dem Moment, nach einer langen, schrecklichen Trennung wieder zusammen zu sein. »Du bist die Liebe meines Lebens. Ich verehre dich, Summer.«

Summer rekelte sich in Sams Armen und war kein bisschen verlegen in Bezug auf ihren Körper und was Sam damit machte. Alles, was sie taten, war natürlich und liebevoll. »Ich liebe dich auch, Sam Reed. Für immer und ewig.«

»Für immer und ewig«, wiederholte Mozart und liebte seine Frau, als wäre es das erste Mal.

———

Dude betrat sein Haus und ließ, ohne nachzudenken, seine Tasche auf den Boden fallen. Er musste Cheyenne sehen. Nach allem, was sie durchgemacht hatte, und nachdem er realisiert hatte, dass er nur knapp dem Tod entkommen war, wollte er sie nur noch in den Armen halten.

»Shy!«, brüllte er und versuchte, sie zu finden.

»Um Gottes willen, Faulkner, sei still! Ich habe sie gerade beruhigt«, schimpfte Cheyenne, als sie den Kopf aus dem Schlafzimmer steckte.

Dude spürte, wie ihm der Atem stockte und sein Herz für einen Moment buchstäblich zu schlagen aufhörte. Als er Cheyenne aufrecht und gesund dort stehen sah, wurde ihm klar, dass es ihr wirklich gut ging. In Gedanken hatte er sie halb tot vor sich gesehen, blass und krank und ans Bett gefesselt. Er hätte es besser wissen müssen. Seine Shy ließ sich nicht lange von irgendetwas abhalten.

Er ging auf sie zu und sie musste etwas in seinen Augen gesehen haben, weil sie sich von ihm zurückzog, als er ihr Schlafzimmer betrat. Sie wich zurück, bis ihre Beine das Bett berührten und sie nicht weiterkonnte.

Dude blieb nicht stehen, sondern kam auf sie zu, bis er direkt vor ihr stand und seine Hände auf die Matratze neben ihre Hüften legte. Er beugte sich vor und küsste sie wortlos. Dude liebte es, dass sie sich sofort seinem Kuss hingab, und fühlte, wie er hart wurde.

Es war noch viel zu früh, um sie so zu nehmen, wie er es wirklich wollte und musste. Sie hatte erst vor einer Woche sein Baby bekommen und war dabei durch die Hölle gegangen. Dude atmete durch die Nase und versuchte, sich zu beruhigen. Er würde später noch genügend Zeit haben, sie an sein Bett zu fesseln und immer wieder explodieren zu lassen, bevor er sich in ihrer Hitze vergrub.

Er zog sich zurück. »Wir können keine Babys mehr bekommen.« Das war nicht, was er als Erstes zu sagen geplant hatte, aber sobald es raus war, fühlte es sich richtig an. Auf keinen Fall würde er noch einmal ihr Leben riskieren.

»Faulkner, mir geht es gut.« Cheyenne legte ihre Hand auf die Brust ihres Mannes und streichelte ihn, um seine Sorgen zu lindern.

»Ist mir egal. Keine Babys mehr.«

Cheyenne beschloss, es vorerst dabei zu belassen. Nachdem sie Taylor gesehen hatte, wusste sie, dass sie noch mehr Kinder wollte. Sie musste Faulkner nur Zeit geben, um Taylor kennen und lieben zu lernen. Er würde einen Sohn wollen, das wusste sie. Sie müssten es einfach so lange versuchen, bis es klappte.

»Willst du nicht deine Tochter kennenlernen?«, fragte Cheyenne sanft.

Er blinzelte. Es war offensichtlich, dass er so sehr darauf konzentriert gewesen war, sie zu sehen und sich davon zu überzeugen, dass es ihr gut ging, dass er nicht einmal mehr daran gedacht hatte, dass er eine Tochter hatte.

»Jesus, ja«, flüsterte er.

»Hilf mir hoch«, sagte Cheyenne zu ihm.

Sie hielt seine Hand fest und führte ihn zu der Wiege in der Ecke ihres Zimmers. Taylor schlief tief und fest. Cheyenne sah, wie Faulkner sich über das Bettchen beugte, um das Baby genauer anzusehen.

»Kann ich sie hochheben?«, fragte er mit einem unsicheren Flüstern.

Cheyenne hielt ein Lachen zurück. »Natürlich«, sagte sie zu ihm. »Achte nur darauf, ihren Kopf zu stützen.«

Dude griff nach seiner Tochter und legte eine Hand unter ihren Kopf und die andere unter ihren Rücken. Seine Hand war so groß, dass sie ihren gesamten Rücken und den größten Teil ihres Hinterns bedeckte. Er hob sie hoch und wiegte sie an seiner Brust. Er sah sich um und brachte sie zu ihrem Bett.

Er legte sie sanft hin und fing an, ihren Strampler auszuziehen. Er wusste, dass Cheyenne ihn genau beobachtete, aber er ließ sich nicht davon abhalten. Er zog erst den einen Arm, dann den anderen aus ihren Kleidern und zog den Stoff von ihrem kleinen Körper. Er löste ihre winzige Windel und legte sie zur Seite.

Dude konnte nicht glauben, wie klein und perfekt dieser Mensch war, der auf dem Bett lag, auf dem er gezeugt wurde. Er beugte sich vor und küsste einen der kleinen Füße. Dann fuhr er mit seinem kleinen Finger, der im Vergleich riesig aussah, über ihr Bein bis zu ihrer Taille. Er staunte über ihren noch heilenden Bauchnabel.

»Er wird nach außen zeigen«, hauchte er und sah Cheyenne zum ersten Mal an.

Sie lächelte und nickte nur.

Dude wandte die Aufmerksamkeit wieder seiner Tochter zu. Er legte seinen Finger in ihre Handfläche und spürte, wie sein Herz sich vor Freude zusammenzog, als sie ihn sofort fest umklammerte. Er sah in ihr Gesicht. Ihre Knopfnase, die kleine dunkle Haarsträhne auf ihrem Kopf, ihre winzigen perfekten Ohren. Ihre Lippen spitzten sich und sie rekelte sich ein wenig.

Cheyenne erschien neben ihm und reichte ihm eine weiche, flauschige Decke. »Deck sie besser zu, damit ihr nicht kalt wird. Du willst sie doch nicht aufwecken.«

Dude hielt die Decke in der Hand und sah auf seine Tochter hinunter. Er war sich nicht sicher, wie er sie einwickeln sollte. »Hilfst du mir?«, fragte er Cheyenne.

Er sah zu, wie seine Frau ihre Tochter schnell einwickelte, bis sie wie ein kleiner Burrito aussah. Sie hielt sie ihm hin. Dude nahm sie und sah auf das kleine Wunder hinunter, das in seiner Armbeuge ruhte.

Cheyenne setzte sich neben ihn auf das Bett und sagte: »Faulkner Cooper, darf ich Ihnen Ihre Tochter vorstellen, Taylor Caroline Cooper?«

Cheyenne hätte niemals erwartet, ihren großen, bösen, dominanten und überheblichen SEAL eines Ehemanns weinen zu sehen. Neben ihm zu sitzen und zu beobachten, wie die Tränen aus seinen Augen auf die Decke fielen, in der er ihre Tochter hielt, war ein Moment, den sie nie vergessen und für den Rest ihres Lebens in ihrem Herzen behalten würde.

Jess lehnte sich an Kasons Wagen auf dem Navy-Stützpunkt. Sie hatte allen Mut zusammengenommen und Kommandant Hurt angerufen, um zu erfahren, wann ihr Mann zu Hause eintreffen würde. Er musste etwas Reue über die ganze Situation mit der Vermisstenmeldung empfunden haben, weil er ihr verriet, dass sie am frühen Abend zurück sein sollten.

Jessyka hatte ein Taxi zum Stützpunkt genommen, um auf ihn zu warten. Sie hatte nicht die Geduld, zu Hause zu warten. Sie wollte ihn so schnell wie möglich sehen, und wenn das bedeutete, dass sie ihren Arsch zu ihm brachte, dann sollte es so sein. Es war nicht das Praktischste, was sie jemals in ihrem Leben getan hatte, aber es war ihr egal.

Zuerst war sie mit Sara und John essen gewesen. Sie hatten sich mit Hühnchennuggets vollgestopft und dann auf dem Spielplatz vor dem Fast-Food-Restaurant gespielt. Dann waren sie in den Park auf dem Navy-Stützpunkt gegangen und waren dort eine Weile herumgelaufen.

Sie hatte sogar den Mittagsschlaf der Kinder ausgesetzt, auch wenn sie jetzt außerordentlich mürrisch waren. Nachdem sie mit dem Taxi den ganzen Parkplatz nach Bennys Wagen abgesucht hatte, hatte Jess ihre müden Kinder in ihre Kindersitze verfrachtet, die sie mitgebracht hatte, ihnen einen Kinderfilm auf ihren Tablets eingeschaltet und jetzt schliefen sie den Schlaf von satten und extrem müden Kleinkindern.

Benny ging schnell auf seinen Wagen zu. Er wollte

nichts sehnlicher, als zu Jess und seinen Kindern nach Hause zu kommen. Er war nicht wirklich aufmerksam. Auf einer Mission hätte ihn das das Leben kosten können. Aber auf dem Parkplatz des Stützpunkts war er nicht allzu besorgt. Er hatte nach seiner Tasche gegriffen, um den Schlüssel herauszufischen, als er eine weibliche Stimme hörte: »Hey.«

Überrascht sah er hoch. Was zum Teufel machte Jess hier?

Es war ihm egal. Er stürmte los und zog seine Frau in seine Arme, wirbelte sie herum und erfreute sich an ihrem Lachen, das über den Parkplatz schallte. Er setzte sie wieder ab.

»Wo sind die Kinder?«

Sie deutete mit dem Kopf auf den Wagen hinter ihnen. Benny drehte sich um und sah, wie sein Sohn und seine Tochter tief und fest auf dem Rücksitz schliefen. Eine leichte Brise wehte durch die offenen Fenster. Er drehte sich wieder zu Jess um und senkte den Kopf.

Sie kam ihm auf halbem Weg entgegen und sie knutschten auf dem Parkplatz herum, als wären sie Teenager an der Highschool. Als Benny schließlich spürte, wie Jess ihre Hand über die Vorderseite seiner Jeans bewegte, wusste er, dass er sich zurückziehen musste. Es schien, als würde Jess in ihrer Beziehung gern die Zügel in die Hand nehmen, und er liebte es.

»Es ist schön, dich zu sehen, Jess. Es ist so verdammt schön, dich zu sehen.«

»Geht es dir gut?«, fragte Jessyka und fingerte an dem Verband an seinem Hinterkopf.

»Ja, du weißt, wie hart mein Kopf ist.« Jess lächelte ihn

an. »Du hättest zu Hause warten sollen. Ich bin sicher, es war verdammt anstrengend, die beiden hierherzuschleppen.«

»Ich konnte es nicht erwarten, dich wiederzusehen. Die zwanzig Minuten, die du gebraucht hättest, um nach Hause zu kommen, wären noch zwanzig Minuten gewesen, die ich hätte warten müssen.« Sie räusperte sich, bevor sie fortfuhr: »Und ich muss dir etwas sagen.«

Benny versteifte sich. Es war nie gut, wenn eine Frau sagte, sie müssten sich unterhalten. Um fair zu sein, hatte Jess nicht diese Worte benutzt, aber es hatte sich so angehört. »Was ist los? Ist alles in Ordnung? Die Frauen? Oh scheiße, die anderen Kinder?«

Jess beruhigte Kason, indem sie mit ihren Händen über sein Hemd fuhr. »Es geht allen gut. Es ist nichts dergleichen.« Sie sah zu, wie er den Atem ausstieß, den er offensichtlich angehalten hatte.

»Was ist es dann? Was war so wichtig, dass es nicht warten konnte, bis ich nach Hause komme?«

»Ich bin schwanger.« Jess spannte ihn nicht weiter auf die Folter.

»Was?«

»Schwanger. Es sieht so aus, als hättest du das beste Sperma in der Geschichte der Menschheit. Natürlich bin ich nicht wirklich überrascht, wenn man bedenkt, dass es dein Sperma ist, aber trotzdem. Wir wollten warten, aber ich glaube, dieser Plan ging nicht auf.«

»Du bist schwanger?«

»Ja, das habe ich doch gerade gesagt.« Jetzt wurde Jess nervös. Kason hatte noch nicht viel gesagt. Vielleicht war er verärgert?

»Scheiße, Frau. Ich liebe dich so sehr, dass es nicht mehr lustig ist!«

Jess lächelte, als Kason sie wieder küsste. Er war offensichtlich nicht verärgert.

Benny zog sich von seiner Frau zurück und sah ihr in die Augen. »Ich liebe dich. Ich finde es toll, dass ich dich wieder geschwängert habe. Ich weiß, es ist nicht leicht für dich, mit so vielen kleinen Kindern im Haus, und wir hatten ja bereits beschlossen, ein Kindermädchen einzustellen, um dir zu helfen, aber du solltest wissen, dass ich vorhabe, dich so lange wie möglich immer wieder zu schwängern. Ich möchte so viele Kinder mit dir, wie du mir gestattest. Ich möchte eine riesige Familie, voller Lachen, Drama, Tränen, Spielzeug, Müll auf dem Boden, Streit darüber, wer auf die Toilette darf, und allgemeinem Chaos. Ich weiß, dass ich Tabitha nicht zurückbringen kann, und ich werde dir diesen Schmerz nie nehmen können, aber ich liebe es, dass dein Körper offenbar für mein Sperma gemacht wurde.«

Jess verdrehte die Augen. Kason konnte so ein Idiot sein, aber gleichzeitig auch süß. »Solange es sicher ist und wir gesunde Kinder haben, bin ich einer großen Familie nicht abgeneigt. Aber Kason, ich glaube nicht, dass ich so wie diese Frau im Fernsehen sein werde, die noch bis in ihre Sechziger Kinder bekommen hat.«

»Abgemacht.« Benny lächelte und beugte sich zu Jess, um ihr etwas ins Ohr zu flüstern. »Und ich liebe es, wie geil du wirst, wenn du schwanger bist. Noch ein Bonus für mich.«

»Kason!«, schimpfte Jess.

»Ich werde dich jetzt nach Hause bringen, unsere

Kinder ins Bett legen und dich dann ficken, bis du nicht mehr laufen kannst.«

Jess schüttelte nur den Kopf. Sie liebte diesen Mann. Er war ihr Ein und Alles.

Julie kuschelte sich neben Patrick auf die Couch. »Geht es Penelope gut?«

Patrick legte seinen Arm fester um seine Frau. Er wusste, dass sie etwas über die entführte Soldatin wissen wollte, und sie war sehr geduldig gewesen. Er formulierte seine Antwort sorgfältig, um das Sicherheitsprotokoll nicht zu verletzen.

Verdammt, wen wollte er verarschen? Er hatte es bereits verletzt, er hoffte nur, es nicht ganz und gar in Stücke zu reißen.

»Sie ist in Ordnung, Julie.«

»Hat sie ...« Julie hielt inne, räusperte sich und versuchte es erneut. »Hat sie die Rettung gut überstanden?«

Patrick brach es bei der Frage das Herz. Er wusste, dass Julie immer noch Schuldgefühle in Bezug auf ihr Verhalten bei ihrer eigenen Rettung hatte. Sie hatte es größtenteils aufgearbeitet, aber es war nicht überraschend, dass diese Mission ihre Unsicherheit wieder ans Tageslicht brachte. Er nickte, dann drückte er Julie zurück, bis sie auf dem Rücken auf der Couch lag und er sich über sie beugte.

»Sie hatte Angst, aber sie hat es gut überstanden. Die Männer haben sich um sie gekümmert. Aber Julie, es wird einen Einfluss auf sie haben. Niemand kann durchmachen, was sie ... und du ... durchgemacht haben, ohne davon beeinflusst zu werden. Du hast mit Dr. Hancock darüber gesprochen, jeder geht anders damit um.«

Julie biss sich auf die Lippe und sah von ihm weg. Patrick legte seine Hand auf ihre Wange und zog ihre Lippe zwischen ihren Zähnen hervor. »Schau mich an, Liebling.«

Als sie den Blick auf ihn richtete, fuhr er fort: »Ich liebe dich. In einem Moment bist du die knallharte Geschäftsfrau und im nächsten sitzt du in einem Raum voller Teenager, die Ballkleider anprobieren, kichern und lachen. Hör auf, daran zu denken. Du bist jetzt hier. Du gehörst mir und ich lasse dich nicht mehr gehen.«

Sie nickte ihm zu. »Okay, Patrick. Danke. Ich versuche, mich nicht mit anderen zu vergleichen ... aber manchmal ist es schwierig.«

»Ich weiß, aber du warst diese Woche bei den Mädchen und es war alles gut.«

»Ja, das war es. Ich habe endlich das Gefühl, dass sie mir wirklich vergeben haben. Ich war froh, für sie da sein zu können und dass ich helfen konnte, als sie so besorgt waren.«

»Gut. Nun ... da ist noch etwas, über das ich mit dir reden wollte ...«

»Ach ja? Ist alles in Ordnung?« Julie sah Patrick besorgt in die Augen.

»Es ist alles in Ordnung ... außer, dass wir in letzter Zeit nicht viel Zeit miteinander verbringen konnten. Aber nach dieser Mission haben die Jungs einen obligatorischen zweiwöchigen Genesungsurlaub verordnet bekommen. Obwohl ich noch zwei andere SEAL-Teams befehlige, wurden mir diese zwei Wochen ebenfalls gewährt ...« Er verstummte, als ein Lächeln über Julies Gesicht huschte.

»Ach wirklich?«, hauchte sie. »Zwei ganze Wochen?«

»Ja. Meinst du, du könnest dir eine Auszeit vom Laden nehmen?«

»Zur Hölle, ja. Mir gehört dieses Geschäft, ich bin mir sicher, ich werde es schaffen, mich für eine Weile davonzuschleichen. Oh Patrick, ich freue mich so darauf, Zeit mit dir zu verbringen.«

»Wir sollten besser etwas schlafen«, sagte Patrick mit einem Grinsen.

»Was? Warum?«

»Weil wir morgen damit beschäftigt sein werden, Vorbereitungen zu treffen und zu packen. Ich bin mir sicher, du musst auch deine Mitarbeiter noch unterweisen.«

»Packen? Wofür?«

»Wir fliegen übermorgen nach Hawaii.«

Patrick lächelte und setzte sich hin, als Julie kreischte und sich unter ihm herauswand. »Oh mein Gott! Ist das dein Ernst? Ich wollte schon immer nach Hawaii!«

»Ich weiß.«

Es war, als hätte er nichts gesagt. »Ich habe eine Million Dinge zu tun. Ich muss ...«

Julie wurde das Wort abgeschnitten, bevor sie loslegen konnte. Patrick schwang sie über seine Schulter und ging mit ihr zum Schlafzimmer. Er wusste, wenn er zuließ, dass sie sich jetzt hineinsteigerte, würde sie stundenlang nicht einschlafen ... und er hatte Pläne.

»Patrick, lass mich runter! Ich muss ...«

»Es gibt nur eines, was du tun musst. Lass mich dir zeigen, wie viel du mir bedeutest. Wir werden gut schlafen ... danach ... und morgen kannst du dir Gedanken ums Packen machen.« Er ließ sie sanft auf ihr Bett fallen und hielt sie mit seinem Körper fest. »Ich liebe dich, Julie Hurt. Ich weiß, dass du dir Sorgen um das Team und die Frauen machst, aber ich möchte dir zehn Tage sorgenfreie Urlaubszeit schenken. Nur du und ich.«

Julie legte beide Hände auf Patricks Gesicht. »Ich liebe dich. Danke, dass du das Gute in mir gesehen hast, auch als ich selbst nicht sicher war, ob es wirklich da war. Ich wäre auch mehr als bereit, zehn Tage hier in unserem Haus, in unserem Bett, mit dir zu bleiben, aber Hawaii? Ich werde dich so glücklich machen, Mister.«

Patrick lächelte zu seiner Frau hinunter. »Darauf zähle ich, Baby.« Er beugte sich vor und gab seiner Frau einen sehr langen Kuss.

Melody warf den Kopf in den Nacken und versuchte, etwas dringend benötigten Sauerstoff in ihre Lunge zu bekommen. Sie packte Tex und wusste, dass sie wahrscheinlich Spuren auf seiner Haut hinterließ, kümmerte sich aber nicht darum. Jedes Mal wenn er seine Hüften nach vorne schob, rieb er über ihre Klitoris, um sie zum Schreien zu bringen.

Als er nach vorne rutschte und ihren Hintern weiter auf seinen Schoß zog, öffnete Melody die Augen und sah ihn an. Tex hatte einen intensiven Ausdruck auf dem

Gesicht, als er auf die Stelle hinunterblickte, an der sie miteinander verbunden waren. Er legte seinen Daumen auf ihr Nervenbündel und rieb fest darüber, während er seine Hüften weiter hin- und herbewegte.

»Wenn du bis jetzt noch nicht schwanger bist, wirst du es nach heute Nacht sein, das kann ich fühlen. Nimm meinen Samen, Mel, nimm ihn.«

Melody konnte die Worte nicht unterdrücken, die aus ihrem Mund nur so heraussprudelten. Sie und Tex hatten schon immer ein gesundes Sexualleben gehabt, aber jetzt, wo sie versuchten, schwanger zu werden, schien Tex noch wilder zu sein. »Ja, ich will es. Gib es mir, Tex. Gib mir dein Baby.«

»Oh verdammt, Mel. Ich liebe dich über alles«, dröhnten die Worte aus seiner Kehle, als er sich, so weit er konnte, in sie hineindrückte und verzweifelt ihre empfindlichste Stelle massierte. »Komm mit mir, Mel. Saug mich aus.«

Das war es. Das war alles, was es gebraucht hatte. Mel lehnte sich zurück und fühlte, wie Tex sich in sie drückte, als sie explodierte. Sie bebte und zitterte und erst viel später bemerkte sie, dass Tex sich noch nicht zurückgezogen oder auf andere Weise bewegt hatte.

Sie konnte fühlen, dass er nicht mehr hart war, aber er hatte keine Anstalten gemacht, ihre Position zu ändern. Melody streckte sich aus, warf die Arme über den Kopf und genoss den Ausdruck der Lust in den Augen ihres Mannes, als er ihren Körper unter sich sah. »Normalerweise kuscheln wir jetzt miteinander«, sagte Melody leichthin und hielt ihre Arme über dem Kopf.

»Ich möchte mein Sperma so lange wie möglich in dir halten«, sagte Tex mit leiser Stimme.

Melody lachte und fühlte, wie Tex aus ihr herausrutschte.

»Oh Mann, du hättest nicht lachen sollen, Mel.«

Sie konnte nicht anders – jetzt musste sie noch mehr kichern. Ihr Lachen verstummte, als sie merkte, wie Tex mit seinen Fingern in sie eindrang und ihre Säfte vermischte. »Du glaubst aber nicht, dass du das alles wieder hineinschieben kannst, oder?«, schaffte sie teilst ernst, teils scherzhaft zu fragen und betrachtete Tex, der den Blick nicht von ihrem Geschlecht nahm.

»Nein. Okay ... vielleicht.«

Melody lächelte wieder. Manchmal verhielt er sich so anders als der üble SEAL, der er früher war, dass sie sich ihn nicht einmal mehr auf einer Mission vorstellen konnte. Sie hatte keine Zweifel daran, dass er so tödlich war wie jeder andere SEAL, sie hatte ihn schon in Aktion gesehen, als Diane ihr Leben bedroht hatte, aber es waren diese Zeiten, die sie am meisten schätzte. »Komm her, Tex. Kuschel mit mir.«

Tex rutschte zurück und ließ Mels Beine fallen. Er drehte sie sofort auf die Seite und kuschelte sich von hinten an sie. Eine Hand schob er unter ihren Kopf und mit der anderen berührte er sanft ihr Geschlecht. Sie lagen eine ganze Weile so da und Melody döste sogar ein bisschen, bevor Tex endlich etwas sagte.

»Mein ganzes Leben lang wurde mir gesagt, wie klug und talentiert ich bin. Ich bin der Navy beigetreten und habe herausgefunden, wie stark ich war. Ich habe mir einen Platz in einem SEAL-Team erkämpft und den anderen Mitgliedern mein Leben anvertraut. Mir wurde gesagt, ich sei ein Teamplayer und als SEAL wertvoll. Nach meiner Verletzung versicherten die Leute mir immer noch, dass ich meine Computerkenntnisse nutzen könnte, um anderen zu helfen. Es tat weh, nicht mehr an der Front zu sein, aber ich tat mein Bestes, um jedem zu helfen. Ich habe es genossen. Aber ich muss dir sagen, Mel, ich war in meinem ganzen Leben noch nie glücklicher, als hier in meinem Bett neben dir zu liegen. Mein Ring an deinem Finger, mein Sperma in dir und hoffentlich bald mein Baby, das in deinem Bauch wächst. Ich liebe dich. Ich werde dich und Akilah und alle Kinder, die wir in unserem Leben haben können, beschützen. Du bist das, worauf ich mein ganzes Leben gewartet habe. Du bist der Grund, warum ich mein Bein verloren habe. Du bist mein Grund, hier zu sein. Du machst mich glücklich, so wie du bist.«

Melody wusste, dass sie nichts erwidern könnte, das zusammenfassen würde, wie glücklich sie war und wie sehr sie ihren Ehemann liebte. Also entschied sie sich für die völlig untertriebene Aussage: »Ich liebe dich auch, Tex.«

KAPITEL NEUNUNDZWANZIG

Penelope Turner, die sogenannte Armeeprinzessin, stand in ihrer Uniform da und sah aufmerksam zu, wie zwei Särge auf dem Nationalfriedhof Arlington im Boden versenkt wurden. Leutnant James D. Love und Sergeant Richard S. Hess wurden in einer privaten Zeremonie zur letzten Ruhe gebettet. Zwei Männer, die sie nicht besser hatte kennenlernen dürfen, wurden begraben und ihnen wurde für ihren Dienst an ihrem Land gedankt.

Tief im Inneren konnte Penelope ihre Schuldgefühle nicht loswerden.

Sie hatte mit Therapeuten geredet und einige lange Gespräche mit ihrem Bruder geführt, aber sie konnte das Gefühl nicht loswerden, dass diese beiden tapferen Männer heute noch am Leben wären und mit ihren Freunden und ihren Familien lachen würden, wenn sie nicht gewesen wäre. Sie schwor sich, zu Hause in San Antonio eine Art Therapiegruppe zu finden. Sie wollte andere finden, die vielleicht etwas Ähnliches durchge-macht hatten wie sie ... sie würde wahrscheinlich niemanden finden können, der auch von Terroristen entführt und vier Monate lang festgehalten worden war, aber es musste andere da draußen geben, die gegen ihren Willen festgehalten worden waren und ähnlich schlechte Gefühle hatten wie sie.

Penelope sah zu den Familienmitgliedern hinüber, die sich versammelt hatten, um ihren Respekt zu erweisen. Sie wusste nur, was sie in den Zeitungen gelesen hatte, aber sie nahm an, dass es sich um ihre Eltern, Großeltern, Geschwister, Schwägerinnen, Schwager und vielleicht ein oder zwei Tanten und Onkel handeln musste. Keiner der beiden Männer war verheiratet gewesen, aber Penelope fühlte sich dadurch nicht besser.

Sie sah, wie die Familienmitglieder gingen und die Friedhofsarbeiter ihre Arbeit fortsetzten, um die Särge im Boden zuzuschütten. Sie stand auf und beobachtete, wie die Erde herunterfiel. Sie blieb stehen, als es leicht zu regnen begann.

Cade und die anderen Feuerwehrleute hatten angeboten mitzukommen, aber sie hatte es abgelehnt. Es bedeutete ihr die Welt, dass Moose, Crash, Squirrel, Chief, Taco und Driftwood es angeboten hatten. Sie waren keine sehr einfühlsamen Männer. Zu wissen, dass sie sich so sehr um sie als ihr Teammitglied sorgten, war genug, um sie in Tränen ausbrechen zu lassen.

Penelope seufzte und trauerte weiterhin um Leutnant Love, den Co-Piloten, der sie aus diesem Scheißloch von Flüchtlingslager herausgeholt hatte. Sie dachte an Sergeant Hess. Sie hatte nicht mit ihm gesprochen, aber er war es gewesen, der ihr seine Hand gereicht hatte, als sie an Bord des MH-60 kam. Sie hatte ihm damals in die

Augen gesehen und nichts als Zuversicht und Vertrauen erblickt, dass er sie in einem Stück aus dieser Hölle holen würde.

Sie drehte sich um, um zu gehen, und blieb abrupt stehen.

Sieben Männer in weißen Navy-Uniformen standen in einer Reihe hinter ihr. Sie trugen weder Orden noch Abzeichen, sondern nur ihre Namensschilder. Sie standen da, unterstützten sie und zollten ihren Respekt für die beiden toten Armeesoldaten hinter ihr.

Penelope weigerte sich zu weinen und ging langsam auf die Männer zu, die so stoisch und still dastanden. Sie wusste, dass sie sich wahrscheinlich zum Narren machen würde, begann aber mit dem ersten Mann. Auf seinem Namensschild stand »Keegan«. Sie hatte ihn zuvor nicht getroffen, nahm aber an, dass es sich um den berüchtigten Tex handelte. Bevor sie den Mut verlor, trat sie auf ihn zu und umarmte ihn einen Moment lang fest, bevor sie losließ und zurücktrat. »Danke, dass du uns gefunden hast, Tex«, sagte sie leise und sah, wie der Mann nickte, aber nichts sagte.

Sie ging zum nächsten Mann in der Reihe. Auf seinem Namensschild stand »Cooper«, aber sie kannte ihn als Dude, den Mann, der sie aus ihrem Gefängnis befreit hatte. Er war bereit für sie und umarmte sie zurück, als sie ihre Arme um ihn legte. »Danke«, sagte Penelope leise.

Dann war Benny an der Reihe. Auf seinem Namensschild stand »Sawyer«. Sie umarmte ihn und sagte erneut einfach: »Danke.«

Penelope ging die Reihe der Männer entlang und

umarmte sie nacheinander. »Reed«, auch bekannt als Mozart, »Knox«, der Cookie genannt wurde, und »Powers«, bei dem es sich um Abe handelte. Zu ihm sagte sie ebenfalls »Danke«, fügte aber hinzu: »Als ich dich das letzte Mal gesehen habe, sahst du wie Scheiße aus. Ich bin froh, dass du dich erholt hast.«

Penelope ignorierte sein Lachen und ging zum letzten Mann in der Schlange, Wolf. Er war der Mann, der die Verantwortung für diese Gruppe hatte und Himmel und Hölle in Bewegung gesetzt hatte, um sie aus der Türkei und weg von ISIS zu bringen. Der Mann, von dem sie wusste, dass sie ihn niemals vergessen würde, solange sie lebte.

Sie legte ihre Arme um ihn und fühlte, wie er sie so fest umarmte, dass er sie hochhob. »Danke, Wolf. Danke, dass du mich nicht aufgegeben hast.« Mit seiner Antwort hatte sie nicht gerechnet.

Er ließ sie zurück zu Boden sinken, ließ sie aber nicht los. »Danke, Tiger, dass du eine Frau und eine Soldatin bist, die durchgehalten hat, bis wir gekommen sind. Lebe dein Leben in Frieden. Du hast dir jede Sekunde Glück verdient, die du bekommen kannst. Du hast mit uns jetzt sieben große Brüder. Wir werden auf dich aufpassen. Wohin du auch gehst, was auch immer du tust, wenn du uns brauchst, musst du nur fragen.«

Penelope spürte, wie Wolf seine Hände über ihren Rücken bewegte und einen Moment auf ihrem Hintern ruhen ließ, bevor er sie losließ. Es überraschte sie, aber sie nahm an, dass es ein Versehen war. Die sieben Männer salutierten und verschwanden dann wieder zwischen den Bäumen. Sie sah ihnen hinterher und machte sich nicht die Mühe, ihre Tränen wegzuwischen.

Sie drehte sich um und ging zurück zu ihrem Wagen. Sie würde die Nacht in Washington, D.C. verbringen, wo der Präsident ihr am nächsten Tag in einer öffentlichen und im Fernsehen übertragenen Zeremonie die Tapferkeitsmedaille verleihen würde. Sie war nicht sehr aufgeregt, weil sie wusste, dass es andere gab, die mutiger waren als sie und niemals öffentlich anerkannt wurden. Aber sie würde die Auszeichnung im Namen von Leutnant Love und den Sergeants Hess, Black, White und Wilson und sogar im Namen des armen australischen Soldaten annehmen, der vor ihren Augen getötet worden war. Penelope dachte auch an die Delta Force-Soldaten, die keine Anerkennung bekamen, außer ihrem unsterblichen Dank und ihrer Hingabe.

Der Krieg mit ISIS würde nicht so bald enden, aber Penelope war fertig mit dem Kämpfen. Sie hatte sich mit ihrem Kommandanten getroffen und sie waren sich einig, dass sie das Militär verlassen würde. Sie hatte noch ein paar Verpflichtungen gegenüber der Regierung, aber anschließend wäre sie dazu in der Lage, für den Rest ihres Lebens als Vollzeit-Feuerwehrfrau zu arbeiten. Ihre Entlassungspapiere würden auf sie warten, sobald sie nach Hause kam.

Sie steckte die Hände in die Gesäßtaschen, als sie die zu lange Reihe von Grabsteinen entlangging. Sie fühlte etwas Seltsames, zog ihre Hand heraus und starrte auf einen kleinen schwarzen Gegenstand in ihrer Hand.

Was zur Hölle?

Sie wickelte das gefaltete Stück Papier aus und fand

einen kleinen Anhänger in Form eines Malteserkreuzes. Auf dem Papier, in das es eingewickelt war, stand: *Unsere Männer haben uns gerettet und da sie auch dich gerettet haben, bist du jetzt eine von uns. Trage dieses Kreuz und du wirst nie wieder verloren sein.*

Penelope dachte darüber nach und lächelte schließlich zum ersten Mal an diesem Tag. Es klang, als wäre es ein Geschenk der Frauen der SEALs, die sie gerettet hatten. Nicht nur das, sondern anscheinend war es auch einer der GPS-Sender, den die Männer und ihre Frauen trugen. Wolf hatte ihn ihr in die Tasche gesteckt.

Ein Ortungsgerät.

Plötzlich ergaben seine Worte einen Sinn und ihr Lächeln wurde breiter. Sie würden über sie wachen. Es fühlte sich gut an, richtig. Zum ersten Mal seit langer Zeit fühlte sie sich besser. Sollte sie jemals wieder Hilfe brauchen, standen ihr nicht nur ihre Feuerwehrkameraden, sondern auch ein ganzes SEAL-Team und anscheinend auch ihre Frauen zur Seite.

Sergeant Penelope Turner fühlte sich so stark wie schon lange nicht mehr, holte tief Luft und straffte die Schultern. Sie würde es heute schaffen, dann morgen, dann den nächsten Tag, dann den nächsten danach. Kein Problem, Kinderspiel.

Schutz für Kiera (Demnächst erhältlich!)

BÜCHER VON SUSAN STOKER

SEALs of Protection:

Schutz für Caroline

Schutz für Alabama

Schutz für Fiona

Die Hochzeit von Caroline

Schutz für Summer

Schutz für Cheyenne

Schutz für Jessyka

Schutz für Julie

Schutz für Melody

Schutz für die Zukunft

Schutz für Kiera

Schutz für Alabama's Kids

Schutz für Dakota

Die Delta Force Heroes:

Die Rettung von Rayne

Die Rettung von Emily

Die Rettung von Harley

Die Hochzeit von Emily
Die Rettung von Kassie
Die Rettung von Bryn
Die Rettung von Casey
Die Rettung von Wendy
Die Rettung von Sadie
Die Rettung von Mary
Die Rettung von Macie

Ace Security Reihe:
Anspruch auf Grace
Anspruch auf Alexis
Anspruch auf Bailey
Anspruch auf Felicity
Anspruch auf Sarah

Hier ist außerdem eine Liste mit Susans englischen Büchern:

SEAL of Protection Series
Protecting Caroline
Protecting Alabama
Protecting Fiona
Marrying Caroline (novella)
Protecting Summer
Protecting Cheyenne
Protecting Jessyka
Protecting Julie (novella)
Protecting Melody
Protecting the Future
Protecting Kiera (novella)

Protecting Alabama's Kids (novella)
Protecting Dakota

SEAL of Protection: Legacy Series

Securing Caite
Securing Brenae (novella)
Securing Sidney
Securing Piper
Securing Zoey
Securing Avery
Securing Kalee
Securing Jane (Feb 2021)

SEAL Team Hawaii Series

Finding Elodie (Apr 2021)
Finding Lexie (Aug 2021)
Finding Kenna (Oct 2021)
Finding Monica (TBA)
Finding Carly (TBA)
Finding Ashlyn (TBA)
Finding Jodelle (TBA)

Ace Security Series

Claiming Grace
Claiming Alexis
Claiming Bailey
Claiming Felicity
Claiming Sarah

Mountain Mercenaries Series

Defending Allye

Defending Chloe
Defending Morgan
Defending Harlow
Defending Everly
Defending Zara
Defending Raven

Delta Force Heroes Series

Rescuing Rayne
Rescuing Aimee (novella)
Rescuing Emily
Rescuing Harley
Marrying Emily (novella)
Rescuing Kassie
Rescuing Bryn
Rescuing Casey
Rescuing Sadie (novella)
Rescuing Wendy
Rescuing Mary
Rescuing Macie (novella)

Delta Team Two Series

Shielding Gillian
Shielding Kinley
Shielding Aspen
Shielding Jayme (novella) (Jan 2021)
Shielding Riley (Jan 2021)
Shielding Devyn (May 2021)
Shielding Ember (Sep 2021)
Shielding Sierra (TBA)

<u>Badge of Honor: Texas Heroes Series</u>

Justice for Mackenzie
Justice for Mickie
Justice for Corrie
Justice for Laine (novella)
Shelter for Elizabeth
Justice for Boone
Shelter for Adeline
Shelter for Sophie
Justice for Erin
Justice for Milena
Shelter for Blythe
Justice for Hope
Shelter for Quinn
Shelter for Koren
Shelter for Penelope

<u>Silverstone Series</u>

Trusting Skylar (Dec 2020)
Trusting Taylor (Mar 2021)
Trusting Molly (July 2021)
Trusting Cassidy (Dec 2021)

Susan Stoker ist die New York Times, USA Today und Wall Street Journal Bestsellerautorin der Buchreihen »Badge of Honor: Texas Heroes«, »SEALs of Protection«, »Die Delta Force Heroes« und einigen mehr. Stoker ist mit einem pensionierten Unteroffizier der US-Armee verheiratet und hat in ihrem Leben schon überall in den Vereinigten Staaten gelebt – von Missouri über Kalifornien bis hin zu Colorado. Zurzeit nennt sie die Region unter dem großen Himmel von Tennessee ihr Zuhause. Sie glaubt ganz und gar an Happy Ends und hat großen Spaß daran, Geschichten zu schreiben, in denen Romantik zu Liebe wird.

Besuchen Sie Susan im Netz!
www.stokeraces.com
facebook.com/authorsusanstoker
twitter.com/Susan_Stoker

bookbub.com/authors/susan-stoker
instagram.com/authorsusanstoker
Email: Susan@StokerAces.com

www.ingramcontent.com/pod-product-compliance
Lightning Source LLC
Chambersburg PA
CBHW060236100726
47907CB00003B/647